Alexandre Dumas

Kapitän Pamphile

Alexandre Dumas

Kapitän Pamphile

Roman

Illustriert von Dorothea Huber

Aus dem Französischen
übersetzt von Jörg Trobitius

Nachwort von Alex Capus

Büchergilde Gutenberg

1. Kapitel

*Einführung, durch die der Leser
Bekanntschaft machen wird mit den
Hauptpersonen dieser Geschichte und dem Verfasser,
der sie geschrieben hat.*

Im Jahre 1830 kam ich vor der Tür von Chevet vorüber, als ich im Geschäft einen Engländer erblickte, der eine Schildkröte nach allen Seiten hin- und herdrehte und um sie feilschte, mit der offenkundigen Absicht, aus ihr, sowie sie sein Eigentum geworden wäre, eine *turtle soup* zu machen.

Der Ausdruck tiefer Resignation, mit welchem das arme Tier sich untersuchen ließ, ohne überhaupt Anstalten zu machen, sich dem grausam gastronomischen Blick seines Feindes zu entziehen, indem es sich in seinen Panzer verkroch, rührte mich. Mich packte ein plötzliches Verlangen, es dem Kochtopf zu entreißen, in den es mit den Hinterbeinen bereits eingetaucht war; ich betrat das Geschäft, in dem ich zu jener Zeit gut bekannt war, und während ich Madame Beauvais mit dem Auge ein Zeichen machte, fragte ich sie, ob sie mir die Schildkröte aufbewahrt habe, die ich am Vorabend im Vorbeigehen reserviert hätte.

Madame Beauvais verstand mich mit jener Raschheit der Intelligenz, durch welche sich die Klasse der Pariser Kaufleute auszeichnet, und indem sie höflich das Tier den Händen des Feilschenden entwand, legte sie es in die meinen, und dabei sagte sie mit einem sehr prononcierten englischen Akzent zu unserem Insulaner, der sie mit weit aufgerissenem Mund ansah: »Pardon, Milord, die kleine Schildkröte sein heute morgen an Monsieur verkauft.«

»Ach«, sagte der frisch ernannte Milord in sehr gutem Französisch zu mir, »Monsieur, also Ihnen gehört dieses charmante Tier?«

»*Yes, yes, Milord*«, antwortete ihm Madame Beauvais.

»Nun ja, Monsieur«, fuhr er fort, »Sie haben da ein kleines Geschöpf, das eine exzellente Suppe abgibt; ich bedaure nur eins, nämlich daß es das einzige Exemplar seiner Gattung ist, welches Madame Händlerin im Moment besitzt.«

»Wir *have* die Hoffnung, morgen früh weitere zu erhalten«, antwortete Madame Beauvais.

»Morgen wird es zu spät sein«, entgegnete darauf der Engländer kühl. »Ich habe alle meine Angelegenheiten geregelt, um mir heute nacht eine Kugel durch den Kopf zu jagen, und ich hatte den Wunsch, zuvor eine Schildkrötensuppe zu essen.«

Und indem er diese Worte sagte, grüßte er und ging hinaus.

»Bei Gott«, sagte ich zu mir nach einem Moment des Nachdenkens, »das ist doch das mindeste, daß sich ein solch galanter Mann eine letzte Kaprice leistet.«

Und ich stürzte aus dem Geschäft, wobei ich wie Madame Beauvais rief: »Milord! Milord!«

Doch ich wußte nicht, in welche Richtung Milord sich gewandt hatte; ich hatte ihn aus den Augen verloren.

Überaus gedankenvoll kehrte ich nach Hause zurück: Meine Menschlichkeit gegenüber einem Tier war zu einer Unmenschlichkeit einem Menschen gegenüber geworden. Ach, welch sonderbare Maschine diese Welt doch ist, wo man nicht das Wohl des einen ohne das Weh des anderen bewirken kann!

Ich gelangte in die Rue de l'Université, stieg zu mir in die dritte Etage hinauf und setzte meine Erwerbung auf dem Teppich ab.

Es war ganz einfach eine Schildkröte der allergemeinsten Gattung, *testudo lutaria, sive aquarum dulcium*, was früher laut Linné[1] und in neuerer Zeit laut Ray[2] Sumpfschildkröte oder Süßwasserschildkröte besagt.*

Nun nimmt die Sumpfschildkröte oder Süßwasserschildkröte in der Gesellschaftsordnung der Chelonia den Rang ein, der dem entspricht, welchen in unserer bürgerlichen Ordnung die Lebensmittelhändler und in der Militärhierarchie die Nationalgarde innehaben.

Im übrigen war es allerdings der einzigartigste Korpus einer Schildkröte, die je die vier Beine, den Kopf und den Schwanz durch die Öffnungen eines Panzers gesteckt hat. Kaum spürte sie, daß sie sich auf dem Fußboden befand, als sie auch schon eine Probe ihrer Originalität lieferte, indem sie direkt auf den Kamin zusauste, und zwar mit einer Geschwindigkeit, die ihr noch im selben Moment den Namen »Gazelle« eintrug, und sich alle Mühe gab, zwischen den Stäben des Aschengitters hindurchzukriechen, um ans Feuer zu gelangen, dessen Schimmer sie anzog. Als sie nach Verlauf einer guten Stunde schließlich sah, daß das, was sie vorhatte, unmöglich war, verlegte sie sich darauf einzuschlafen, nachdem sie zuvor den Kopf und die Beine durch eine der dem Feuer am nächsten befindlichen Öffnungen gesteckt und auf diese Weise zu ihrem besonderen Vergnügen eine Temperatur von etwa fünfundfünfzig Grad Wärme gewählt hatte, was mich glauben ließ, daß es ihr, Berufung oder Verhängnis, beschieden war, eines schönen Tages gebraten zu werden, und daß ich, indem ich sie aus dem Suppentopf meines Engländers geholt hatte, um sie in mein Zimmer zu transportieren, lediglich eine Abwandlung ihrer Zubereitungsart bewirkt hatte. Doch nehmen wir die Ereignisse nicht vorweg. Die Fortsetzung dieser Geschichte wird beweisen, daß ich mich nicht getäuscht hatte.

Da ich ausgehen mußte und fürchtete, daß Gazelle ein Unglück zustoßen könne, rief ich meinen Diener. »Joseph«, sagte ich, als er erschien, »Sie passen auf dieses Tier auf.«

* Bekanntlich sind die Reptilien in vier Kategorien unterteilt: die Chelonia oder Schildkröten, die an erster Stelle stehen; die Saurier oder Echsen, die an zweiter stehen; Ophidia oder Schlangen, die an dritter stehen; schließlich die Batrachoi oder Frösche, die an vierter stehen. (Diese wie auch die folgenden Fußnoten im Text stammen vom Autor.)

Er näherte sich voller Neugier. »Ach sieh mal an«, sagte er, »eine Schildkröte … Die kann einen Wagen tragen.«

»Ja, ich weiß; aber ich wünsche, daß Sie niemals die Lust überkommt, die Probe aufs Exempel zu machen.«

»Ach, das wird ihr nicht wehtun«, sagte nun wiederum Joseph, dem daran gelegen war, seine naturkundlichen Kenntnisse vor mir auszubreiten, »die Postkutsche von Laon könnte ihr über den Rücken fahren, sie würde sie nicht zerquetschen.«

Joseph führte die Postkutsche von Laon an, da er aus Soissons stammte.

»Ja«, gab ich zurück, »ich glaube gern, daß die große Meeresschildkröte, die eigentliche Schildkröte, *testudo mydas*, ein derartiges Gewicht tragen könnte; doch ich habe meine Zweifel, ob diese hier, die einer kleineren Gattung zugehört …«

»Das will nichts besagen«, erwiderte Joseph, »die sind bärenstark, diese kleinen Viecher, und stellen Sie sich vor, ein Marktkarren kommt vorbei …«

»Schon gut; Sie werden ihr Salat und Schnecken kaufen.«

»Sieh mal einer an! Schnecken …? Hat sie es denn auf der Brust? Der Herr, bei dem ich war, ehe ich bei Monsieur angefangen habe, nahm Schneckenbouillon zu sich, denn der war *puberkulös*. – Nun ja, das hat ihn nicht daran gehindert …«

Ich ging hinaus, ohne mir den Rest der Geschichte anzuhören; auf halber Treppe bemerkte ich, daß ich vergessen hatte, ein Taschentuch mitzunehmen, und so stieg ich gleich wieder hinauf. Ich fand Joseph vor, der mich nicht hatte eintreten hören, wie er den Apollo von Belvedere gab, einen Fuß auf dem Rücken von Gazelle und den anderen in der Luft, damit auch kein Quent der hundertdreißig Pfund, die der Witzbold wog, dem armen Tier vorenthalten bliebe.

»Was tun Sie da, Sie Schwachkopf?«

»Ich hab es Ihnen doch gesagt, Monsieur«, antwortete Joseph voller Stolz darauf, daß er mir in gewissem Maße beweisen konnte, was er behauptet hatte.

»Geben Sie mir ein Taschentuch, und rühren Sie das Tier nie wieder an.«

»Hier, Monsieur«, sagte Joseph, indem er mir das Verlangte brachte, »aber es gibt nichts zu befürchten für sie … ein Wagen könnte drüberfahren …«

Ich ergriff schnellstens die Flucht; doch ich war keine zwanzig Stufen hinuntergegangen, als ich Joseph, der die Tür hinter mir schloß, zwischen den Zähnen murmeln hörte: »Herrgott! Ich weiß doch, was ich sage … Und man sieht ja auch sonst am Körperbau der Tiere ganz gut, daß eine für den Beschuß geladene Kanone …«

Zum Glück verhinderte der Lärm, der von der Straße heraufdrang, daß ich das Ende des vermaledeiten Satzes hörte.

Am Abend kam ich einigermaßen spät nach Hause, wie es meine Gewohnheit ist. Beim ersten Schritt, den ich in meinem Schlafzimmer machte, spürte ich, wie etwas unter meinem Stiefel knackte. Ich hob eilends den Fuß und verlagerte das ganze Gewicht meines Körpers auf das andere Bein; das gleiche Knakken war wieder zu vernehmen. Ich meinte, auf Eiern zu gehen. Ich senkte mein Kerzenlicht … Der Teppich war von Schnecken übersät.

Joseph hatte mir aufs Wort gehorcht: Er hatte Salat und Schnecken gekauft und das Ganze in einem Korb mitten in meiner Kammer abgestellt. Und sei es, daß die Temperatur der Wohnung sie animiert hatte, sei es, daß die Furcht, zerbissen zu werden, sie in Unruhe versetzt hatte, zehn Minuten später war die ganze Karawane losgezogen und hatte inzwischen sogar eine

leidliche Strecke zurückgelegt, was leicht an den silbrigen Spuren zu erkennen war, die die Tiere auf den Teppichen und den Möbeln hinterlassen hatten.

Was Gazelle betraf, so war sie auf dem Boden des Korbes geblieben, an dessen Wandungen sie nicht hatte hochklettern können. Doch einige leere Schneckenhäuser bewiesen mir, daß die Flucht der Israeliten nicht so schnell gewesen war, als daß Gazelle nicht einige zu fassen bekommen hätte, ehe sie die Zeit fanden, das Rote Meer zu durchqueren. Ich begann alsbald eine genaue Musterung des Bataillons, das in meinem Zimmer Manöver abhielt und von dem ich während der Nacht keineswegs angegriffen werden wollte; sodann ließ ich die Wandernden, indem ich sie mit der rechten Hand alle vorsichtig auflas, eine nach der anderen in ihr Wachtlokal einrücken, das ich in der linken Hand hielt, und schloß den Deckel über ihnen.

Nach fünf Minuten gewahrte ich, daß ich, wenn ich diese ganze Menagerie in meinem Zimmer beließe, Gefahr lief, nicht eine Minute zu schlafen. Es war ein Geräusch, als wenn man ein Dutzend Mäuse in einem Sack mit Nüssen gefangengesetzt hätte: Ich beschloß folglich, das Ganze in die Küche zu transportieren.

Unterwegs dachte ich, daß ich Gazelle bei dem Tempo, das sie anschlug, am nächsten Tag infolge verdorbenen Magens verendet vorfinden würde, wenn ich sie inmitten einer so reichhaltigen Vorratskammer beließe; im selben Moment und wie durch Eingebung kam mir die Erinnerung an einen Bottich, der im Hof aufgestellt war und in dem der Gastwirt des Erdgeschosses seinen Fisch wässerte: Dieser schien mir eine derart wunderbare Herberge für eine *testudo aquarum dulcium*, daß ich es für unnütz hielt, mir den Kopf zu zerbrechen, um ihr eine andere zu suchen, und so brachte ich sie, nachdem ich sie aus ihrem Refektorium gezogen hatte, direkt an ihren Bestimmungsort.

Ich stieg einigermaßen rasch wieder hinauf und schlief in der Überzeugung ein, im Hinblick auf Notlösungen der einfallsreichste Mann Frankreichs zu sein.

Am folgenden Tag wurde ich früh am Morgen von Joseph geweckt.

»Ah! Monsieur, was für eine Posse«, sagte er, indem er sich vor meinem Bett aufpflanzte.

»Was für eine Posse?«

»Die Ihre Schildkröte ausgeheckt hat.«

»Wie das?«

»Nun, würden Sie glauben, daß sie aus Ihrer Wohnung entwichen ist, also wirklich, ich weiß nicht wie … daß sie die drei Etagen hinabgestiegen ist und daß sie im Fischkasten des Gastwirts Kühlung gesucht hat?«

»Schwachkopf! Dir ist nicht eingefallen, daß ich es war, der sie dorthin getragen hat?«

»Ach so …! Da haben Sie sich aber ein schönes Stück geleistet!«

»Wieso das?«

»Wieso? Weil sie den Schlei gegessen hat, einen prächtigen Schlei, der seine drei Pfund wog.«

»Holen Sie mir Gazelle, und bringen Sie mir die Waage.«

Während Joseph diese Anweisung ausführte, ging ich zu meiner Bibliothek und schlug meinen Buffon[3] beim Artikel Schildkröte auf, denn ich wollte mich vergewissern, ob diese Chelonida ein Ichthyophage war, und ich las das Folgende: »Die Süßwasserschildkröte, *testudo aquarum dulcium* (um diese handelte es sich ja), liebt vor allem Sümpfe und stehende Gewässer; wenn sie sich in einem Fluß oder einem Weiher befindet, greift sie unterschiedslos alle Fische an, selbst die größten; sie beißt sie unterhalb des Bauchs, verletzt sie dort erheblich, und wenn sie dann vom Blutverlust erschöpft sind, vertilgt sie sie mit größter Gier und läßt höchstens die Gräten, den Fischkopf und gar die Schwimmblase übrig, die gelegentlich an die Wasseroberfläche steigt.«

»Teufel! Teufel!« sagte ich. »Der Gastwirt hat Monsieur de Buffon auf seiner Seite: Was er sagt, könnte durchaus wahr sein.«

Ich war dabei, über die Wahrscheinlichkeit des Zwischenfalls nachzudenken, als Joseph eintrat, die Angeklagte in der einen Hand und die Waage in der anderen.

»Sehen Sie«, sagte Joseph, »das frißt viel, diese Art Tier, um bei

¡JOSEPH

Kräften zu bleiben, und vor allem Fisch, weil das sehr nahrhaft ist; glauben Sie denn, ohne dem könnte das einen Wagen tragen …? Sehen Sie, in den Seehäfen, wie robust die Matrosen sind: Das liegt daran, daß sie nichts als Fisch essen.«

Ich unterbrach Joseph. »Wieviel hat der Schlei gewogen?«

»Drei Pfund: Neun Francs verlangt der Bursche.«

»Und Gazelle hat ihn ganz und gar gefressen?«

»Ah! Sie hat nur die Gräten, den Kopf und die Blase übriggelassen.«

»Es stimmt also! Monsieur de Buffon ist ein großer Naturforscher.* Indessen«, so fuhr ich halblaut fort, »drei Pfund … das kommt mir dann doch reichlich vor.«

Ich legte Gazelle auf die Waage. Sie wog mit ihrem Panzer nur zweieinhalb Pfund.

* Da man jedem das zollen soll, was ihm zusteht, muß dieses Loblied Monsier Daudin gelten, der das Werk von Monsier Buffon weitergeführt hat.

Aus diesem Experiment folgte nun nicht, daß Gazelle des Verbrechens, das ihr zur Last gelegt wurde, unschuldig war, sondern daß sie es an einem Walfisch von geringerem Volumen begangen haben mußte.

Das war offenbar auch die Meinung des Burschen, denn er schien mit dem Schadensersatz von fünf Franc, die ich ihm gab, sehr zufrieden.

Das Abenteuer mit den Schnecken und der Vorfall mit dem Schlei ließen mich hinsichtlich meiner Neuerwerbung weniger enthusiastisch sein; und da es der Zufall wollte, daß ich am selben Tag einen meiner Freunde traf, einen originellen Mann und genialen Maler, der zu dieser Zeit aus seinem Atelier eine Menagerie machte, kündigte ich ihm an, daß ich am nächsten Tag seine Sammlung um ein neues Exemplar bereichern würde, das zur schätzenswerten Gattung der Chelonia gehörte, was ihm große Freude zu bereiten schien.

Gazelle schlief in dieser Nacht in meinem Zimmer, wo angesichts der Abwesenheit der Schnecken alles ganz ruhig verlief.

Am nächsten Tag betrat Joseph wie gewöhnlich mein Zimmer, rollte den Teppich zu Füßen meines Betts zusammen, öffnete das Fenster und begann, ihn zu schütteln, um den Staub zu entfernen. Doch auf einmal stieß er einen lauten Schrei aus und lehnte sich aus dem Fenster, als wolle er sich hinausstürzen.

»Was ist denn los, Joseph?« fragte ich, noch halb im Schlaf.

»Ah! Monsieur, los ist, daß Ihre Schildkröte auf dem Teppich lag, ich hatte sie nicht gesehen …«

»Und …?«

»Und, meiner Treu! Es war nicht mit Absicht, ich habe sie zum Fenster hinausgeschüttelt.«

»Schwachkopf!«

Ich sprang aus dem Bett.

»Sieh mal an!« sagte Joseph, dessen Miene und Stimme wieder einen Ausdruck ganz und gar beruhigender Gelassenheit annahmen. »Sieh mal an! Sie frißt einen Kohl!«

Tatsächlich war das Tier, das aus Instinkt den ganzen Körper in den Harnisch eingezogen hatte, auf einen Haufen von Austernschalen gefallen, deren Beweglichkeit den Stoß abgefangen hatte, und da es in seiner Reichweite ein passendes Gemüse fand, hatte es den Kopf ganz sachte aus dem Panzer hervorgestreckt und kümmerte sich so ruhig um sein Frühstück, als wäre es nicht soeben aus einer dritten Etage gefallen.

»Ich habe es Ihnen doch gesagt, Monsieur!« wiederholte Joseph voller Herzensfreude, »ich habe es Ihnen doch gesagt, daß nichts diesen Tieren was anhaben kann. Sehen Sie, wenn nämlich, während sie ißt, ein Wagen drüberfahren würde ...«

»Gleichviel, gehen Sie schnell hinunter und holen Sie sie mir.«

Joseph gehorchte.

Während dieser Zeit zog ich mich an, und damit war ich fertig, noch ehe Joseph wieder erschien; also stieg ich die Treppe hinab, um ihm entgegenzugehen, und ich fand ihn, wie er eine Rede inmitten einer Runde Neugieriger hielt, denen er das Geschehen erklärte, das sich soeben abgespielt hatte.

Ich nahm ihm Gazelle aus den Händen, sprang in ein Kabriolett, das mich Faubourg Saint-Denis Nr. 109 absetzte, stieg fünf Stockwerke hinauf und betrat das Atelier meines Freundes, der seiner Malerei nachging.

Er war in Gesellschaft eines Bären, der auf dem Rücken lag und mit einem Holzscheit spielte, eines Affen, der auf einem Stuhl saß und die Borsten eines Pinsels eine nach der anderen herausriß, und eines Frosches, der in einem Glasbehälter auf dem dritten Querstab einer kleinen Leiter hockte, mit deren Hilfe er bis zur Wasseroberfläche emporklettern konnte.

Mein Freund hieß Decamps, der Bär Tom, der Affe Jacques I.* und der Frosch Mademoiselle Camargo.

* So genannt, um ihn von Jacques II. zu unterscheiden, einem Individuum derselben Gattung im Besitz von Tony Johannot (s. Anm. 60).

2. Kapitel

Wie Jacques I. in wildem Haß auf Gazelle entbrannte, und zwar wegen einer Karotte.

Mein Eintreten bewirkte eine Revolution.

Decamps[4] hob die Augen von jenem wunderbaren kleinen Bild »Die gelehrten Hunde«, das Sie alle kennen und das er gerade fertigstellte. Tom ließ sich das Holzscheit, mit dem er spielte, auf die Nase fallen und verzog sich brummend in seine Hütte, die zwischen den beiden Fenstern aufgebaut war. Jacques I. warf flink den Pinsel hinter sich und las einen Strohhalm auf, den er sich unschuldig mit der rechten Hand zum Munde führte, während er sich mit der linken Hand den Schenkel kratzte und selig die Augen gen Himmel erhob. Mademoiselle Camargo schließlich kletterte träge eine Sprosse ihrer Leiter empor, was unter anderen Umständen als ein Zeichen für Regen hätte angesehen werden können.

Und ich, ich setzte Gazelle an der Zimmertür ab, auf deren Schwelle ich stehengeblieben war, und sagte: »Lieber Freund, da ist das Tier. Sie sehen, ich halte Wort.«

Gazelle durchlebte gerade keinen sehr glücklichen Moment: Die Bewegung des Kabrioletts hatte sie dermaßen verwirrt, daß sie, wahrscheinlich um all ihre Gedanken zu sammeln und über ihre Lage während der Fahrt nachzudenken, ihre ganze Person in den Panzer eingezogen hatte; was ich auf den Boden legte, wirkte folglich einfach wie ein leeres Schildpattgehäuse.

Doch als Gazelle aufgrund der Wiedergewinnung ihres Schwerpunkts spürte, daß sie auf festem Boden haftete, traute sie sich, ihre Nase an der oberen Öffnung ihres Gehäuses zu zeigen; um größerer Sicherheit willen indessen wurde diese Partie ihrer Person vorsichtshalber von den beiden Vorderbeinen begleitet; zugleich und als würden alle Gliedmaßen einmütig der Spannkraft einer inneren Feder gehorchen, erschienen die beiden Hinterbeine und der Schwanz am unteren Ende des Panzers. Fünf Minuten später hatte Gazelle sämtliche Segel gesetzt.

Gleichwohl blieb sie noch einen Moment lang auf der Stelle, wobei sie mit dem Kopf nach rechts und nach links wackelte, als wolle sie sich orientieren; dann wurden ihre Augen auf einmal starr – und so rasch, als wolle sie dem Hasen von La Fontaine[5] den Preis für das Rennen streitig machen, bewegte sie sich auf eine Karotte zu, die zu Füßen des Stuhls lag, der Jacques I. als Piedestal diente.

Dieser sah zunächst einigermaßen gleichgültig zu, wie die neu Hinzugekommene sich näherte, doch als er das Ziel gewahrte, das sie sich zu setzen schien, gab er Zeichen ernstlicher Beunruhigung, die er durch ein dumpfes Knurren kundtat, das im Maße, wie sie an Boden gewann, zu schrillen, von Zähneknirschen unterbrochenen Schreien ausartete. Als sie schließlich nur noch einen Fuß von dem kostbaren Gemüse entfernt war, nahm Jacques' Aufregung ganz den Charakter echter Verzweiflung an; er packte die Rücklehne seines Sitzes mit der einen Hand, die mit Stroh überzogene Querleiste mit der anderen, und, wahrscheinlich in der Hoffnung, das schmarotzerische Tier, das ihm von seinem Abendessen etwas abzwacken wollte, zu erschrecken, schüttelte er den Stuhl mit der ganzen Kraft seiner Handgelenke, wobei er die beiden Füße wie ein ausschlagendes Pferd nach hinten schleuderte und diese Bewegungen mit all den Gesten und all den Grimassen begleitete, die er für angetan hielt, die automatenhafte Gefaßtheit seiner Feindin zu demontieren. – Doch das alles nützte nichts; Gazelle ging deshalb nicht einen Schritt langsamer als zuvor. Jacques I. wußte nicht mehr, an welchen Heiligen er sich wenden sollte.

Zum Glück für Jacques wurde ihm in dem Moment unerwartet Hilfe zuteil. Tom, der sich bei meiner Ankunft in seine Loge zurückgezogen hatte, war schließlich mit meiner Gegenwart vertraut geworden und zollte, wie wir alle, der Szene, die sich da abspielte, eine gewisse Aufmerksamkeit; zunächst erstaunt zu sehen, wie sich dieses unbekannte Tier bewegte, das durch mich in seiner Behausung zum Tischgenossen geworden war, hatte er mit wachsender Neugier dessen Weg in Richtung Karotte verfolgt. Da nun auch Tom kein Verächter von Karotten war, machte er, als er sah, daß Gazelle nahe daran war, das kostbare Gemüse zu erreichen, drei Schritte im Trab, erhob seine dicke Tatze und legte sie gewichtig auf den Rücken des armen Tiers, das, mit der flachen Seite seines Schildpatts auf dem Boden auftreffend, sich unverzüglich in seinen Panzer zurückzog und in zwei Zoll Entfernung von dem Nahrungsmittel reglos liegenblieb, das in dem Moment Ziel dreifachen Begehrens war.

Tom schien recht erstaunt, als er wie durch einen Zauber Kopf, Füße und Schwanz verschwinden sah. Er näherte sich mit der Nase dem Panzer, blies geräuschvoll in die Öffnungen, und als wolle er sich umfassenderen Aufschluß über die einzigartige Beschaffenheit des Objekts verschaffen, das er vor Augen hatte, nahm er es schließlich und drehte es zwischen seinen beiden Tatzen hin und her; wie wenn überzeugt, daß er sich geirrt hatte, als er auf den absurden Gedanken verfallen war, daß ein derartiger Gegenstand laufen könne, ließ er diesen nun achtlos wieder fallen, nahm die Karotte zwischen die Zähne und schickte sich an, in seine Hütte zurückzukehren.

Das war nun gar nicht im Sinne Jacques': Er hatte nicht erwartet, daß der Dienst, den ihm sein Freund Tom leistete, durch einen solch egoistischen Zug entwertet würde; doch da er für seinen Kameraden nicht den gleichen Respekt hatte wie für die Fremde, hüpfte er behende von dem Stuhl, auf dem er wohlweislich während der Szene, die wir gerade beschrieben haben, verblieben war, und indem er mit der einen Hand den grünen Schopf der Karotte packte, die Tom bei der Wurzel hielt, machte er sich mit aller Kraft steif, er grimassierte, fluchte, klapperte mit den Zähnen, während er mit der freien Pfote seinem friedlichen Gegner unzählige Nasenstüber verpaßte, der, ohne zurückzuschlagen, aber auch ohne das strittige Objekt loszulassen, sich damit begnügte, die Ohren anzulegen und die kleinen schwarzen Augen jedesmal zu schließen, wenn Jacques' flinke Hand mit seinem massigen Gesicht in Berührung kam; den Sieg trug schließlich, wie es so häufig geschieht, nicht der Stärkere, sondern der Dreistere davon. Tom lockerte die Zähne, und Jacques, Besitzer der glückseligen Karotte, schwang sich auf eine Leiter und trug die Kampfestrophäe davon, um sie hinter einer Gipsbüste von Malaguti[6] auf einem Regal zu verstecken, das sechs Fuß über der Erde befestigt war; nachdem diese Operation abgeschlossen war, stieg er gelassener als zuvor wieder herab, in der Gewißheit, daß weder Bär noch Schildkröte in der Lage waren, die Karotte von dort wieder hervorzuziehen.

Auf der letzten Stufe angekommen und als es darum ging, den Fuß wieder auf den Boden zu setzen, hielt er wohlweislich inne, und indem er die Augen auf Gazelle richtete, die er in der Hitze seines Streits mit Tom vergessen hatte, gewahrte er, daß sie sich in einer Position befand, die nichts weniger als offensiv war.

Wie schon erwähnt, hatte Tom sie nämlich, statt sie sorgsam in die Lage zurückzuversetzen, in der er sie vorgefunden hatte, einfach achtlos fallen lassen, so daß das unglückliche Tier, als es wieder bei Sinnen war, statt in seiner normalen Lage, das heißt auf dem Bauch, sich auf dem Rücken befunden hatte, eine Position, die, wie jedermann weiß, in höchstem Grade unangenehm für jedwedes Individuum ist, das der Rasse der Chelonia angehört.

Am Ausdruck des Vertrauens, mit dem Jacques sich Gazelle näherte, war leicht zu ersehen, daß er schon auf den ersten Blick zu dem Schluß gekommen war, daß sie infolge des Unfalles außerstande war, sich zu wehren. Auf einen halben Fuß an das *monstrum horrendum*[7] herangekommen, hielt er gleichwohl einen Moment lang inne, warf einen Blick in die ihm zugewandte Öffnung und machte sich mit einer Miene scheinbarer Achtlosigkeit daran, das Objekt behutsam zu umrunden und dabei zu mustern, wie es etwa ein General mit einer Stadt macht, die er belagern will. Nachdem diese Ausspähung vollzogen war, streckte er sanft die Hand aus und berührte mit der Fingerspitze den äußersten Rand des Schildes; sodann trat er behende zurück, und ohne das Objekt, das ihn beunruhigte, aus den Augen zu verlieren, machte er sich daran, vergnügt auf Füßen und Händen herumzutanzen, wobei er diese Bewegung mit einer Art Siegesgesang begleitete, den er gewohnheitsmäßig jedesmal dann anstimmte, wenn er aufgrund einer gemeisterten Schwierigkeit oder einer ausgestandenen Gefahr sich zu seiner Geschicklichkeit oder seinem Mut beglückwünschen zu müssen glaubte.

Indessen brachen der Tanz und der Gesang plötzlich ab; ein neuer Einfall ging Jacques durch das Hirn und schien all seine Denkfähigkeit in Anspruch zu nehmen. Er betrachtete aufmerksam die Schildkröte, der seine Hand, indem er sie berührte, eine schaukelnde Bewegung verliehen hatte, welche die runde Form ihres Schildes länger erscheinen ließ; er näherte sich ihr, indem er einem Krebs gleich seitwärts ging, und bei ihr angekommen, erhob er sich auf die Hinterfüße, nahm sie zwischen die Beine, wie es ein Reiter mit seinem Pferd tut, und betrachtete sie einen Moment lang, wie sie sich zwischen seinen beiden Beinen bewegte; durch die gründliche Untersuchung, die er vorgenommen hatte, schließlich völlig beruhigt, wie es schien, nahm er auf diesem beweglichen Sitz Platz, und indem er ihm, gleichwohl ohne daß seine Füße den Boden verließen, eine rasch schwingende Bewegung verlieh, wiegte er sich fröhlich, kratzte sich die Seite und zwinkerte mit den Augen, Gesten, die für diejenigen, die ihn kannten, Ausdruck einer unbeschreiblichen Freude waren.

Auf einmal stieß Jacques einen durchdringenden Schrei aus, er machte einen drei Fuß hohen senkrechten Satz, fiel zurück aufs Kreuz, und indem er sich auf seine Leiter emporschwang, suchte er hinter dem Kopf von Malaguti Zuflucht. Dieser Umschwung war von Gazelle verursacht worden, die, müde eines Spiels, dessen Vergnügen offenkundig für sie keines war, schließlich ein Lebenszeichen gegeben hatte, indem sie mit ihren kalten und spitzigen Beinen die kahlen Schenkel von Jacques I. schrammte, der von diesem Angriff um so erschütterter war, als er auf nichts weniger als eine Attacke von dieser Seite her gefaßt gewesen war.

In dem Augenblick trat ein Käufer ein, und Decamps machte mir ein Zeichen, daß er allein bleiben wolle. Ich nahm meinen Hut und meinen Stock und machte mich von dannen.

Ich war auf dem Treppenabsatz, als Decamps mich noch einmal zurückrief. »Apropos«, sagte er, »kommen Sie doch morgen, und verbringen Sie den Abend mit uns.«

»Was gibt es denn morgen?«

»Wir haben ein Abendessen und eine Lesung.«

»Ach was!«

»Ja. Mademoiselle Camargo soll eine Hundertschaft Fliegen essen und Jadin[8] ein Manuskript lesen.«

3. Kapitel

Wie Mademoiselle Camargo in den Besitz von Monsieur Decamps geriet.

Trotz der mündlichen Einladung, die Decamps mir ausgesprochen hatte, erhielt ich am nächsten Tag einen gedruckten Brief. Diese zweite Aufforderung hatte den Zweck, an die Kleiderordnung zu erinnern, denn es würden nur Gäste in Morgenrock und Pantoffeln eingelassen. Ich erschien äußerst pünktlich und uniformgetreu.

Das Atelier eines Malers bietet in der Tat einen wunderlichen Anblick, wenn er, um seinen Gästen Ehre zu erweisen, stilvoll seine vier Wände mit den Schmuckstücken für hohe Feiertage behängt hat, die aus allen vier Weltgegenden stammen. Man denkt, man würde die Wohnung eines Künstlers betreten, und da findet man sich mitten in einem Museum, das nicht nur einer Departementshauptstadt Frankreichs alle Ehre machen würde. – Die Rüstungen, die das mittelalterliche Europa repräsentieren, entstammen verschiedenen Regierungszeiten und verraten aufgrund ihrer Form die Epoche ihrer Herstellung. Diese hier, auf beiden Seiten der Brust poliert, mit ihrem zugespitzten und glänzenden Gänsebauch und dem eingravierten Kruzifix, zu dessen Füßen sich eine betende Heilige Jungfrau mit der Inschrift *»Mater Dei, ora pro nobis«*[9] befindet, wurde in Frankreich geschmiedet und König Ludwig XI. zum Geschenk gemacht, der sie an die Mauern seines alten Schlosses in Plessis-lez-Tours hängen ließ. Und jene dort, deren gewölbter Brustpanzer aus den Turnieren von Kaiser Maximilian noch die Zierde der Treffer mit dem Morgenstern trägt, gegen die sie ihren Herrn beschützt hat, ist aus Deutschland zu uns gekommen. Diese andere, die des Herkules wackere Arbeiten im Relief darstellt, wurde vielleicht von König Franz I. getragen und entstammt mit Sicherheit den florentinischen Werkstätten des Benvenuto Cellini[10]. Der kanadische Tomahawk und das Skalpiermesser hier kommen aus Amerika: Der eine hat französische Köpfe eingeschlagen und das andere manch parfümierten Haarschopf abgetrennt. Die Pfeile hier und dieser Kris sind indischer Herkunft: Das Eisen der einen und die Klinge des anderen sind tödlich, denn sie wurden mit Pflanzensäften aus Java vergiftet. Dieser Krummsäbel wurde in Damaskus gehärtet. Dieser Jatagan, dessen Klinge so viele Kerben aufweist, wie er Köpfe abgeschlagen hat, ward den Händen eines sterbenden Beduinen entrissen. Dieses lange, mit Kolben und Silberzwingen ausgestattete Gewehr schließlich wurde vielleicht von Isabey aus der Kasbah mitgebracht, der es dann mit Jusuf gegen eine Skizze der Reede von Algier oder eine Zeichnung des Fort l'Empereur getauscht hätte.

Nun, da wir diese Trophäen, deren jede eine Welt repräsentiert, eine nach der anderen untersucht haben, richten Sie Ihr Augenmerk auf diese Tische, auf denen sich zusammenhanglos in bunter Mischung tausend verschiedene Objekte befinden, die erstaunt sind, sich vereint zu finden. Da ist Porzellan aus Japan, da sind ägyptische Figuren, spanische Messer, türkische Dolche, italienische Stilette, algerische Pantoffeln, tscherkessische Käppchen, Idole vom Ganges, Kristalle aus den Alpen. Schauen Sie nur: Für einen Tag reicht es allemal.

Unter Ihren Füßen, da sind Felle von Tigern, Löwen, Leoparden, aus Asien und Afrika geholt; über Ihren Köpfen, da sind, mit ausgebreiteten Flügeln und wie wenn mit Leben begabt, die große Möwe, die im Moment, da die Welle sich rundet und überschlägt, unter ihrer Wölbung wie unter einem Brückenbogen hindurchfliegt, der Lorch, der sich, sobald er einen Fisch an der Wasseroberfläche auftauchen sieht, wie ein Stein auf ihn herabfallen läßt, die Lumme, die im Moment, da sich die Flinte des Jägers auf sie richtet, abtaucht, um erst außer Reichweite wieder zu erscheinen, und schließlich der Eisalk, jener Alcyon der Alten,[11] auf dessen Federkleid die lebhaftesten Farben von Aquamarin und Lapislazuli funkeln.

Was aber bei der Abendeinladung eines Malers vor allem dazu angetan ist, die Aufmerksamkeit eines Liebhabers zu fesseln, das ist die mannigfaltige Sammlung von Pfeifen, die allesamt gestopft sind und, wie der Mensch von Prometheus, erwarten, daß man für sie das Feuer vom Himmel stiehlt. Denn damit Sie es nur wissen, nichts ist wunderlicher und kapriziöser als der Geist der Raucher. Der eine zieht die schlichte Tonpfeife vor, der unsere alten Haudegen den ausdrucksvollen Namen »Rotzkocher« gegeben haben; sie wird ganz einfach mit dem Tabak der Regie[12] gefüllt, dem sogenannten Kaporal. Der andere mag sich seinen zarten Lippen nur mit der bernsteinfarbenen Spitze der arabischen Chibouque nähern, und die nun wird mit dem schwarzen Tabak von Tunis gestopft. Dieser hier, bedächtig wie ein Häuptling bei Cooper[13], nimmt methodisch Züge von Maryland aus der Friedenspfeife; jener, sinnlicher als ein Nabob, windet um seinen Arm den schlangenartig biegsamen Schlauch seiner indischen Houka, die den Dampf des Latakia nur gekühlt und mit Rosen und Benzoeharz parfümiert zu seinem Mund gelangen läßt. Es gibt solche, die in ihren Gewohnheiten die Meerschaumpfeife des deutschen Studenten und die kleingehackte kräftige belgische Zigarre der türkischen Nargileh vorziehen, deren Loblied Lamartine[14] singt, und dem Tabak vom Sinai, dessen Wertschätzung steigt oder sinkt, je nachdem, ob er auf dem Berg oder in der Ebene geerntet wurde. Andere schließlich gibt es, die sich aus Originalität oder Schrulle den Hals ausrenken, um den Gourgouri der Neger in senkrechter Position zu halten, während ein gefälliger Freund, der auf einen Stuhl gestiegen ist, versucht, unter aufwendiger Zuhilfenahme von Glut und Lungenkraft das lehmige Kraut Madagaskars zunächst zu trocknen und sodann zu entzünden.

Als ich bei unserem Gastgeber eintrat, hatten alle bereits ihre Wahl getroffen, und alle Plätze waren besetzt; doch bei meinem Anblick rückte man zusammen, und mit einer Bewegung, die aufgrund ihrer

Präzision einer Kompanie der Nationalgarde alle Ehre gemacht hätte, lösten sich alle Pfeifenstiele, ob sie aus Holz waren oder aus Ton, aus Horn oder aus Elfenbein, aus Jasmin oder aus Bernstein, von den verliebten Lippen, die sie gedrückt hatten, und streckten sich mir entgegen. Ich machte mit der Hand ein Zeichen des Dankes, zog aus meiner Tasche ein Blatt Süßholzpapier und machte mich daran, mit der ganzen Geduld und Geschicklichkeit eines alten Spaniers zwischen meinen Fingern den andalusischen *cigarrito* zu drehen.

Fünf Minuten später schwammen wir in einer Atmosphäre, die ein Dampfschiff mit einer Kraft von zwanzig Pferdestärken hätte in Bewegung setzen können.

Soweit der Rauch es zuließ, konnte man außer den Gästen die gewöhnlichen Tischgenossen des Hauses erkennen, mit denen der Leser bereits Bekanntschaft gemacht hat. Da war Gazelle, die von jenem Abend an einer einzigartigen Beschäftigung nachging, nämlich am Marmorkamin entlangzuklettern, um sich an der Lampe zu wärmen, und sich mit Verbissenheit dieser unglaublichen Übung hingab. Da war Tom, aus dem Alexandre Decamps sich eine Stütze gemacht hatte, etwa wie man es mit einem Sofakissen macht, und der von Zeit zu Zeit traurig seinen lieben Kopf unter dem Arm seines Herrn hervorstreckte, geräuschvoll schnaubte, um den Rauch fortzublasen, der ihm in die Nasenlöcher drang, und sich sodann mit einem schweren Seufzer wieder hinlegte. Da war Jacques I., auf einem Hocker neben seinem Freund Fau[15] sitzend, der seine Erziehung mit heftigen Reitgertenhieben bis zu dem Grad der Vollkommenheit gebracht hatte, an dem sie angelangt war, und dem er die größte Dankbarkeit und vor allem den blindesten Gehorsam bezeigte. Schließlich war da noch inmitten des Kreises und ihres Glasbehälters Mademoiselle Camargo, deren gymnastische und gastronomische Übungen insbesondere zu den Lustbarkeiten der Soiree gehören sollten.

An dem Punkt angelangt, an dem wir uns befinden, ist es wichtig, einen Blick zurückzuwerfen und unseren Lesern mitzuteilen, durch welch unerhörtes Zusammentreffen von Umständen Mademoiselle

Camargo, die in der Niederung von Saint-Denis geboren worden war, sich mit Tom vereinigt fand, der aus Kanada stammte, und mit Jacques, der das Licht der Welt an den Gestaden Angolas erblickt hatte, und mit Gazelle, die in den Sümpfen Hollands gefischt worden war.

Man weiß, von welcher Unruhe die Pariser Viertel von Saint-Martin und Saint-Denis heimgesucht werden, wenn der Monat September die Wiederkehr der Jagd zeitigt: Dann trifft man nur noch auf Bürger, die von der Jagd zurückkommen, wohin sie gegangen waren, um *sich in Schuß zu halten*, indem sie Schwalben schießen, Hunde an der Leine führen, das Gewehr schultern, sich das Versprechen geben, dieses Jahr weniger ungeschickt zu sein als im vorigen, und alle ihre Bekannten anhalten, um ihnen zu sagen: »Mögen Sie Wachteln, Rebhühner? – Ja. – Gut! Dann schicke ich Ihnen am 2. oder 3. nächsten Monats welche ... – Danke. – Apropos, ich habe fünf Schwalben mit acht Schüssen erlegt. – Sehr gut. – Das ist nicht schlecht geschossen, oder? – Allerdings. – Adieu. – Guten Abend.«

Nun trat gegen Ende des Monats August 1829 einer dieser Jäger unter das große Tor des Hauses Faubourg Saint-Denis Nr. 109, fragte den Concierge, ob Decamps zu Hause sei, und auf die bejahende Antwort hin stieg er, seinen Hund Stufe um Stufe mit sich ziehend und mit dem Gewehrlauf an alle Ecken der Wand stoßend, die fünf Etagen hinauf, die zum Atelier unseres berühmten Malers führten.

Dort traf er nur dessen Bruder Alexandre an.

Alexandre ist einer jener geistigen und originellen Menschen, die man einfach schon im Vorübergehen als Künstler erkennt und die zu fast allem taugen würden, wenn sie nicht von zu tief sitzender Faulheit wären, als daß sie sich jemals ernsthaft mit einer Sache befassen würden, und die auf allen Gebieten den Instinkt für das Gute und Schöne haben und es überall erkennen, wo sie ihm begegnen, ohne sich darum zu bekümmern, ob das Objekt ihres Enthusiasmus den Zuspruch einer Clique findet oder mit einem Namen signiert ist – im übrigen ein guter Kerl in jedem Sinne des Wortes, allzeit bereit, für seine Freunde die Taschen zu leeren, und, wie alle Menschen, die sich vornehmlich mit einer Idee beschäftigen, die dessen auch wert ist, leicht mitzureißen, nicht aus Charakterschwäche, sondern weil Diskussion sie langweilt und sie Ermüdung fürchten.

Bei dieser Geistesdisposition ließ sich Alexandre von dem soeben Angekommenen leicht überzeugen, daß es ihm große Freude bereiten werde, mit jenem in der Niederung von Saint-Denis die Jagd zu eröffnen, wo es, so sage man, dieses Jahr die Wachteln in Scharen, die Rebhühner in Schwärmen und die Hasen in Herden gebe.

Als Folge dieses Gesprächs bestellte Alexandre bei Chevreuil eine Jagdweste, bei Lepage ein Gewehr und bei Boivin Gamaschen, was ihn zusammen sechshundertsechzig Francs kostete, den Waffenschein nicht mitgerechnet, der ihm in der Polizeipräfektur auf Vorzeigen des guten Leumundszeugnisses ausgehändigt wurde, welches der Kommissar seines Viertels ihm ohne Vorbehalte ausgestellt hatte.

Am 31. August gewahrte Alexandre, daß ihm nur noch eines zum vollendeten Jäger fehlte: ein Hund. Er lief alsbald zu dem Mann, der mit seiner Meute vor seinem Bruder für das Bild »Die gelehrten Hunde« posiert hatte, und fragte ihn, ob er nicht habe, was er brauche. Der Mann antwortete, er habe, was das betreffe, Tiere von wunderbarem Instinkt, und indem er sich von seinem Zimmer in den Hundezwinger begab, in den dieses zu ebener Erde überging, entfernte er im Handumdrehen den Dreispitz und das Gewand, die eine Art schwarzweißen Beagle zierten, kehrte sogleich mit diesem zurück und präsentierte ihn Alexandre als einen reinen Rassehund. Der machte die Bemerkung, daß der Rassehund gerade, zugespitzte Ohren habe, was allen überkommenen Gewohnheiten zuwiderlaufe; doch darauf antwortete der Mann, daß Love englisch sei und daß es bei englischen Hunden unbedingt zum guten Ton gehöre, die Ohren so zu tragen. Da die Sache im Grunde wahr sein konnte, gab Alexandre sich mit der Erklärung zufrieden und nahm Love mit nach Hause.

Am folgenden Tage kam unser Jäger um fünf Uhr morgens und weckte Alexandre, der wie ein Seliger schlummerte, schalt ihn heftig, da er ihn nicht bereit fand, und hielt ihm die Verspätung vor, aufgrund

Such!
LOVE

deren er bei seiner Ankunft die gesamte Niederung als *verbrannte Erde* vorfinden werde.

Und tatsächlich wurde, je näher man der Barriere kam, das Knallen heftiger und lauter. Unsere Jäger legten einen Schritt zu, passierten die Zollstelle, bogen rasch in ein Sträßchen ein, das sie zur Niederung brachte, sie stürzten sich in ein Kohlfeld und trafen mitten in ein wahrhaftes Vorhutscharmützel.

Man muß die Niederung von Saint-Denis an einem Tag der Jagderöffnung gesehen haben, um sich eine Vorstellung von dem unsinnigen Spektakel zu machen, das sie bietet. Nicht eine Lerche, nicht einmal ein simpler Spatz fliegt vorbei, ohne daß er von tausend Gewehrschüssen begrüßt würde. Wenn er fällt, öffnen sich dreißig Jagdtaschen, dreißig Jäger streiten sich, dreißig Hunde beißen einander; wenn er seinen Weg fortsetzt, sind aller Augen auf ihn gerichtet; wenn er sich niederläßt, läuft alles darauf zu; wenn er sich wieder erhebt, schießt alles. Hier und da trifft es sich, daß Bleikörner, die Tieren gelten, bei Menschen ankommen: Darüber darf man sich nicht aufregen; im übrigen gibt es ein altes Sprichwort für Pariser Jäger, das besagt, daß das Blei des Menschen Freund sei. Demgemäß habe ich meinerseits drei Freunde, die mir ein vierter in den Schenkel verpaßt hat.

Der Geruch des Pulvers und der Lärm der Gewehrschüsse brachten ihre gewohnte Wirkung hervor. Kaum hatte unser Jäger das eine gewittert und das andere gehört, als er sich auch schon ins Getümmel stürzte und sogleich begann, seine Rolle in diesem Hexensabbat zu spielen, der ihn in seinen Bannkreis gezogen hatte.

Alexandre, weniger leicht zu beeindrucken als er, ging gemäßigteren Schrittes voran, andächtig gefolgt von Love, dessen Nase sich von den Hacken seines Herrn nicht löste. Nun weiß ein jeder, daß es Aufgabe eines Jagdhundes ist, das Feld zu durchstöbern, und nicht etwa nachzuschauen, ob es unseren Stiefeln an Nägeln fehlt: Das ist die Überlegung, die sich ganz natürlich bei Alexandre nach Ablauf einer halben Stunde einstellte. Und folglich gab er Love mit der Hand ein Zeichen und befahl ihm: »Such!«

Love erhob sich sogleich auf die Hinterbeine und fing an zu tanzen.

»Sieh mal einer an!« sagte Alexandre.

Er setzte den Gewehrkolben auf den Boden und betrachtete seinen Hund. »Es scheint, daß Love über seine Universitätsausbildung hinaus auch unterhaltende Begabungen besitzt. Ich glaube, ich habe da eine exzellente Erwerbung gemacht.«

Da er gleichwohl Love zum Jagen und nicht zum Tanzen gekauft hatte, nutzte er den Moment, da dieser auf seine vier Pfoten zu stehen kam, um ihm ein zweites, ausdrucksvolleres Zeichen zu machen und mit lauterer Stimme zu sagen: »Such!«

Love legte sich der Länge nach hin, schloß die Augen und stellte sich tot.

Alexandre nahm sein Lorgnon und betrachtete Love. Das intelligente Tier war von vollkommener Reglosigkeit; nicht ein Haar seines Körpers rührte sich; man hätte meinen können, es sei vor vierundzwanzig Stunden dahingeschieden.

»Das ist ja sehr hübsch«, hob Alexandre wieder an, »aber mein lieber Freund, es ist jetzt hier nicht der Moment, um uns derlei Späßen zu widmen; wir sind gekommen, um zu jagen, jagen wir also. Auf, Tier, auf!«

Love rührte sich nicht.

»Warte nur, warte!« sagte Alexandre und nahm von der Erde eine Stange auf, die dazu gedient hatte, Erbsen zu stützen, und näherte sich Love mit der Absicht, ihm die Schultern zu liebkosen: »Warte!«

Kaum hatte Love den Stab in den Händen seines Herrn gesehen, als er sich auch schon auf die Pfoten gestellt hatte und jede seiner Bewegungen mit einem Ausdruck beachtenswerter Intelligenz verfolgte. Alexandre, der das bemerkt hatte, verschob also die Tracht Prügel, und indem er dachte, diesmal werde er schließlich gehorchen, streckte er Love die Stange hin und sagte zum dritten Mal zu ihm: »Such!«

Love nahm Anlauf und sprang über die Stange.

Love verstand sich bewundernswert auf drei Dinge: auf den Hinterbeinen zu tanzen, den Toten zu spielen und für die Herrschaft zu springen.

Alexandre, der im Moment diese letzte Begabung nicht höher schätzte als die anderen, zerschlug die Stange auf dem Rücken von Love, der sich jaulend zu unserem Jäger rettete.

Als Love nun dort anlangte, schoß unser Jäger gerade, und durch den allergrößten Zufall fiel eine unglückselige Lerche, die sich im Schußfeld befunden hatte, in Loves Maul. Love dankte der Vorsehung, die ihm einen solchen Segen schickte; und ohne sich darum zu bekümmern, ob sie gebraten war oder nicht, schlang er sie in einem Stück hinunter.

Unser Jäger stürzte sich mit den schrecklichsten Verwünschungen auf den unglückseligen Hund, packte ihn an der Gurgel und drückte sie mit solcher Kraft zu, daß der Hund gezwungen war, das Maul zu öffnen, wozu er nicht die geringste Lust hatte. Rasend fuhr der Jäger mit der Hand bis zum Schlund hinein und zog drei Federn vom Schwanz der Lerche hervor. Was den Rumpf anging, so war nicht mehr daran zu denken.

Der Eigentümer der Lerche suchte in seiner Tasche nach einem Messer, um Love aufzuschlitzen und auf diese Weise in den Besitz seines Wildbrets zu gelangen; doch unglücklicherweise für ihn und glücklicherweise für Love hatte er das seine am Vorabend seiner Frau geliehen, damit sie im voraus die Spießchen schnitzen konnte, auf die seine Rebhühner gesteckt werden sollten, und seine Frau hatte vergessen, es ihm zurückzugeben. Folglich gezwungen, auf weniger gewalttätige Mittel der Bestrafung zurückzugreifen, gab er Love einen Fußtritt, mit dem sich ein Wagentor hätte eintreten lassen, er versorgte pfleglich die drei Federn in seiner Jagdtasche und brüllte mit aller Kraft zu Alexandre hin: »Sie können ganz beruhigt sein, mein lieber Freund, ich werde niemals wieder mit Ihnen jagen. Ihr Halunke von Love hat mir gerade eine superbe Wachtel verschlungen! Ah! Komm bloß wieder, Früchtchen …!«

Love hütete sich wiederzukommen. Im Gegenteil, er flüchtete sich, sobald seine Beine es zuließen, an die Seite seines Herrn, was bewies, daß er alles in allem die Schläge mit einer Stange den Fußtritten vorzog.

Indessen hatte die Lerche Love auf den Geschmack gebracht, und da er von Zeit zu Zeit sah, wie sich vor ihm Individuen erhoben, die derselben Gattung anzugehören schienen, machte er sich daran, in alle Richtungen zu laufen, zweifelsohne in der Hoffnung, am Ende einem zweiten Glücksfall ähnlich dem ersten zu begegnen.

Alexandre folgte ihm mit großer Mühe und verfluchte sich, indem er ihm folgte: denn Love spürte dem Wild auf eine Weise nach, die das genaue Gegenteil von dem war, wie es die anderen Hunde sich zu eigen gemacht hatten, das heißt, die Nase in der Luft und den Schwanz nach unten. Das ließ darauf schließen, daß seine Sicht besser war als sein Geruchssinn; doch diese Verschiebung der körperlichen Fähigkeiten war für seinen Herrn unerträglich, vor dem er in einer Entfernung von hundert Schritt herlief, denn er stöberte das Wild in doppelter Reichweite des Gewehrs auf und scheuchte es mit der Stimme bis zum nächsten Versteck weiter.

Dieses Treiben dauerte den ganzen Tag an.

Gegen fünf Uhr abends hatte Alexandre etwa fünfzehn Meilen zurückgelegt, und Love mehr als fünfzig. Der eine war vom Schreien entkräftet und der andere vom Bellen. Was den Jäger betraf, so war für ihn die Mission beendet, und er hatte sich von den beiden getrennt, um im Moor von Pantin Sumpfschnepfen zu schießen.

Plötzlich blieb Love starr stehen. Und zwar so starr, so gebannt, daß man hätte meinen können, er wäre, wie der Hund des Cephalus,[16] zu Stein geworden. Bei diesem Anblick, der für ihn so neu war, vergaß Alexandre seine Erschöpfung, und er lief, was die Beine hergaben, voller Angst, daß Love seine Starre aufgeben könnte, bevor er in Reichweite war. Doch da bestand keine Gefahr: Love hatte die vier Pfoten wie festgenagelt auf dem Boden.

Alexandre gelangte zu ihm, schaute forschend, in welche Richtung seine Augen gingen, sah, daß sie auf ein Grasbüschel geheftet waren, und unter diesem Grasbüschel gewahrte er etwas von gräulicher Farbe.

Er meinte, es sei ein junges Rebhuhn, das von seiner Schar getrennt worden war; und sich mehr auf seine Schirmmütze als auf sein Gewehr verlassend, legte er die Waffe zu Boden, nahm die Mütze in die Hand, und, indem er sich wie ein Kind, das einen Schmetterling fangen will, auf leisen Sohlen heranschlich, stülpte er die besagte über das unbekannte Objekt, steckte rasch die Hand darunter und zog einen Frosch hervor.

Ein anderer hätte den Frosch dreißig Schritt weit fortgeworfen: Alexandre dagegen dachte, wenn ihm die Vorsehung dieses interessante Tier auf so wundersame Weise gesandt hatte, dann deshalb, weil sie geheime Absichten damit habe und es sich für große Dinge vorbehalte.

Und so legte er es sorgsam in seine Jagdtasche, nahm es gewissenhaft mit nach Hause, füllte es sogleich nach Ankunft in ein Einmachglas um, aus dem wir am Vorabend noch die letzten Kirschen gegessen hatten, und goß ihm den Rest des Wassers aus der Karaffe über den Kopf.

Diese Bemühungen um einen Frosch hätten außerordentlich erscheinen können von seiten eines Mannes, der ihn sich auf eine weniger komplizierte Weise beschafft hatte, als es bei Alexandre der Fall war; doch Alexandre wußte, was ihn dieser Frosch gekostet hatte, und so behandelte er ihn dementsprechend.

Er hatte sechshundertsechzig Francs gekostet, den Waffenschein nicht gerechnet.

4. Kapitel

Wie dem Kapitän Pamphile, Kommandant der Handelsbrigg »Roxelane«, am Ufer des Flusses Bengo eine bessere Jagd gelang als Alexandre Decamps in den Niederungen von Saint-Denis.

»Ei! Ei!« sagte Doktor Thierry[17], als er am nächsten Tag das Atelier betrat. »Sie haben einen neuen Untermieter.«

Und ohne auf das freundschaftliche Brummen von Tom und auf die warnenden Grimassen von Jacques zu achten, ging er auf das Einmachglas zu, das Mademoiselle Camargo enthielt, und tauchte die Hand hinein.

Mademoiselle Camargo, die Thierry nicht als einen sehr gelehrten Mediziner und hochgeistigen Mann kannte, fing an, im Kreis zu rudern, so schnell sie konnte, was aber nicht verhinderte, daß sie schon im nächsten Moment am äußersten Ende des linken Beins gepackt wurde und mit dem Kopf nach unten ihr Domizil verließ.

»Sieh mal einer an!« sagte Thierry, indem er sie drehte, wie etwa eine Schäferin die Spindel dreht. »Es ist die *rana temporaria*, sehen Sie: so genannt wegen der zwei schwarzen Flecken, die vom Auge zum Trommelfell gehen; sie lebt in fließenden Gewässern ebenso wie in Sümpfen; manche Autoren haben sie den stummen Frosch genannt, weil sie unter Wasser quakt, während der Laubfrosch nur draußen quaken kann. Wenn Sie zweihundert von diesen hier haben, gebe ich ihnen den Rat, ihnen die Hinterbeine abzuschneiden, sie wie Hühnerfrikassee

rana temporaria
Mademoiselle
Camargo

zuzubereiten, von Corcelet zwei Flaschen Bordeaux Mouton kommen zu lassen und mich zum Diner einzuladen; doch da wir nur eine haben, werden wir uns damit zufriedengeben, mit ihrer Erlaubnis einen im Hinblick auf sie noch dunklen Punkt der Wissenschaft zu erhellen, der gleichwohl von mehreren Naturforschern vertreten wird: und zwar, daß dieser Frosch sechs Monate ohne Essen bleiben kann.«

Bei diesen Worten ließ er Mademoiselle Camargo wieder fallen, die sich sogleich daranmachte, mit der fröhlichen Gelenkigkeit, deren ihre Glieder fähig waren, zwei- oder dreimal die Rundreise in ihrem Glas zu vollführen; worauf sie, als sie eine Fliege gewahrte, die in ihren Herrschaftsbereich gefallen war, zur Wasseroberfläche schnellte und diese verschlang.

»Die lasse ich dir noch durchgehen«, sagte Thierry, »aber gib nur acht, sie muß für hundertdreiundachtzig Tage reichen.«

Denn unglückseligerweise für Mademoiselle Camargo war das Jahr 1830 ein Schaltjahr: durch diese Unregelmäßigkeit der Sonne gewann die Wissenschaft zwölf Stunden.

Mademoiselle Camargo schien sich angesichts dieser Drohung keineswegs zu beunruhigen und verblieb wacker mit dem Kopf außerhalb des Wassers, die vier Beine jeweils nonchalant reglos und mit derselben Kühnheit ausgestreckt, als ruhe sie auf festem Boden.

»Und nun«, sagte Thierry, indem er eine Schublade aufzog, »wollen wir für das Mobiliar der Gefangenen sorgen.«

Er nahm zwei Patronen, einen Bohrer, ein Taschenmesser, zwei Pinsel und vier Streichhölzer heraus. Decamps sah ihm schweigend zu und ohne zu verstehen, worum es sich bei diesem Manöver handelte, dem sich der Doktor mit ebensoviel Sorgfalt widmete wie den Vorbereitungen zu einer chirurgischen Operation; er leerte sodann das Pulver in einen Kerzenlöscheruntersatz, behielt die Kugeln, warf die Pinselquasten zu Jacques hin und behielt die Stiele.

»Was zum Teufel fabrizieren Sie da?« fragte Decamps und entriß Jacques seine beiden besten Pinsel. »Sie ruinieren ja meinen Betrieb!«

»Ich mache eine Leiter«, sagte Thierry bedächtig. Und tatsächlich hatte er mit Hilfe des Bohrers die beiden Bleikugeln durchbohrt, die Pinselstiele in die Löcher gesteckt, und in den Stielen, die als Holme gedacht waren, befestigte er horizontal die Streichhölzer, die die Sprossen bilden sollten. Nach fünf Minuten war die Leiter fertig und in das Glas hinabgesenkt, auf dessen Grund sie durch das Gewicht der beiden Kugeln fixiert stand. Mademoiselle Camargo war kaum Besitzerin dieses Einrichtungsstücks, als sie es auch schon ausprobierte, wie um sich der Stabilität zu versichern, indem sie bis zur letzten Sprosse emporstieg.

»Wir werden Regen bekommen«, bemerkte Thierry.

»Teufel auch!« erwiderte Decamps. »Glauben Sie? Und was ist mit meinem Bruder, der heute wieder auf die Jagd gehen wollte?«

»Mademoiselle Camargo rät ihm nicht dazu«, antwortete der Doktor.

»Wie das?«

»Lieber Freund, ich erspare Ihnen ein Barometer. Jedesmal, wenn Mademoiselle Camargo ihre Leiter hinaufsteigt, wird es ein Zeichen für Regen sein; wenn sie hinabsteigt, können Sie sicher sein, gutes Wetter zu haben; und wenn sie sich in der Mitte hält, sollten Sie sich nicht ohne Sonnenschirm oder ohne Mantel hinauswagen: Wechselhaft! Wechselhaft!«

»Sieh an, sieh an!« sagte Decamps.

»Und jetzt«, fuhr Thierry fort, »werden wir das Glas mit einem Pergament verschließen, als enthielte es immer noch all seine Kirschen.«

»Hier«, sagte Decamps und hielt ihm das Gewünschte hin.

»Wir werden es mit einem Bindfaden befestigen.«

»Da!«

»Nun möchte ich Sie um das Wachs bitten! Gut ... ein Licht! Das hätten wir ... und um mein Experiment abzusichern (er zündete das Wachs an, versiegelte den Knoten und drückte die Fassung seines Rings auf das Siegel), da, das bleibt so für ein Semester. – Und jetzt«, fuhr er fort, indem er mit Hilfe des Taschenmessers einige Löcher ins Pergament bohrte, »jetzt eine Feder und Tinte?«

Haben Sie jemals einen Maler um eine Feder und Tinte gebeten? – Nein. – Nun, dann bitten Sie ihn nicht darum; denn er wird tun, was Decamps tat: Er wird Ihnen einen Bleistift anbieten.

Thierry nahm den Bleistift und schrieb auf das Pergament:

2. September 1829

Nun war es am Abend der Zusammenkunft, von der wir unseren Lesern eine Vorstellung zu geben versucht haben, gerade hundertdreiundachtzig Tage her, also sechs Monate und zwölf Stunden, seit Mademoiselle

Camargo konstant und ohne eine Minute lang sich stören zu lassen, den Regen, das schöne und das wechselhafte Wetter anzeigte: eine Regelmäßigkeit, die um so bemerkenswerter war, als sie während dieses Zeitraums nicht ein Quentchen an Nahrung zu sich genommen hatte.

Dementsprechend bemächtigte sich der Versammlung, als Thierry, seine Uhr hervorziehend, verkündet hatte, daß die letzte Sekunde der sechzigsten Minute der zwölften Stunde verronnen sei, und man das Einmachglas gebracht hatte, ein allgemeines Gefühl des Mitleids, als man sah, zu welch elendem Zustand das arme Tier heruntergekommen war, das nun auf Kosten seines Magens einen dunklen Punkt der Wissenschaft mit einem so großen und bedeutenden Licht erhellt hatte.

»Da sehen Sie es!« sagte Thierry triumphierend. »Schneider und Rösel[18] hatten recht!«

»Recht hin, recht her«, sagte Jadin, indem er das Glas nahm und es in Höhe seiner Augen brachte; »es ist mir noch gar nicht bewiesen, daß Mademoiselle Camargo nicht verblichen ist.«

»Man sollte auf Jadin nicht hören«, sagte Flers[19], »er ist ja nie für Mademoiselle Camargo gewesen.«

Thierry nahm eine Lampe und hielt sie hinter das Glas. »Schauen Sie hin«, sagte er, »und Sie sehen das Herz schlagen.«

Tatsächlich war Mademoiselle Camargo so dünn geworden, daß sie durchsichtig wie ein Kristall war und man das ganze Kreislaufsystem erkennen konnte; man konnte sogar feststellen, daß das Herz nur ein Ventrikel und nur eine Klappe hatte; aber diese Organe vollführten ihre Aufgaben so schwach, und Jadin hatte sich nur um ein so Weniges geirrt, daß es sich wirklich kaum lohnte zu widersprechen, denn man hätte dem armen Tier keine zehn Minuten Lebenszeit mehr gegeben. Seine Beine waren mager geworden wie Bindfäden, und das Hinterteil hing an der vorderen Partie des Körpers nur mittels der Knochen, die Federn bilden, mit Hilfe deren die Frösche springen statt zu gehen. Darüber hinaus war ihm auf dem Rücken eine Art Moos gewachsen, das unter dem Mikroskop zu einer veritablen Meeresvegetation wurde, mit dazugehörigen Binsen und Blumen. Thierry, in seiner Eigenschaft als Botaniker, behauptete gar, daß diese kaum wahrnehmbaren Triebe zur Familie der Lentisken und der Brunnenkresse gehörten. Niemand ließ sich auf eine diesbezügliche Erörterung ein.

»Nun«, sagte Thierry, »da jeder an der Reihe war, Mademoiselle Camargo genau zu untersuchen, soll man sie in Ruhe soupieren lassen.«

»Und was wird sie essen?« fragte Flers.

»Ich habe ihre Mahlzeit in dieser Schachtel.«

Und Thierry hob das Pergament an und entließ in den für die Luft vorbehaltenen Raum eine so große Anzahl von Fliegen, denen ein Flügel fehlte, daß ersichtlich war, daß er seinen Morgen ihrer Gefangennahme und seinen Nachmittag ihrer Verstümmelung gewidmet hatte. Wir glaubten, daß Mademoiselle Camargo genug für sechs weitere Monate hatte: einer von uns ging sogar so weit, dieser Meinung Ausdruck zu verleihen.

»Irrtum«, antwortete Thierry; »in einer Viertelstunde ist keine einzige mehr übrig.«

Der am wenigsten Leichtgläubige unter uns ließ sich zu einer Geste des Zweifels hinreißen. Gestärkt durch einen ersten Erfolg setzte Thierry Mademoiselle Camargo an ihren gewohnten Platz, ohne uns überhaupt einer Antwort zu würdigen.

Kaum war er an seinen Platz zurückgekehrt, als sich die Tür öffnete und der Besitzer des benachbarten Cafés mit einem Tablett hereintrat, auf dem sich eine Teekanne, eine Zuckerdose und Tassen befanden. Er wurde gefolgt von zwei Kellnern, die in einem Weidenkorb ein Kommißbrot, eine Brioche, einen Salat und eine große Menge an Kleingebäck aller Formen und Arten hereintrugen.

Das Kommißbrot war für Tom, die Brioche für Jacques, der Salat für Gazelle und das Kleingebäck für uns. Zunächst wurde den Tieren serviert, sodann sagte man den Menschen, sie sollten sich frei fühlen, nach Herzenslust zuzugreifen: was mir, solange nichts Besseres erfunden wird, die beste Art scheint, jemanden bei sich willkommen zu heißen.

Es gab einen Moment scheinbarer Verwirrung, während dessen sich ein jeder nach seinem Belieben und seinen Vorstellungen einrichtete.

Tom trug brummend das Brot in seine Ecke; Jacques suchte mit seiner Brioche hinter den Büsten von Malaguti und von Ratta[20] Zuflucht; Gazelle zog langsam den Salat unter den Tisch, und was uns betraf, so nahmen wir, wie das so ziemlich allgemein gehandhabt wird, eine Tasse in die linke Hand und ein Gebäck in die rechte Hand und vice versa.

Nach zehn Minuten waren weder Tee noch Gebäck übrig.

Man klingelte folglich nach dem Besitzer des Cafés, der mit seinen Helfern wieder erschien.

»Mehr davon!« sagte Decamps.

Und rückwärtsgehend und sich verneigend verließ uns der Cafébesitzer, um diesem Befehl zu gehorchen.

»Und jetzt, meine Herren«, sagte Flers, indem er Thierry mit ironischem und Decamps mit respektvollem Ausdruck ansah, »während wir darauf warten, daß Mademoiselle Camargo soupiert und man uns mehr von dem Gebäck bringt, wäre es, glaube ich, gut, die Zwischenzeit mit der Lesung des Manuskripts von Jadin auszufüllen. Es geht darin um die ersten Jahre von Jacques I., den hinreichend gut zu kennen wir alle die Ehre haben und dem wir ein zu herzliches Interesse entgegenbringen, als daß nicht die geringsten Details, die über ihn zusammengetragen werden, in unseren Augen eine große Bedeutung gewönnen. *Dixi.*[21]«

Ein jeder neigte den Kopf als Zeichen der Zustimmung; eine oder zwei Personen klatschten sogar mit den Händen.

»Jacques, mein Freund«, sagte Fau, der in seiner Eigenschaft als Erzieher derjenige unter uns war, der mit dem Helden dieser Geschichte am vertrautesten war, »sehen Sie, man spricht von Ihnen: Kommen Sie her.«

Und gleich nach diesen drei Worten ließ er einen besonderen Pfiff ertönen, den Jacques so gut kannte, daß das intelligente Tier nur einen Sprung von seinem Brett auf die Schulter dessen tat, der das Wort an ihn gerichtet hatte.

»Gut, Jacques; es ist sehr schön, gehorsam zu sein, besonders, wenn man die Backentaschen voller Brioche hat. Begrüßen Sie diese Herren.«

Jacques brachte die Hand in der Art der Militärs an die Stirn.

»Und wenn Ihr Freund Jadin, der Ihre Geschichte vortragen wird, irgendwelche verleumderischen Reden auf Ihre Kosten macht, dann sagen Sie ihm, er sei ein Lügner.«

Jacques bewegte den Kopf von oben nach unten als Zeichen vollkommenen Verständnisses.

Jacques und Fau waren eben wahrhaft in harmonischer Freundschaft verbunden. Es war, von seiten des Tieres vor allem, eine Zuneigung, wie man sie bei den Menschen nicht mehr findet; und worauf ging das zurück? Man muß zur Schande der Affengattung gestehen: Nicht dadurch, daß er seine Geisteszier beförderte, wie es Fénelon für den Grand Dauphin tat, sondern dadurch, daß er seinen Lastern schmeichelte, wie es Katharina mit Heinrich III. machte, hatte der Erzieher auf seinen Zögling diesen beklagenswerten Einfluß gewonnen.[22] So war Jacques, als er in Paris ankam, nur ein Liebhaber guten Weins gewesen: Fau hatte ihn zu einem Säufer gemacht. Er war nur ein Sybarit in der Art des Alkibiades gewesen: Fau hatte ihn zu einem Kyniker der Schule des Diogenes gemacht.[23] Er war nur genießerisch wie Lukullus gewesen: Fau hatte ihn zu einem Gourmand wie Grimod de La Reynière gemacht.[24] Allerdings hatte er sich durch diese moralische Verderbtheit eine Menge physischer Vorzüge erworben, die ihn zu einem sehr distinguierten Tier machten. Er konnte seine rechte Hand von seiner linken Hand unterscheiden, sich zehn Minuten lang totstellen, auf dem Seil tanzen wie Madame Saqui[25], mit einem Gewehr unter dem Arm und einer Jagdtasche auf dem Rücken auf die Jagd gehen, seinen Waffenschein dem Feldhüter und den Gendarmen seinen Hintern zeigen. Kurz, es war ein charmanter Taugenichts, dessen einziger Fehler darin bestand, daß er unter der Restauration statt unter der Régence geboren worden war.

Deswegen erbebte Jacques, wenn Fau an der Tür zur Straße klopfte; wenn er die Treppe heraufstieg, fühlte Jacques ihn kommen. Und so stieß er kleine Freudenschreie aus, er hüpfte auf den Hinterbeinen wie ein Känguruh, und wenn Fau die Tür öffnete, stürzte er sich in seine

Arme, wie man es noch im Théâtre-Français in dem Drama »Die Versöhnung«[26] tut. Kurz, alles was Jacques' war, war auch Faus, und er hätte sich die Brioche aus dem Mund genommen, um sie ihm anzubieten.

»Meine Herren«, sagte Jadin, »wenn Sie sich hinsetzen und die Pfeifen und die Zigarren anzünden wollen, ich bin bereit.«

Ein jeder gehorchte. Jadin räusperte sich, schlug das Manuskript auf und las das Folgende:

5. Kapitel

Wie Jacques I. den Armen seiner verendenden Mutter entrissen und an Bord der Handelsbrigg »Roxelane« (Kapitän Pamphile) gebracht wurde.

»Am 24. Juli 1827 setzte die Brigg ›Roxelane‹ in Marseille Segel, um in Mokka Kaffee, in Bombay Gewürze und in Kanton Tee zu laden; um den Proviant aufzufrischen, lief sie die Bucht von Saint-Paul-de-Loanda an, die, wie ein jeder weiß, in der Mitte des südlichen Guinea liegt.

Während der Warentausch vor sich ging, nahm Kapitän Pamphile, der sich auf seiner zehnten Indienfahrt befand, das Gewehr und ging zu seiner Erbauung bei einer Hitze von siebzig Grad die Ufer des Flusses Bengo hinan. Kapitän Pamphile war der größte Jäger vor dem Herrn, der seit Nimrod auf Erden gewandelt ist.

Er hatte in dem hohen Gras, das den Fluß säumte, noch keine zwanzig Schritte getan, als er spürte, wie sein Fuß auf einem runden und glitschigen Gegenstand ähnlich dem Stamm eines jungen Baumes abrutschte. Im selben Augenblick hörte er ein scharfes Zischen, und er sah, wie sich zehn Schritte vor ihm der Kopf einer enormen Boa aufrichtete, auf deren Schwanz er getreten war.

Ein anderer als Kapitän Pamphile hätte, bedroht von diesem ungeheuren Kopf, dessen blutrote Augen, indem sie ihn betrachteten, wie zwei Karfunkelsteine schillerten, sicherlich eine gewisse Furcht verspürt; doch die Boa kannte Kapitän Pamphile nicht.

›Donnerkiel, was Reptil! Meinst du, du machst mir Angst?‹ sagte der Kapitän.

Und im Augenblick, da die Schlange den Rachen öffnete, jagte er ihr eine Kugel hinein, die die Kehle durchschlug und auf der Oberseite des Kopfes wieder austrat. Die Schlange war auf der Stelle tot.

Der Kapitän lud zunächst in aller Ruhe das Gewehr nach; dann zog er das Messer und begab sich zu dem Tier, öffnete ihm den Bauch, trennte die Leber von den Eingeweiden, wie der Engel des Tobias[27] es gemacht hatte, und nach einem Moment emsiger Suche fand er einen kleinen blauen Stein von Haselnußgröße.

›Gut!‹ sagte er.

Und er tat den Stein in einen Beutel, in dem sich schon ein weiteres Dutzend ähnlicher Steine befanden. Kapitän Pamphile war gebildet wie ein Mandarin: Er hatte ›Tausendundeine Nacht‹ gelesen und suchte den verzauberten Bezoar des Prinzen Camaralzaman.[28]

Sobald er ihn gefunden zu haben glaubte, machte er sich wieder auf die Jagd.

Nach einer Viertelstunde sah er, wie sich das Gras vierzig Schritte vor ihm bewegte, und er vernahm ein furchterregendes Gebrüll. An diesem Getöse schienen alle Wesen den Herrn der Schöpfung zu erkennen. Die Vögel hörten auf zu singen; zwei Gazellen sprangen verschreckt auf und stürmten in die Ebene davon; ein Wildelefant, den man in einer viertel Meile Entfernung auf einem Hügel gewahrte, erhob den Rüssel, um sich zum Kampf zu rüsten.

›Prrrrr! Prrrrr!‹ machte Kapitän Pamphile, als handele es sich darum, eine Schar Rebhühner aufzuscheuchen.

Bei diesem Lärm erhob sich nun der Tiger, der bislang geduckt geblieben war, und sein Schwanz peitschte ihm um die Flanken: Es war ein Königstiger von gewaltiger Größe. Er machte einen Satz und kam dem Jäger um zwanzig Fuß näher.

›Witzbold!‹ sagte Kapitän Pamphile. ›Du glaubst, ich werde aus dieser Entfernung auf dich schießen und dir das Fell versauen? Prrrrr! Prrrrr!‹

Der Tiger machte einen zweiten Satz, der ihn um weitere zwanzig Fuß näherbrachte; doch im Moment, als er den Boden berührte, ging der Schuß los, und die Kugel traf ihn im linken Auge. Der Tiger überschlug sich wie ein Hase und verendete alsbald.

Kapitän Pamphile lud in aller Ruhe das Gewehr nach, zog das Messer aus der Tasche, drehte den Tiger auf den Rücken, schlitzte ihm unter dem Bauch das Fell auf und häutete ihn, wie es eine Köchin mit einem Kaninchen macht. Schließlich staffierte er sich mit dem Fell seines Opfers aus, wie es viertausend Jahre zuvor der Nemeische Herkules[29] getan hatte, von dem er als aus Marseille Gebürtiger angeblich abstammte, und machte sich wieder auf die Jagd.

Kaum war eine halbe Stunde vergangen, als er im Wasser des Flusses, dessen Lauf er folgte, einen gewaltigen Lärm vernahm.

Er lief behende ans Ufer und erkannte, daß es sich um ein Flußpferd handelte, das sich stromaufwärts bewegte und das von Zeit zu Zeit an die Oberfläche kam, um Atem zu schöpfen.

›Sackerlot!‹ sagte Kapitän Pamphile. ›Damit kann ich für sechs Franc Glasperlen sparen.‹

Das war der Preis für Rinder in Saint-Paul-de-Loanda, und Kapitän Pamphile galt als haushälterisch.

Dementsprechend verfolgte er den Weg des Tieres, geleitet von den Luftblasen, die diesen markierten, indem sie an der Wasseroberfläche zerplatzten, und als es seinen enormen Kopf herausstreckte, verpaßte ihm der Jäger, wobei er den einzigen Punkt aussuchte, an dem es verwundbar sein soll, eine Kugel ins Ohr. Kapitän Pamphile hätte auf fünfhundert Schritt Achilles an der Ferse getroffen.

Das Ungetüm drehte sich einige Sekunden lang, während es fürchterlich brüllte und mit den Füßen das Wasser aufwühlte. Einen Augenblick lang hätte man meinen können, es werde von dem Wirbel, den sein Todeskampf bereitete, selbst verschlungen, doch bald waren seine Kräfte erschöpft, und es driftete dahin wie ein Bündel; dann erschien allmählich die weißliche und glatte Haut des Bauches, anstelle der schwarzen und von Unebenheiten genarbten Haut des Rückens, und mit einer letzten Anstrengung strandete es, alle viere in die Luft gestreckt, inmitten der Pflanzen, die am Ufer des Flusses wuchsen.

Kapitän Pamphile lud seelenruhig das Gewehr nach, zog das Messer aus der Tasche, schnitt einen kleinen Baum von der Stärke eines Besenstiels ab, spitzte ihn an einem Ende an, spaltete ihn am anderen, bohrte das spitze Ende dem Flußpferd in den Bauch und befestigte in dem gespalteten Ende ein Blatt seines Taschenkalenders, auf das er mit Bleistift schrieb: ›Für den Koch des Handelsschiffes ‚Roxelane', von Kapitän Pamphile, auf Jagd an den Ufern des Flusses Bengo.‹

Sodann stieß er mit dem Fuß das Tier an, das in die Strömung kam und ruhig den Fluß hinunterschwamm, etikettiert wie der Kleiderkoffer eines Handelsreisenden.

›Ah!‹ sagte Kapitän Pamphile, als er sah, daß sich die Vorräte auf dem rechten Weg zu seinem Schiff befanden, ›ich glaube, ich habe mir meine Mahlzeit verdient.‹

Und da das eine Wahrheit war, die nur er allein anzuerkennen brauchte, damit sich im selben Moment alle Folgerungen daraus ergäben, breitete er auf dem Boden sein Tigerfell aus, setzte sich darauf, zog aus der linken Tasche eine Feldflasche mit Rum, die er zu seiner Rechten abstellte, aus der rechten Tasche eine herrliche Guajave, die er zur Linken ablegte, und aus der Jagdtasche ein Stück Zwieback, das er sich zwischen die Beine legte, und er machte sich daran, seine Pfeife zu stopfen, damit ihm nach der Mahlzeit nichts Anstrengendes mehr zu tun blieb.

Haben Sie mal gesehen, wie Debureau[30] mit großer Sorgfalt die Vorbereitungen zu seinem Essen trifft, das dann Harlekin aufißt? Sie erinnern sich an seinen Gesichtsausdruck, nicht wahr, als er sich umdreht und sieht, daß sein Glas leer ist und sein Apfel geklaut wurde? – Ja. – Nun, dann sehen Sie sich Kapitän Pamphile an, als er feststellt, daß seine Feldflasche umgekippt und seine Guajave verschwunden ist.

Kapitän Pamphile, dem das Genehmigungsverfahren des Innenministers nicht das Wort verboten hatte, ließ das wunderbarste ›*Tron dé Diou!*‹ ertönen, das seit der Gründung Marseilles je einem provenzalischen Mund entsprang;[31] aber da er weniger leichtgläubig war als Debureau, und da er die alten und die neuen Philosophen gelesen und bei Diogenes Laertios[32] und bei Monsieur de Voltaire gelernt hatte, daß es keine Wirkung ohne Ursache gibt, machte er sich sogleich daran, nach der Ursache zu suchen, deren Wirkung für ihn so abträglich gewesen war, jedoch ohne sich etwas anmerken zu lassen, ohne sich von der Stelle zu rühren, wobei er den Eindruck erweckte, als knabbere er lediglich an seinem trockenen Brot. Allein sein Kopf drehte sich, etwa fünf Minuten lang, wie bei einer chinesischen Figur, und zwar heftig, als ihm auf einmal irgendein Objekt auf den Kopf fiel und in den Haaren hängenblieb. Der Kapitän fuhr sich mit der Hand an die Stelle des Aufschlags und fand die Schale seiner Guajave. Kapitän Pamphile hob die Nase und gewahrte direkt über sich einen Affen, der in den Zweigen eines Baumes seine Grimassen schnitt.

Kapitän Pamphile streckte die Hand nach seinem Gewehr aus, ohne den Spitzbuben aus den Augen zu verlieren, und indem er den Kolben in die Schulter stemmte, drückte er ab. Das Affenweibchen fiel neben ihm zu Boden.

›Du liebes bißchen!‹ sagte Kapitän Pamphile, während er seine neue Beute in Augenschein nahm, ›ich habe einen zweiköpfigen Affen erlegt.‹

Und wirklich hatte das Tier, das dem Kapitän Pamphile zu Füßen lag, zwei unterschiedliche, deutlich voneinander getrennte Köpfe, und das Phänomen war um so bemerkenswerter, als der eine der beiden Köpfe tot war und seine Augen geschlossen waren, während der andere lebendig war und die Augen geöffnet hatte.

Kapitän Pamphile, der diesen seltsamen Aspekt der Naturkunde aufklären wollte, faßte das Ungetüm am Schwanz und untersuchte es achtsam; doch schon beim ersten Hinsehen schwand alles Erstaunen dahin. Es war eine Äffin, und der zweite Kopf war der ihres Jungen, das sie in dem Moment, als sie von der Kugel getroffen wurde, auf dem Rücken trug und das mit herabgefallen war, ohne die mütterliche Brust loszulassen.

›Sackerlot‹, rief er, ›es gehört zur Familie der Callitricidae; erst mal im Hafen von Marseille angelandet, ist es die Kleinigkeit von fünfzig Francs wert.‹ Und er steckte es in seine Jagdtasche.

Da Kapitän Pamphile aufgrund des Zwischenfalls, den wir hier berichtet haben, immer noch einen leeren Magen hatte, beschloß er nun, den Weg zurück zur Bucht einzuschlagen. Obwohl im übrigen seine Jagd nur von ungefähr zweistündiger Dauer gewesen war, hatte er in diesem Zeitraum eine Boa, einen Tiger und ein Flußpferd erlegt und ein Exemplar der Callitricidae lebend mitgebracht. Es gibt durchaus Pariser Jäger, die sich mit solchem Glück für einen ganzen Tag begnügen würden.

Als er auf dem Deck der Brigg anlangte, sah er, daß die ganze Mannschaft um das Flußpferd herum beschäftigt war, das glücklich seinen Bestimmungsort erreicht hatte. Der Schiffschirurg riß ihm die Zähne, um daraus Messergriffe für Villenave und falsche Zähne für Désirabode zu machen;[33] der Maat zog ihm die Haut ab und schnitt sie in Riemen, mit dem Zweck, daraus Peitschen zu machen, um die Hunde zu schlagen, und Seisings, um den Schiffsjungen eine Abreibung zu verpassen; schließlich schnitt ihm der Schiffskoch Beefsteaks aus dem Filet und Grillstücke von Entrecotes für den Tisch des Kapitän Pamphile: Der Rest des Tieres sollte in Viertel geschnitten und eingesalzen der Mannschaft zugedacht werden.

Kapitän Pamphile war dermaßen zufrieden mit diesen Aktivitäten, daß er eine außerplanmäßige Verteilung von Rum anordnete und einen Erlaß von fünf Schlägen mit dem Seising für einen Schiffsjungen, der zum Erhalt von fünfundsechzig verurteilt war.

Am Abend setzte man Segel.

Angesichts dieses zusätzlichen Proviants erachtete es Kapitän Pamphile als unnütz, das Kap der Guten Hoffnung anzulaufen, und indem man zur Rechten die Prince-Edward-Inseln und zur Linken Madagaskar liegenließ, fuhr man geschwind in Richtung Indischer Ozean.

Die ›Roxelane‹ segelte also wacker mit Rückenwind dahin, wobei sie ihre acht Knoten in der Stunde machte, was für ein Handelsschiff im Jargon der Seeleute ein wahrlich doller Zahn ist, als einer der Matrosen vom Ausguck der Marssegel rief: ›Segel voraus!‹

Kapitän Pamphile nahm sein Fernrohr, richtete es auf das gemeldete Schiff, schaute mit bloßem Auge, richtete nochmals das Fernrohr dorthin; nach einem Moment aufmerksamer Prüfung rief er sodann den Zweiten Offizier und drückte ihm schweigend das Instrument in die Hand.

›Nun, Policar‹, sagte der Kapitän, als er glaubte, daß derjenige, an den er das Wort richtete, genug Zeit gehabt hatte, das betreffende Objekt in Ruhe zu betrachten, ›was sagst du zu diesem Zollkutter?‹

›Meiner Treu, Kapitän, ich sage, daß er eine seltsame Gestalt hat. Was seine Flagge angeht‹ – er hob das Fernglas ans Auge –, ›so soll mich der Teufel holen, wenn ich weiß, welche Macht sie repräsentiert: Es ist ein gelbgrüner Drache auf weißem Grund.‹

›Nun, so salutieren Sie mit einer Verbeugung bis zum Boden, mein Freund; denn Sie haben ein Schiff vor sich, das dem Sohn der Sonne gehört, Vater und Mutter des Menschengeschlechts, dem König der Könige, dem erhabenen Kaiser von China und Kotschinchina; und zudem erkenne ich an seinen runden Deckaufbauten und seinem Schildkrötengang, daß es nicht mit leerem Bauch nach Peking zurückkehrt.‹

›Teufel! Teufel!‹ sagte Policar, während er sich das Ohr kratzte.

›Was hältst du von diesem Zusammentreffen?‹

›Ich denke, daß es lustig wäre ...‹

›Nicht wahr ...? Nun also, ich auch, mein Kind. ‹

›Also sollte man ...?‹

›Das olle Eisen auf Deck bringen und bis zum letzten Zoll Segel setzen.‹

›Ah! Er hat uns seinerseits bemerkt.‹

›Dann warten wir also die Nacht ab, und bis dahin bleiben wir ordentlich bei unserer Fahrt, damit er keinen Verdacht schöpft. Soweit ich sein Tempo einschätze, sind wir vor fünf Stunden in seinem Kielwasser; die Nacht über fahren wir Seite an Seite, und morgen sagen wir ihm in aller Frühe guten Tag.‹

Kapitän Pamphile hatte sich ein System zugelegt. Statt für sein Schiff Pflastersteine oder Masseln als Ballast zu nehmen, verstaute er im Kielraum ein halbes Dutzend Geschütze, vier oder fünf Zwölfpfünder und ein verlängertes Achtpfünderstück; und für alle Fälle fügte er noch einige tausend Kartuschen hinzu, fünfzig Gewehre und zwanzig Entersäbel. Bei ähnlichen Gelegenheiten wie der, in welcher man sich jetzt befand, ließ er diesen ganzen Trödel an Deck bringen, er befestigte die Zwölfpfünder auf ihren Drehzapfen, schleppte den Achtpfünder ans Heck, verteilte die Gewehre an seine Leute und begann einzurichten, was er als sein Tauschsystem bezeichnete. Unter diesen Handelsdispositionen begegnete ihm das chinesische Schiff am nächsten Tag.

Die Verdutztheit an Bord des kaiserlichen Schiffes war groß. Dessen Kapitän hatte am Vorabend ein Handelsschiff ausgemacht und war sodann, seine Pfeife Opium rauchend, eingeschlafen; doch da war über

Nacht aus der Katze ein Tiger geworden, und der zeigte seine Krallen von Eisen und seine Zähne von Bronze.

Man setzte Kapitän Kao-Kiou-Koan von der Situation, in der man sich befand, in Kenntnis. Er hatte soeben einen köstlichen Traum gehabt: Der Sohn der Sonne hatte ihm eine seiner Schwestern zu Gemahlin gegeben, so daß er nun Schwiegersohn des Mondes war. Deshalb fiel es ihm sehr schwer zu verstehen, was Kapitän Pamphile von ihm wollte. Allerdings sprach dieser auf provenzalisch mit ihm, und der frisch Vermählte antwortete auf chinesisch. Doch schließlich fand sich an Bord der ›Roxelane‹ ein Provenzale, der ein wenig Chinesisch konnte, und an Bord des Schiffes des erhabenen Kaisers ein Chinese, der einigermaßen Provenzalisch sprach, so daß sich die beiden Kapitäne schließlich doch miteinander verständigen konnten.

Das Ergebnis des Dialogs war, daß die Hälfte der Ladung des kaiserlichen Schiffes (Kapitän Kao-Kiou-Koan) alsbald an Bord der Handelsbrigg ›Roxelane‹ (Kapitän Pamphile) übergehen sollte. Und da sich diese Ladung just aus Kaffee, Reis und Tee zusammensetzte, folgte daraus, daß Kapitän Pamphile weder Mokka noch Bombay noch Peking anlaufen mußte, wodurch ihm eine große Ersparnis an Zeit und Geld entstand. Das versetzte ihn in so gute Laune, daß er sich beim Zwischenaufenthalt auf der Insel Rodrigues einen Papagei kaufte.

An der Spitze von Madagaskar angekommen, stellte man fest, daß man zu wenig Wasser hatte; doch da für ein so schwer beladenes Schiff wie die ›Roxelane‹ eine Landung am Kap Sainte-Marie nicht sicher war, setzte der Kapitän seine Mannschaft auf halbe Ration und beschloß, erst in der Bucht von Algoa haltzumachen. Als er die Beladung mit den Fässern durchführte, sah er, wie ein Häuptling der Gonaquas auf ihn zukam, gefolgt von zwei Männern, die, ähnlich den Ausgesandten der Israeliten mit der Traube von Wein aus dem verheißenen Land, auf den Schultern einen prächtigen Elefantenzahn trugen: Es war ein Warenmuster, das der Häuptling Outavari (was in der Sprache der Gonaquas ›Sohn des Ostens‹ bedeutet) in der Hoffnung an die Küste brachte, bei der Gelegenheit eine Bestellung an Land zu ziehen.

Kapitän Pamphile untersuchte das Elfenbein, befand es als von erster Güte und fragte den Gonaquashäuptling, was zweitausend Elefantenzähne ähnlich dem, den er ihm vorgeführt habe, kosten würden. Outavari antwortete, das würde gerade dreitausend Flaschen Schnaps kosten. Der Kapitän wollte handeln; doch der Sohn des Ostens hielt stand, indem er geltend machte, daß er es nicht zu hoch veranschlagt habe; und so war der Kapitän gezwungen, bis zu dem Preis hinaufzugehen, den der Neger von ihm verlangte; was ihn im übrigen nicht übertrieben viel kostete in Anbetracht der Tatsache, daß er dabei etwa zehntausend Prozent Gewinn machen würde. Der Kapitän fragte, wann sich die Lieferung durchführen ließe. Outavari bedingte sich zwei Jahre aus; diese Frist paßte wunderbar zu den Verpflichtungen des Kapitän Pamphile, und zwar so gut, daß die beiden werten Handelspartner einander die Hand gaben und dann auseinandergingen, einer vom anderen begeistert.

So vorteilhaft dieser Handel auch war, er quälte doch das kaufmännische Gewissen des werten Kapitäns; er überlegte insgeheim, daß er, wenn er an der östlichen Spitze Afrikas das Elfenbein zu solch guten Bedingungen haben konnte, es an der Westspitze zum halben Preis finden müßte, denn die Elefanten waren vor allem an der Küste dort so zahlreich, daß ein Fluß ihnen seinen Namen verdankte. Er wollte sich nun darüber Gewißheit verschaffen, und am 30. Breitengrad angelangt, gab er Befehl, Kurs aufs Festland zu nehmen; da er sich aber um vier oder fünf Grad vertan hatte, landete er an der Mündung des Flusses Orange statt an der des Flusses der Elefanten.

Kapitän Pamphile beunruhigte sich deshalb nicht sonderlich: Die Entfernungen waren so gering, daß sie keinen Unterschied im Preis zur Folge hätten haben dürfen; und so ließ er die Schaluppe zu Wasser und fuhr den Fluß bis zur Hauptstadt der Kleinen Namaquois hinauf, die zwei Tagereisen landeinwärts liegt. Dort traf er auf den Häuptling Outavaro, der von einer großen Jagd zurückkehrte, bei der er fünfzehn Elefanten erlegt hatte. So mangelte es nicht an Warenmustern, und der Kapitän konnte sich überzeugen, daß sie denen von Outavari gar noch überlegen waren.

Daraus ergab sich zwischen Outavaro und dem Kapitän ein Geschäft, das für den letzteren noch viel vorteilhafter war als das, was er mit Outavari abgeschlossen hatte. Der Sohn des Westens bot Kapitän Pamphile zweitausend Stoßzähne für fünfzehnhundert Flaschen Schnaps; das war ein um ein Drittel besseres Geschäft als das bei seinem Kollegen; doch wie dieser verlangte er zwei Jahre, um seine Lieferung fertigzustellen. Kapitän Pamphile suchte im Hinblick auf diese Frist keine Debatte; im Gegenteil, er sah darin sogar eine Ersparnis, indem er nämlich nur eine Reise für die beiden Ladungen zu machen brauchte. Outavaro und der Kapitän gaben einander zum Zeichen des Handelsabschlusses die Hand, und sie gingen als die besten Freunde der Welt auseinander. Und die Brigg ›Roxelane‹ setzte ihre Fahrt nach Europa fort.«

In dem Moment von Jadins Erzählung schlug die Pendeluhr Mitternacht, Zapfenstreich für beinahe alle, die oberhalb der fünften Etage wohnen. So stand ein jeder auf, um sich zurückzuziehen, als Flers den Doktor Thierry daran erinnerte, daß eine letzte Überprüfung durchzuführen blieb. Der Doktor nahm das Glas und führte es allen vor Augen. Es war keine einzige Fliege mehr darin; dagegen hatte Mademoiselle Camargo den Umfang von einem Putenei angenommen, und sie schien einem Bohnerwachstopf entstiegen zu sein. Ein jeder ging seiner Wege, nicht ohne Thierry zu seiner immensen Gelehrsamkeit beglückwünscht zu haben.

Am nächsten Tag empfingen wir einen Brief, der wie folgt abgefaßt war:

»Die Herren Eugene und Alexandre Decamps geben sich die Ehre, Ihnen den schmerzlichen Verlust anzuzeigen, den sie durch das Ableben von Mademoiselle Camargo erlitten haben, die in der Nacht vom 2. auf den 3. März an Magenverstimmung gestorben ist. Sie sind hiermit zum Leichenschmaus eingeladen, der im Sterbehause am 6. dieses Monats Punkt fünf Uhr abends abgehalten wird.«

6. Kapitel

Wie Jacques I. damit anfing, Hühner zu rupfen, und am Ende einen Papageien rupfte.

Bald schon nach dem Leichenschmaus, der um sieben oder acht Uhr abends zu Ende ging, wurde Jadin, dessen Erzählung bei der vorangegangenen Sitzung das lebhafteste Interesse erregt hatte, aufgefordert, diese fortzusetzen. Mademoiselle Camargo, so interessant sie auch war, hatte in Anbetracht der klösterlichen Existenz, die sie während der Zeit von sechs Monaten und einem Tag im Atelier von Decamps geführt hatte, weder im Geist noch im Herzen der Stammgäste tiefe Erinnerungen zu hinterlassen vermocht. Thierry war derjenige von uns, mit dem sie die umfassendsten Beziehungen unterhalten hatte, und die waren rein wissenschaftlicher Natur gewesen; daraus folgte, daß die Trauer, die von ihrem Tod verursacht wurde, nur kurz währte und alsbald von dem immensen Vorteil ausgelöscht wurde, den die Wissenschaft daraus gezogen hatte. So wird man leicht die rasche Rückkehr zur Neugier verstehen, die die Abenteuer unseres Freundes Jacques in uns erweckt hatten, vorgetragen von einem so wahrheitsgetreuen, so gewissenhaften und so befähigten Erzähler wie Jadin, der sich als Maler durch sein schönes Bild »Kühe« und als Historiker durch sein Werk »Geschichte des Prinzen Heinrich« bereits einen Ruf gemacht hatte, letzteres in Zusammenarbeit mit Monsieur Dauzats*, und der

* In Vorbereitung, es wird alsbald in allen Buchhandlungen der Hauptstadt erhältlich sein: »Histoire du prince Henry qui avait le cœur bardé de trois cercles de fer« (»Geschichte des Prinzen Heinrich, dessen Herz mit drei Eisenringen gepanzert war«), mit seinem Porträt

sich sogar schon vor der Veröffentlichung ganz des Rufes erfreut, den er verdient. Jadin zog also, ohne sich lange bitten zu lassen, das Manuskript aus der Tasche und nahm die Erzählung dort wieder auf, wo er sie hatte fallen lassen.

»Der Papagei, den Kapitän Pamphile gekauft hatte, war ein Kakadu von der schönsten Art, mit einem Rumpf so weiß wie Schnee, einem Schnabel so schwarz wie Ebenholz und einem safrangelben Kamm, der sich hob oder senkte, je nachdem, ob er guter oder schlechter Laune war, und der ihm bald das gönnerhafte Flair eines Krämers mit Schirmmütze und bald das formidable Aussehen eines mit Bärenfellmütze geschmückten Nationalgardisten verlieh. Über diese physischen Merkmale hinaus verfügte Catacoua über eine Vielzahl von unterhaltsamen Talenten: Er sprach Englisch, Spanisch und Französisch, er sang ›God save the King‹ wie Lord Wellington, ›Pensativo estaba el Cid‹ wie Don Carlos, und die ›Marseillaise‹ wie General La Fayette. Es versteht sich, daß er bei derlei philologischen Begabungen, nachdem er in die Hände der Mannschaft der ›Roxelane‹ gefallen war, nicht zögerte, rasch den Umfang seiner Kenntnisse zu erweitern, und zwar dergestalt, daß er, als man nach acht Tagen in Sicht des Kap Sainte-Marie gelangte, in sauberem Provenzalisch zu fluchen anfing, und das zur großen Freude von Kapitän Pamphile, der wie die alten Troubadoure nur die Langue d'oc sprach.

Und so kam es, daß Kapitän Pamphile, als er nach dem Erwachen sein Schiff inspiziert und nachgesehen hatte, ob jeder Mann auf seinem Posten war und jedes Ding an seinem Platz, nachdem er die Ration Schnaps an die Matrosen und die Prügel mit dem Seising an die Schiffsjungen hatte verteilen lassen, nachdem er den Himmel gemustert und das Meer studiert und auf guten Wind gespuckt hatte, nachdem er schließlich zu jener Heiterkeit der Seele gelangt war, die von der Gewißheit herrührt, daß man seine Pflicht erfüllt hat, zu Catacoua

in dem Moment, da er sich das Auge herausreißt, und einem Faksimile seiner Handschrift. Subskription ohne Vorauszahlung bei Monsieur Amaury Duval, Rue d'Anjou-Saint-Honoré Nr. 36.

ging – dicht gefolgt von Jacques, der zusehends an Größe gewann und sich mit seinem gefiederten Rivalen in die ganze Zuneigung des Kapitän Pamphile teilen mußte – und ihm seine Lektion in Provenzalisch gab. Und wenn er mit seinem Schüler zufrieden war, schob er ein Stück Zucker zwischen die Stäbe seines Käfigs, eine Belohnung, für die Catacoua sehr empfänglich schien und die offenkundig Jacques' großen Neid erregte; und so kam es, daß sich Jacques, wenn ein unvorhergesehenes Ereignis Kapitän Pamphile abberief, dem Käfig näherte und es dermaßen geschickt anstellte, daß das Stück Zucker gewöhnlich seinen Bestimmungsort wechselte, zur großen Verzweiflung von Catacoua, der sodann mit der Kralle in der Luft und aufgestelltem Kamm seine fürchterlichsten Lieder und seine schrecklichsten Flüche erklingen ließ; was Jacques betraf, so blieb er mit unschuldiger Miene in der Nähe des Gefängnisses, in dem der Beraubte wütete, wobei er das Corpus Delicti, weil er nicht die Zeit hatte, es zu zerbeißen, in eine seiner Backentaschen stopfte, wo es ganz langsam dahinschmolz, während er sich die Seite kratzte und selig mit den Augenlidern klimperte, war seine Strafe doch nur die, daß er seinen Zucker zu trinken gezwungen war statt ihn zu essen.

Es versteht sich, daß dieser Übergriff auf das bewegliche Eigentum von höchster Unannehmlichkeit für Catacoua war, und sobald sich Kapitän Pamphile ihm näherte, ließ er sein gesamtes Repertoire ablaufen. Unglückseligerweise hatte ihm keiner seiner Lehrer beigebracht, ›Haltet den Dieb‹ zu rufen, so daß sein Herr diesen Ausbruch, der nichts anderes als eine förmliche Denunziation war, für das Vergnügen hielt, das ihm seine Anwesenheit bereitete, und da er davon überzeugt war, daß er seine Nachspeise aufgegessen hatte, begnügte er sich damit, ihm zart den Kopf zu kraulen, was Catacoua bis zu einem bestimmten Punkt zu schätzen wußte, jedoch gleichwohl unendlich viel weniger als das fragliche Stück Zucker. Catacoua verstand also, daß er sich allein um seine Revanche kümmern mußte, und als Jacques eines Tages, nachdem er ihm das Stück gestohlen hatte, die Hand in den Käfig steckte, um dort die Krümel aufzulesen, ließ sich Catacoua an einer

Kralle herabhängen, und indem er sich den Anschein gab, als befasse er sich mit Gymnastik, schnappte er nach Jacques' Daumen und biß ihn überaus heftig. Jacques stieß einen durchdringenden Schrei aus, krallte sich ins Tauwerk und kletterte empor, sobald er Hanf und Holz gefunden hatte; am höchsten Punkt des Schiffes angelangt, hielt er inne, und dort blieb er jämmerlich mit seinen drei Gliedmaßen an den Mast angeklammert, während er die vierte schüttelte, als hielte sie einen Weihwasserwedel.

Zur Zeit des Abendessens pfiff Kapitän Pamphile nach Jacques, doch Jacques antwortete nicht. Dieses Schweigen lief seinen diätetischen Gewohnheiten dermaßen zuwider, daß Kapitän Pamphile anfing, sich Sorgen zu machen; er pfiff abermals, und diesmal hörte er eine Art Knurren, das ihm aus den Wolken zu antworten schien; er hob die Augen und gewahrte Jacques, der *urbi et orbi* den Segen erteilte. Und so kam es zu einem Austausch von Signalen zwischen Jacques und Kapitän Pamphile, dessen Ergebnis darin bestand, daß Jacques sich hartnäckig weigerte herunterzukommen. Kapitän Pamphile, der seine Mannschaft zu blindem Gehorsam erzogen hatte und der nicht wollte, daß seine disziplinarischen Maßnahmen von einem Affen konterkariert wurden, nahm seinen Schalltrichter und rief Double-Bouche. Das so angerufene Individuum erschien sogleich, indem es rückwärts die Leiter zur Küche heraufstieg, und näherte sich dem Kapitän, etwa wie sich ein Hund, den man dressiert, dem Wärter nähert, der ihn züchtigt; Kapitän Pamphile, der zu seinen Untergebenen Distanz wahrte, zeigte dem Schiffsjungen den Widerspenstigen, der an der Spitze des Masts seine Grimassen schnitt; Double-Bouche verstand auf der Stelle, was man von ihm wollte, er klammerte sich an die Leiter, die zu den Wanten führte, und kletterte mit einer Behendigkeit empor, die zeigte, daß Kapitän Pamphile, als er Double-Bouche mit dieser gewagten Mission betraute, eine höchst verständige Wahl getroffen hatte.

Ein weiterer Punkt, der jedoch zur Gänze, ich möchte nicht sagen, auf der Erforschung des Herzens, sondern auf der Kenntnis des Magens beruhte, hatte zudem den Entschluß von Kapitän Pamphile beeinflußt; Double-Bouche war speziell in der Küche beschäftigt, eine ehrenhafte Funktion, die von der gesamten Mannschaft gewürdigt wurde, und insbesondere von Jacques, der vor allem für diesen Teil des Schiffs eine Vorliebe hatte; er hatte sich also in inniger Freundschaft mit diesem neuen Darsteller verbunden, den wir soeben eingeführt haben und der seinen ausdrucksvollen Spitznamen ›Doppelmund‹, der an die Stelle seines Familiennamens getreten war, jener seinem Posten geschuldeten Gelegenheit dankte, eher als die anderen zu essen, was ihn aber nicht daran hinderte, nach den anderen nochmals zu essen. Jacques hatte also Double-Bouche verstanden, so wie Double-Bouche Jacques verstanden hatte, und aus dieser gegenseitigen Wertschätzung ergab sich, daß Jacques, statt sein Heil in der Flucht zu suchen, was er unweigerlich getan hätte, wenn jemand anderes als Double-Bouche zu ihm geschickt worden wäre, die Hälfte des Weges selbst zurücklegte und die beiden Freunde sich auf der Stenge des Bramsegels trafen und sogleich, der eine den anderen tragend, herabstiegen aufs Deck, wo Kapitän Pamphile sie erwartete.

Kapitän Pamphile kannte bei Verletzungen, welcher Art auch immer sie waren, nur ein Heilmittel: und das war eine Kompresse mit Schnaps, Taffia oder Rum; er tränkte also ein Tuch mit der erwähnten Flüssigkeit und umwickelte den Finger des Verletzten damit; beim Kontakt des rohen Fleisches mit dem Alkohol fing Jacques an, eine wilde Grimasse zu ziehen, doch als er sah, wie Double-Bouche, da Kapitän Pamphile ihm den Rücken zuwandte, flink den Rest der Flüssigkeit des Glases, in das man das Tuch getunkt hatte, austrank, verstand er, daß der Likör, der als Medikament schmerzhaft war, als Getränk wohltuend sein konnte; folglich ging er mit der Zunge an den Verband heran, er leckte zaghaft an der Kompresse, und da er allmählich Geschmack an der Sache fand, lutschte er am Ende ganz einfach an seinem Daumen, woraus sich ergab, daß Jacques, da Kapitän Pamphile dringend geraten hatte, die Bandage alle zehn Minuten zu netzen, und man seine Anweisungen pünktlich befolgte, nach zwei Stunden anfing, mit den Augen zu blinzeln und den Kopf hin und her zu wiegen, und da Jacques die

Behandlung mehr und mehr genoß, fiel er am Ende sturzbetrunken seinem Freund Double-Bouche in die Arme, der den Verletzten in die Kajüte hinabbrachte und in sein eigenes Bett legte.

Jacques schlief zwölf Stunden am Stück; und als er erwachte, war das erste, was ihm in die Augen fiel, sein Freund Double-Bouche, der dabei war, ein Huhn zu rupfen. Dieses Schauspiel war als solches nicht neu für Jacques, doch schien er ihm diesmal eine besondere Aufmerksamkeit zu zollen; er erhob sich sachte und kam mit starrem Blick näher, betrachtete genau den Prozeß, mit Hilfe dessen der Smutje vorging, und blieb während der gesamten Zeit, die die Operation in Anspruch nahm, unbeweglich und gebannt stehen; als das Huhn gerupft war, stieg Jacques, dessen Kopf immer noch ein wenig schwer war, an Deck empor, um frische Luft zu atmen.

Am folgenden Tag war der Wind weiterhin günstig, so daß Kapitän Pamphile, als er sah, daß alles nach seinen Wünschen verlief, und er es für unnütz erachtete, das Federvieh, das an Bord verblieben war und das er, nebenbei bemerkt, nicht zum Zwecke der Spekulation gekauft hatte, nach Marseille zu transportieren, die Anweisung gab, und zwar unter dem Vorwand, daß seine Gesundheit zu leiden im Begriffe war, ihm jeden Tag zusätzlich zu seiner Scheibe Flußpferdfleisch und seiner Bouillabaisse frisches Geflügel zu reichen, gekocht oder gebraten. Fünf Minuten nachdem diese Anweisungen erteilt waren, ließ sich das Geschrei einer Ente vernehmen, der es an die Gurgel ging.

Bei diesem Lärm kletterte Jacques derart rasch von der großen Rah herab, daß jemand, der mit seinem egoistischen Charakter weniger vertraut war, hätte glauben können, er eile dem Opfer zu Hilfe, und stürzte in seine Kajüte. Dort traf er auf Double-Bouche, der gewissenhaft seiner Aufgabe als Küchenjunge nachging, indem er das Geflügel rupfte, bis diesem nicht die geringste Daune am Leib verblieben war; dieses wie schon das andere Mal schien Jacques allergrößtes Interesse für den Vorgang zu bezeigen; als der nun beendet war, stieg er wieder an Deck, er näherte sich zum erstenmal seit seinem Unfall dem Käfig von Catacoua, ging mehrere Male um diesen herum, wobei er darauf achtete, außerhalb der Reichweite von dessen Schnabel zu bleiben, und schließlich machte er sich einen günstigen Moment zunutze, um eine Feder seines Schwanzes zu packen und daran so kräftig und erfolgreich zu ziehen, daß sie ihm trotz des Flügelschlagens und der Flüche Catacouas am Ende in der Hand blieb. Diese Erfahrung, so wenig bedeutend sie auf den ersten Blick auch scheinen mochte, bereitete Jacques offenbar großes Vergnügen, denn er begann, auf allen vieren zu tanzen, er hüpfte auf ein und derselben Stelle auf und ab, was bei ihm die Bekundung höchster Zufriedenheit bedeutete.

Mittlerweile war das Land außer Sicht gekommen, und man fuhr mit vollen Segeln auf dem Atlantischen Ozean dahin – überall nur Himmel und Wasser und jenseits des Horizonts das Gefühl der Unendlichkeit. Von Zeit zu Zeit kamen weitfliegende Meeresvögel, doch nur solche, in Sichtweite vorüber – sie waren von einem Kontinent zum anderen unterwegs; und so öffnete Kapitän Pamphile, der sich auf den tierischen Instinkt verließ, welcher Catacoua lehren mußte, daß seine Flügel zu schwach waren, um sich auf eine lange Reise hinauszuwagen, das Gefängnis seines Pensionsgastes und gewährte ihm die volle Freiheit, im Tauwerk herumzufliegen. Das nutzte Catacoua alsbald, um zum Mast des Bramsegels hinaufzufliegen, und dort angekommen, freudig erregt bis zur Verzückung, begann er zur großen Zufriedenheit der Mannschaft, sein ganzes Repertoire ablaufen zu lassen, wobei er als einzelner soviel Krach machte wie miteinander die fünfundzwanzig Matrosen, die ihm zusahen.

Während sich an Deck diese Parade abspielte, begab sich in der Kajüte eine Szene anderer Art. Jacques hatte gemäß seiner Gewohnheit, als die Zeit zum Federrupfen gekommen war, die Nähe von Double-Bouche gesucht; doch diesmal glaubte der Smutje, dem die Aufmerksamkeit, mit der sein Kamerad ihm dabei zugesehen hatte, nicht entgangen war, in ihm eine bislang unerkannte Berufung für das Amt zu erkennen, das er bekleidete. Daraus folgte, daß Double-Bouche auf einen der glücklichsten Gedanken verfiel: nämlich künftig Jacques zum Rupfen seiner Hühner und Enten anzustellen, während er im

Rollenwechsel die Arme verschränken und ihm dabei zusehen würde. Double-Bouche war einer dieser entschiedenen Geister, die den Abstand zwischen einer Idee und ihrer Ausführung so gering wie möglich halten; deshalb näherte er sich sachte der Tür, die er schloß, er versah sich auf alle Fälle mit einer Peitsche, die er in den Gürtel seiner Hose steckte, wobei er darauf achtete, daß der Stiel ganz und gar sichtbar blieb, und indem er sogleich zu Jacques zurückkehrte, drückte er ihm die Ente in die Hände, die in den seinen hätte gerupft werden sollen, wobei er ihm mit der Spitze des Zeigefingers den Stiel der Peitsche zeigte, die er im Falle eines Disputs als obersten Schiedsrichter anzurufen gedachte.

Doch Jacques gab ihm gar nicht die Gelegenheit, zum Äußersten zu greifen; sei es, daß Double-Bouche die richtige Ahnung gehabt hatte, sei es, daß das neue Talent, das zu erwerben er Jacques Gelegenheit gab, diesem als unerläßliche Vervollständigung jeder Erziehung erschien, er nahm die Ente zwischen die Knie, wie er es seinen Lehrmeister hatte machen sehen, und er widmete sich der Aufgabe mit einem Eifer, der Double-Bouche jede Tätlichkeit ihm gegenüber ersparte; am Ende, und als er sah, daß die Federn verschwanden und den Daunen wichen und die Daunen dem Fleisch, wuchs die Empfindung, die ihn beseelte, gar zu Enthusiasmus an, und zwar in einem Maße, daß sich Jacques, als die Aufgabe ganz zu Ende gebracht war, aufs Tanzen verlegte, wie er es am Vorabend neben dem Käfig von Catacoua getan hatte.

Double-Bouche seinerseits war im Glück; er warf sich nur eines vor, nämlich daß er die Begabungen seines Gehilfen nicht eher genutzt hatte; doch er gab sich das Versprechen, diese nicht erkalten zu lassen; und so ging er am folgenden Tag zur selben Stunde unter denselben Umständen und mit denselben Vorkehrungen an die zweite Aufführung des Stücks vom Vorabend heran; sie hatte denselben Erfolg wie die Premiere, und zwar dergestalt, daß Double-Bouche am dritten Tag Jacques als ebenbürtig anerkannte, ihm seine Küchenschürze umband und ihm die gesamte Sparte der Truthähne, der Hühner und der Enten anvertraute. Jacques erwies sich als seines Vertrauens würdig, und nach

Ablauf einer Woche hatte er in Raschheit und Geschicklichkeit seinen Lehrmeister weit hinter sich gelassen.

Währenddessen machte die Brigg Fahrt wie ein verwunschenes Schiff: Sie war an Jacques' Geburtsland vorübergekommen, hatte die Inseln Sankt Helena und Ascension zur Linken und außer Sichtweite liegengelassen und näherte sich mit vollen Segeln dem Äquator. Es begab sich an einem dieser Tage in den Tropen, da der Himmel auf der Erde lastet: Allein der Steuermann war am Ruder, der Ausguck in den Wanten und Catacoua auf seiner Maststange; was den Rest der Mannschaft betraf, so suchte diese die Kühle, wo immer sie sie zu finden hoffte, während Kapitän Pamphile, ausgestreckt in seiner Hängematte und seine Gourgouri rauchend, sich von Double-Bouche mit einem Pfauenschwanz Luft zufächeln ließ. Statt sein Huhn zu rupfen, hatte Jacques es diesmal ausnahmsweise unberührt auf einem Stuhl abgesetzt, er hatte sich die Küchenschürze abgestreift und lag wie alle anderen auf der faulen Haut, niedergedrückt von der Hitze oder in Gedanken verloren. Diese Teilnahmslosigkeit war allerdings nur von kurzer Dauer; er warf einen raschen und intelligenten Blick um sich; und als wäre er über seine eigene Unerschrockenheit erschrocken, las er eine Feder auf, führte sie sich ans Gesicht, ließ sie gleichgültig wieder fallen, kratzte sich die Seite, wobei er mit dem Auge blinzelte, und in einem Hupf, den auch der genaueste Beobachter nur als Folge einer Kaprice hätte auffassen können, sprang er auf die erste Sprosse der Leiter; dort verweilte er noch einen Moment, er betrachtete die Sonne durch die Luken und begann nonchalant an Deck hinaufzusteigen, wie ein Flaneur, der nicht weiß, was er tun soll, und der loszieht, um auf dem Boulevard des Italiens Abwechslung zu suchen.

Auf der letzten Sprosse angekommen, sah Jacques das Deck verlassen vor sich liegen: Man hätte meinen können, es sei ein leeres Schiff, das dem Zufall anheimgegeben dahintrieb. Diese Einsamkeit schien Jacques in höchstem Maße zufriedenzustellen; er kratzte sich die Seite, klapperte mit den Zähnen, blinzelte mit den Augen und vollführte zwei kleine senkrechte Sprünge, wobei er sich bemühte, mit den Augen

Catacoua zu suchen, den er schließlich auf seinem gewohnten Platz gewahrte, wo dieser mit den Flügeln schlug und aus vollem Schnabel ›God save the King‹ sang. Nun schien Jacques sich nicht mehr für ihn zu interessieren; er stieg auf die entfernteste Reling des Besanmasts, auf dessen Höhe sein Feind hockte, er erreichte die Rahen, hielt sich einen Moment lang bei den Marssegeln auf, kletterte den Fockmast empor und wagte sich auf das freihängende Tauwerk hinaus, das zum Besanmast führte; in der Mitte dieses schwankenden Weges angelangt, hängte er sich mit dem Schwanz ein, ließ mit den vier Pfoten los und wiegte sich, den Kopf nach unten, hin und her, als wäre er nur zu diesem Schaukelspiel hergekommen. Überzeugt, daß Catacoua ihm keinerlei Aufmerksamkeit zollte, näherte er sich nun sachte, wobei er sich den Anschein gab, an etwas anderes zu denken, und in dem Moment, da sein Rivale auf dem Höhepunkt seines Liedes und seiner Freude war, wobei er aus Leibeskräften schrie und mit seinen gefiederten Armen die Luft schlug, einem Kutscher ähnlich, der sich aufwärmt, unterbrach Jacques seine Ariette und sein Frohlocken, indem er mit der linken Hand kräftig dort zupackte, wo die Flügel am Körper saßen. Catacoua stieß einen Verzweiflungsschrei aus; doch niemand achtete darauf, da die ganze Mannschaft von der erstickenden Hitze niedergedrückt war, die die im Zenith stehende Sonne in Strömen herabgoß.

›Donnerkiel‹, sagte auf einmal Kapitän Pamphile, ›wieder so eine Erscheinung, Schnee unter dem Äquator …‹

›Aber nein!‹ sagte Double-Bouche, ›das ist kein Schnee; das ist … Ah! Sackerlot!‹

Und er stürzte zur Treppe hin.

›Nun denn, was ist es dann?‹ fragte Kapitän Pamphile und richtete sich in seiner Hängematte auf.

›Das ist‹, rief Double-Bouche von der Höhe seiner Leiter herab, ›das ist Jacques, der Catacoua rupft.‹

Kapitän Pamphile ließ sein Schiff vom Echo eines der prachtvollsten Flüche widerhallen, die je unter dem Äquator zu vernehmen waren, während die ganze Mannschaft, die wie durch die Explosion der Pulverkammer aus dem Schlaf hochgefahren war, ihrerseits durch alles, was der Rumpf der Brigg an Öffnungen zu bieten hatte, heraufgeklettert kam.

›He, Kanaille!‹ schrie Kapitän Pamphile, packte einen Spleiß und richtete das Wort an Double-Bouche. ›Worauf wartest du? Rasch! Rasch!‹

Double-Bouche hängte sich ins Tauwerk und kletterte wie ein Eichhörnchen empor; doch je mehr Schnelligkeit er bezeigte, desto mehr Eifer bezeigte Jacques: Die Federn von Catacoua bildeten eine veritable Wolke und fielen hernieder wie der Schnee im Monat Dezember; als Catacoua seinerseits Double-Bouche sich nähern sah, verdoppelte er sein Geschrei; doch im Moment, da sein Retter die Arme gegen ihn ausstreckte, befand Jacques, der bis dahin keinerlei Aufmerksamkeit für das übrig gehabt zu haben schien, was sich auf dem Schiff abspielte, daß seine gewohnte Arbeit hinreichend erledigt sei, und er ließ seinen Feind los, an dem nur noch die Flügelfedern verblieben waren. Der vor Schmerz und vor Angst in höchstem Maße verwirrte Catacoua vergaß, daß ihm das Gegengewicht seines Schwanzes fehlte, flatterte einen Moment lang auf groteske Weise und stürzte ins Meer, wo er ertrank, da er keine Füße mit Schwimmhäuten hatte.«

»Flers«, sagte Decamps, indem er den Vortragenden unterbrach, »du, der du eine so schöne Stimme hast, ruf doch dem Töchterchen der Concierge zu, daß sie uns noch Sahne heraufbringt, wir haben keine mehr.«

7. Kapitel

Wie Tom die Tochter der Concierge küßte,
die die Sahne heraufbrachte, und welcher Entschluß
im Hinblick auf dieses Ereignis gefaßt wurde.

Flers öffnete die Tür und näherte sich der Treppe, um das Gewünschte zu verlangen; anschließend kam er wieder herein, ohne zu bemerken, daß Tom, der ihm gefolgt war, draußen blieb; Jadin, der beim Tod von Catacoua eine Pause eingelegt hatte, wurde nun gebeten, seine Lektüre fortzusetzen.

»Hier, meine Herren«, sagte er, indem er das beendete Manuskript vorzeigte, »wird die einfache Erzählung an die Stelle der aufgeschriebenen Erinnerung treten, und zwar aufgrund der geringen Bedeutung der Ereignisse, die zu berichten uns verbleibt; die Opfergabe, die Jacques den Meeresgöttern dargebracht hatte, stimmte diese dem Schiff des Kapitän Pamphile günstig, so daß die verbleibende Fahrt ohne andere Abenteuer vonstatten ging als die, die wir geschildert haben; es gab jedoch einen Tag, an dem man für Jacques einen verhängnisvollen Unfall befürchtete, und zwar aus folgendem Anlaß:

Kapitän Pamphile hatte, als man die Höhe des Kaps der Palmen in Sichtweite des oberen Guinea passierte, in seiner Kammer einen prachtvollen Schmetterling gefangen, eine veritable fliegende Blüte der Tropen mit bunt schillernden und schimmernden Flügeln ähnlich der Kehle eines Kolibris. Wie wir es bei Kapitän Pamphile ja schon gesehen haben, verschmähte er nichts, was bei seiner Rückkehr nach Europa von irgend Wert sein mochte; folglich hatte er seinen unvorsichtigen

Gast – um nicht den Samt seiner Flügel zu verderben – mit allergrößter Behutsamkeit gefangen und ihn mit einer Nadel an die Täfelung des Raums geheftet. Es gibt keinen unter Ihnen, der nicht den Todeskampf eines Schmetterlings gesehen und der nicht, getrieben von dem Verlangen, dieses anmutige Kind des Sommers in einer Schachtel oder unter Glas zu konservieren, die Empfindsamkeit seines Herzens unter diesem Verlangen erstickt hätte. Da wissen Sie also, wie lange der Kampf des armen Opfers dauert, das, sich um den Zapfen drehend, der ihm den Körper durchbohrt, an seiner Schönheit stirbt. Der Schmetterling des Kapitän Pamphile lebte also noch mehrere Tage, mit den Flügeln schlagend, als sauge er den Saft einer Blume; diese Bewegung erregte die Aufmerksamkeit Jacques', der sie aus dem Augenwinkel gewahrte und so tat, als sehe er nichts, der jedoch, sich einen Moment zunutze machend, in dem Kapitän Pamphile ihm den Rücken zukehrte, gegen die Holztäfelung sprang und, aus der Pracht seiner Farben auf die allererste Güte des Tieres schließend, es mit seiner gewohnten Gefräßigkeit verschlang. Kapitän Pamphile drehte sich anläßlich der Sprünge und Purzelbäume, die Jacques vollführte, um; beim Verschlucken des Schmetterlings hatte er die Nadel mit verschluckt: Die kupferne Gräte war ihm in der Kehle steckengeblieben; der Unglückliche war am Ersticken.

Der Kapitän, der die Ursache der Grimassen und Verrenkungen nicht kannte, glaubte, es sei Ausgelassenheit, und hatte einen Augenblick lang an der Tollheit seinen Spaß; doch als er sah, daß diese sich endlos hinzog und daß die Stimme des Akrobaten immer mehr den Akzent des Pulcinella[34] nachahmte und daß er sich, statt am Daumen zu lutschen, wie es seit der Behandlung seine Gewohnheit war, die Hand bis zum Ellbogen in die Kehle steckte, argwöhnte er, daß bei all diesen Kapriolen etwas Dringlicheres im Spiel war als das Verlangen, ihm Freude zu bereiten, und ging auf Jacques zu; der arme Teufel verdrehte die Augen, die keinerlei Zweifel am Wesen der Empfindung ließen, die er verspürte, so daß Kapitän Pamphile, da er sah, daß sein geliebter Affe eindeutig im Begriffe stand, aus dem Leben zu scheiden, mit der ganzen Kraft seiner Lunge nach dem Doktor rief: nicht daß er sehr an die Medizin glaubte, doch er wollte sich nichts vorzuwerfen haben.

Die Stimme des Kapitän Pamphile hatte aufgrund der Anteilnahme, die er Jacques entgegenbrachte, einen solch verzweifelten Ton angenommen, daß nicht nur der Doktor, sondern alle, die sie vernommen hatten, sogleich herbeigelaufen kamen; unter den Beflissensten befand sich auch Double-Bouche, der, mit seinen gewohnten Tätigkeiten befaßt, durch den Ruf des Kapitäns von diesen abgebracht wurde und herbeilief, in der Hand eine Stange Lauch und eine Karotte, die er gerade geputzt hatte; der Kapitän brauchte den Grund für sein Geschrei nicht zu erklären; er brauchte nur auf Jacques zu zeigen, der, mitten in der Kammer, nach wie vor dieselben Symptome von Erregung und Schmerz aufwies. Alle drängten sich um den Kranken: Der Doktor erklärte, daß er einen Schlaganfall erlitten habe, eine Krankheit, für die die Gattung Callithrix ganz besonders anfällig sei, denn da sie die Gewohnheit angenommen habe, sich am Schwanz herunterhängen zu lassen, widerfahre es ihr natürlicherweise, daß das Blut in den Kopf gehe; folglich sei Jacques unverzüglich zur Ader zu lassen, doch könne er sich, da man ihn nicht bei den ersten Symptomen gerufen habe, keinesfalls dafür verbürgen, daß Jacques zu retten sei; nach dieser Vorrede zog er seine Bestecktasche heran, zückte eine Lanzette und empfahl Double-Bouche, den Patienten festzuhalten, damit er ihm nicht eine Arterie anstelle einer Vene öffne.

Der Kapitän und die Mannschaft hatten großes Vertrauen in den Doktor; deshalb lauschten sie mit tiefer Hochachtung dem wissenschaftlichen Vortrag, den wir hier im wesentlichen resümiert haben; nur Double-Bouche schüttelte den Kopf als Zeichen des Zweifels. Double-Bouche hatte einen alten Haß auf den Doktor: Eines Tages, als die kandierten Pflaumen, auf die der Kapitän die allergrößten Stücke hielt, und zwar in Anbetracht dessen, daß sie von seiner Frau stammten, eines Tages also, als diese Pflaumen, die in einem besonderen Schrank weggeschlossen waren, sichtbarlich weniger geworden waren, hatte er die Mannschaft antreten lassen, um die Diebe ausfindig zu machen, die imstande waren, sich an den Spezialvorräten des höchsten Kommandanten der ›Roxelane‹ zu vergreifen. Alle hatten es abgestritten, Double-Bouche wie die anderen; da es bei ihm aber nicht das erste Mal gewesen wäre, hatte der Kapitän seinem Leugnen den entsprechenden Wert beigemessen und den Doktor gefragt, ob er nicht ein Mittel wisse, mit dem der Wahrheit auf den Grund zu kommen sei. Der Doktor, dessen Devise die von Jean-Jacques war, nämlich *vitam impendere vero*[35], hatte geantwortet, nichts sei leichter, und daß er dafür zwei unfehlbare Mittel habe: Das erste und prompteste sei, Double-Bouche den Bauch zu öffnen, eine Operation, die sich in sieben Sekunden bewerkstelligen lasse; das zweite sei, ihm ein Brechmittel zu geben, das nach dem Grad seiner Stärke eine mehr oder weniger lange Wartezeit nach sich ziehe, die aber keinesfalls eine Stunde überschreiten würde; Kapitän Pamphile, der ein Mann milder Maßnahmen war, optierte für das Brechmittel; seine Medizin wurde sofort und zwangsweise verabreicht, und dann wurde der Delinquent zwei Matrosen überlassen, die den strikten Befehl hatten, ihn nicht aus dem Auge zu lassen.

Die Uhr in der Hand kam der Doktor neununddreißig Minuten später mit fünf Pflaumenkernen wieder, die Double-Bouche um größerer Sicherheit willen mit dem Rest verschlucken zu sollen geglaubt hatte und die nun seinem widerstrebenden Körper entwichen waren. Die Beweise für das Vergehen waren greifbar, dabei hatte Double-Bouche steif und fest behauptet, seit acht Tagen nichts als Bananen und indische Feigen gegessen zu haben; und so ließ die Strafe nicht auf sich warten: Der Schuldige wurde dazu verurteilt, fünfzehn Tage bei Brot und Wasser zu verbringen und nach jeder Mahlzeit als Dessert fünfundzwanzig Hiebe mit dem Seising zu erhalten, die ihm regelmäßig vom Obermaat verabreicht wurden. Die Folge dieses unbedeutenden Ereignisses war, daß Double-Bouche, wie wir bereits gesagt haben, den Doktor von Herzen verabscheute und seit jener Zeit niemals eine Gelegenheit ausließ, ihm Verdruß zu bereiten.

Und so war Double-Bouche der einzige, der kein Wort von dem glaubte, was der Doktor sagte: Es gab bei Jacques' Krankheit Symptome, die Double-Bouche bestens kannte, da er sie selbst schon verspürt hatte; überrascht im Moment, da er die Bouillabaisse des Kapitäns probierte, war es ihm passiert, daß er das Stück Fisch verschluckte, ohne sich die Zeit zu nehmen, die Gräten herauszuziehen. Seine Augen schweiften instinktiv umher auf der Suche nach etwas Vergleichbarem, das Jacques' Naschhaftigkeit hatte in Versuchung bringen können. Der Schmetterling und die Nadel waren verschwunden; mehr brauchte es für Double-Bouche nicht, um ihm die ganze Wahrheit zu offenbaren: Jacques hatte den Schmetterling im Bauch und die Nadel im Schlund.

Als sich nun der Doktor mit der Lanzette in der Hand Jacques näherte, den Double-Bouche in den Armen hielt, erklärte letzterer zur großen Verblüffung und zur ebensogroßen Empörung des Kapitäns und der Mannschaft, daß der Doktor sich geirrt habe, daß Jacques nicht im allergeringsten von Apoplexie bedroht sei, sondern vielmehr von Erstickung und daß er im Moment nicht das geringste Gerinnsel im Hirn habe, sondern eine Nadel ihm die Speiseröhre versperre; und nachdem er zu Ende gesprochen hatte, wendete er bei Jacques dasselbe Heilmittel an, von dem er in ähnlichen Umständen normalerweise bei sich selbst Gebrauch machte, indem er ihm mehrmals hintereinander die Lauchstange in den Schlund schob, die er zufällig in der Hand hatte, als er auf das Geschrei des Kapitäns hin herbeigelaufen war, um den Fremdkörper, der auf der engen Bahn steckengeblieben war, in breitere Bahnen gleiten zu lassen; und im sicheren Gefühl, daß die Operation gelungen war und ihm alle Ehre machte, setzte er den Moribunden mitten in der Kammer ab, der nun, statt mit den übertriebenen Kapriolen fortzufahren, denen er sich fünf Minuten früher noch vor versammelter Mannschaft überlassen hatte, einen Augenblick lang völlig still dasaß, wie um sich zu vergewissern, daß der Schmerz tatsächlich verschwunden war, und alsbald mit den Augen blinzelte, sich dann darauf verlegte, mit der Hand seinen Bauch zu kratzen und sodann auf den Hinterbeinen zu tanzen, was, wie Sie ja wissen, bei Jacques ein Zeichen vollkommener Zufriedenheit war. Aber das war noch nicht alles. Um dem Ruf des Doktors einen letzten Schlag zu versetzen, streckte

Double-Bouche dem Rekonvaleszenten die Karotte hin, die er mitgebracht hatte, so daß Jacques, der auf dieses Gemüse höchst versessen war, von ihr sogleich Besitz ergriff und, indem er sie ohne Verzug und ohne Unterbrechung aufknabberte, den Beweis erbrachte, daß seine Speiseröhre vollkommen freigelegt war und nach nichts anderem verlangte, als ihren Dienst wieder aufzunehmen. Der Operateur triumphierte. Was den Doktor betraf, so schwor er sich, Rache zu nehmen, wenn Double-Bouche krank würde; doch während der verbleibenden Fahrt hatte Double-Bouche, auf der Höhe der Azoren, leider nur eine kleine Magenverstimmung, die er selbst nach Art der alten Römer behandelte, indem er sich die Finger in den Mund einführte.

Die Brigg ›Roxelane‹, Kapitän Pamphile, langte nun nach einer glücklichen Fahrt am 30. September im Hafen von Marseille an, wo er sich auf vorteilhafte Weise des Kaffees, des Tees und der Gewürze entledigte, die er im indischen Archipel mit dem Kapitän Kao-Kiou-Koan getauscht hatte; was Jacques I. anging, so wurde er für eine Summe von fünfundsiebzig Franc an Eugène Isabey verkauft, der ihn gegen eine türkische Pfeife Flers überließ, welcher ihn mit Decamps gegen ein griechisches Gewehr tauschte.

Und so geriet Jacques von den Ufern des Flusses Bengo in die Rue du Faubourg Saint-Denis Nr. 109, wo seine Erziehung dank der väterlichen Fürsorge von Fau jenen Grad der Vollkommenheit erlangte, den Sie an ihm kennen.«

Jadin verneigte sich bescheiden inmitten des Beifalls der Versammlung, als an der Tür ein lauter Schrei ertönte. Wir eilten zum Treppenhaus, und da fanden wir die kleine Tochter der Concierge halb ohnmächtig in den Armen von Tom, der, erschreckt von unserem unerwarteten Erscheinen, im Galopp die Treppe hinabrannte. Im selben Moment vernahmen wir einen zweiten Schrei, noch durchdringender als der erste; eine alte Marquise, die seit fünfunddreißig Jahren im dritten Stock wohnte, war, angelockt vom Lärm, mit ihrem Kerzenleuchter in der Hand herausgekommen, hatte sich dem Flüchtigen von Angesicht zu Angesicht gegenübergesehen und war in tiefe Ohnmacht gefal-

hilfe, ein bär!

len. Tom stieg fünfzehn Stufen wieder hinauf, fand die Tür im vierten Stock offen, trat ein, als wäre er bei sich zu Hause, und platzte mitten in ein Hochzeitsmahl. Hier nun gab es ein Mordsgeschrei; die Gäste, das Brautpaar voran, stürzten ins Treppenhaus. Das ganze Haus vom Keller bis zu den Dachkammern fand sich im Nu von Treppenabsatz zu Treppenabsatz verteilt, und wie es unter solchen Umständen zu geschehen pflegt, verstand niemand mehr den anderen. Schließlich stieg man zur Quelle hinauf: Die Kleine, die den Alarm ausgelöst hatte, erzählte, wie sie ohne Licht hinaufgegangen sei, die verlangte Sahne in der Hand, als sie sich an der Taille umfaßt fühlte; da sie glaubte, es sei irgendein impertinenter Mieter, der sich diese Vertraulichkeit herausnahm, habe sie diese Liebeserklärung mit einer kräftigen Ohrfeige beantwortet; Tom hatte auf die Ohrfeige mit einem Brummen geantwortet, das im selben Moment sein Inkognito gelüftet habe; die Kleine, die entsetzt war, sich in den Klauen eines Bären zu finden, da sie sich doch von den Armen eines Mannes gepackt glaubte, hatte den Schrei ausgestoßen, der uns aus der Wohnung hatte herauskommen lassen; unser Herauskommen hatte, wie wir bereits gesagt haben, Tom erschreckt, und die Erschrokkenheit Toms hatte die nachfolgenden Ereignisse ausgelöst, nämlich die Ohnmacht der Marquise und die Auflösung der Hochzeitsfeier.

Alexandre Decamps, der ihm in besonderer Weise verbunden war, nahm es auf sich, ihn gegenüber der Hausgemeinschaft zu entschuldigen, und zum Beweis seines Gemeinsinnes bot er an, Tom suchen zu gehen, wo immer er jetzt auch sein mochte, und ihn heimzuholen, wie die heilige Martha das Ungeheuer mit einem einfachen blauen oder rosafarbenen Seidenband heimgeholt hatte: Ein Bürschlein von zwölf bis fünfzehn Jahren trat nämlich vor und bot ihm das Strumpfband der Braut an, das er gerade unter dem Tisch an sich genommen hatte, um die Gäste damit zu dekorieren, als der Alarm ausgelöst worden war; Alexandre nahm das Band entgegen, betrat das Eßzimmer und traf auf Tom, der sich mit wunderbarer Geschicklichkeit auf dem wohlgedeckten Tisch erging: Er war bei seinem dritten Stück Hefekuchen.

Dieses neue Vergehen war sein Verderben: Der Bräutigam hatte unglücklicherweise denselben Geschmack wie Tom; er appellierte an die Liebhaber von Hefekuchen; daraufhin erhob sich aufgebrachtes Gemurmel, das nur durch die Fügsamkeit zu beschwichtigen war, mit welcher der arme Tom Alexandre folgte.

An der Tür traf er auf den Hauseigentümer, dem die Marquise soeben bedeutet hatte, daß sie kündigen werde; der Bräutigam erklärte seinerseits, daß er keine Viertelstunde mehr in dem Haus bleiben werde, wenn ihm keine Gerechtigkeit geschähe; die anderen Mieter pflichteten bei. Der Hausbesitzer erbleichte, da er sein Haus schon leerstehen sah; folglich bedeutete er Decamps, daß, wenn es auch sein Wunsch sei, ihn weiter in seinem Hause wohnen zu lassen, dieses unmöglich würde, wenn er sich nicht auf der Stelle eines Tieres entledigte, das zu einer solchen Stunde und in einem anständigen Haus derart ernsten Anlaß zu Ärgernis gebe. Decamps, der anfing, Toms überdrüssig zu werden, leistete nur so viel Widerstand wie nötig, damit man ihm Dank fürs Nachgeben wußte. Er gab sein Ehrenwort, daß Tom am nächsten Tag die Unterkunft verlassen werde, und um die Mieter zu beschwichtigen, die verlangten, daß die Vertreibung auf der Stelle zu geschehen habe, und erklärten, wenn es Verzug gebe, würden sie nicht zu Hause schlafen, stieg er in den Hof hinab, veranlaßte, daß Tom sich wohl oder übel in eine Hundehütte begab, drehte die Öffnung gegen eine Mauer und beschwerte die Hütte mit Pflastersteinen.

Dieses Versprechen, das soeben einen so augenfälligen Beginn seiner Ausführung gezeitigt hatte, erschien den Klageführenden hinreichend; die kleine Tochter der Concierge wischte sich die Tränen ab, die Marquise ließ es bei ihrer dritten Nervenkrise bewenden, und der Bräutigam erklärte großzügig, er werde mangels Hefekuchen Brioche essen. Jeder ging in seine Wohnung, und zwei Stunden später war die Ruhe vollkommen wiederhergestellt.

Was Tom betraf, so versuchte er zunächst wie Enkelados[36], sich von dem Berg zu befreien, der auf ihm lastete; doch als er sah, daß ihm das nicht gelingen würde, brach er ein Loch in die Mauer und begab sich in den Garten des Nachbarhauses.

8. Kapitel

Wie Tom einem städtischen Wachmann das Handgelenk ausrenkte und woher der Schrecken stammte, den ihm diese ehrenwerte Miliz einflößte.

Der Mieter der Parterrewohnung von Nr. 111 war nicht wenig überrascht, als er am folgenden Morgen einen Bären sich in seinen Beeten ergehen sah; er schloß rasch die Tür seiner Außentreppe, die er geöffnet hatte, um sich demselben Vorhaben zu widmen, und versuchte, durch die Fensterscheiben hindurch zu erkennen, auf welchem Wege dieser neue Liebhaber der Hortikultur in seinen Garten eingedrungen war; unglücklicherweise war die Öffnung von einem Fliedergebüsch verdeckt, so daß die Nachforschung, so lang sie sich auch hinzog, kein befriedigendes Resultat erbrachte. Da nun der Mieter der Parterrewohnung von Nr. 111 das Glück hatte, Abonnent des »Constitutionnel« zu sein, erinnerte er sich, unter der Rubrik Valenciennes gelesen zu haben, daß diese Stadt Schauplatz eines sehr sonderbaren Phänomens gewesen war: Unter Begleitung von Donner und Blitz hatte es Kröten geregnet, und zwar in solcher Menge, daß die Straßen der Stadt und die Dächer der Häuser davon bedeckt gewesen waren. Unmittelbar danach war der Himmel, der zwei Stunden zuvor aschgrau gewesen war, indigoblau geworden. Der Abonnent des »Constitutionnel« hob die Augen in die Luft, und als er sah, daß der Himmel schwarz wie Tinte und Tom in seinem Garten war, ohne daß er sich erklären konnte, wie er hineingekommen war, fing er an zu glauben, daß ein Phänomen ähnlich dem von Valenciennes sich erneut zu ereignen im Begriffe war, mit dem einzigen

Unterschied, daß es anstelle von Kröten Bären regnen würde. Das eine war nicht erstaunlicher als das andere; der Hagel war dicker und gefährlicher, aber das war auch alles. Da ihn dieser Gedanke beschäftigte, drehte er sich zu seinem Barometer um – die Nadel zeigte auf Regen und Sturm; in diesem Augenblick war das Dröhnen des Gewitters zu vernehmen. Das bläuliche Licht eines Blitzes drang in die Wohnung; der Abonnent des »Constitutionnel« befand, daß kein Augenblick zu verlieren sei, und im Gedanken daran, daß er Konkurrenz haben würde, wollte er durch seinen Kammerdiener den Polizeikommissar holen lassen und durch seine Köchin einen Gefreiten und neun Mann, um sich für alle Fälle unter den Schutz der zivilen Autorität und unter die Bewachung durch militärische Kräfte zu begeben.

Derweil hatten sich die Passanten, die die Köchin und den Kammerdiener im Zustand der Verstörung aus dem Haus Nr. 111 hatten kommen sehen, vor der großen Pforte versammelt und überließen sich den inkohärentesten Vermutungen; sie befragten den Concierge; doch zu seiner großen Enttäuschung wußte der Concierge nicht mehr als die anderen; alles, was er ihnen sagen konnte, war, daß die drohende Gefahr, um was es sich auch immer handele, aus dem Hauptgebäude zwischen Garten und Hof komme. In dem Moment erschien der Abonnent des »Constitutionnel« an der Tür der Außentreppe, die in den Hof führte – er war bleich, zitterte und rief um Hilfe; Tom hatte ihn durch die Fensterscheiben wahrgenommen und war, an die Gesellschaft von Menschen gewöhnt, herbeigetrabt, um seine Bekanntschaft zu machen; doch der Abonnent des »Constitutionnel« hatte, sich in Toms Absichten täuschend, in dem, was doch nur ein Schritt der Höflichkeit war, eine Kriegserklärung gesehen und vorsichtshalber den Rückzug angetreten. Am Hoftor angekommen, hatte er gehört, wie die Scheiben der Gartentür krachten; und so hatte sich der Rückzug in eine veritable Flucht verwandelt, und der Fliehende war, wie wir gesagt haben, vor den Augen der Neugierigen und Schaulustigen erschienen, wobei er sichtbare Zeichen höchster Bedrängnis gab und mit der ganzen Kraft seiner Lunge um Hilfe rief.

Nun geschah, was in solchen Umständen eben geschieht, statt nämlich auf den Hilferuf zu reagieren, den er an sie richtete, lief die Menge auseinander; nur ein städtischer Wachmann, der sich unter den Zuschauern befand, blieb wacker auf dem Posten, und indem er auf den Abonnenten des »Constitutionnel« zuging, hob er die Hand an den Tschako und fragte, was er für ihn tun könne; doch derjenige, an den er seine Frage richtete, hatte weder Stimme noch Worte: Er zeigte mit dem Finger auf die Tür, die er gerade geöffnet hatte, und auf die Außentreppe, die er so überstürzt herabgekommen war. Der städtische Wachmann verstand, daß die Gefahr von dort kam, zog tapfer seinen Säbel, stieg die Treppe hinauf, trat durch die Tür und befand sich nun in der Wohnung.

Das erste, was er gewahrte, als er in den Salon trat, war das gutmütige Gesicht von Tom, der, aufrecht auf den Hinterbeinen stehend, den Kopf und die Vorderpfoten durch ein Fenster gesteckt hatte und, auf das Querholz gestützt, neugierig das Innere der Wohnung betrachtete, die ihm unbekannt war.

Der städtische Wachmann blieb stehen, da er, so tapfer er auch war, nicht wußte, ob er weitergehen oder sich zurückziehen sollte; doch kaum hatte Tom ihn gewahrt, als er, die ängstlichen Augen auf den Wachmann gerichtet und laut schnaubend wie ein Büffel in Angstzuständen, überstürzt den Kopf aus dem Guckfenster zurückzog und mit der ganzen Flinkheit seiner vier Beine in den entlegensten Winkel des Gartens floh, wobei er deutliche Zeichen des Schreckens gab, in den die städtische Uniform ihn versetzte.

Nun haben wir unseren Lesern bis zu dieser Stunde unseren Freund Tom als ein Tier voller Vernunft und Verständigkeit geschildert, und so müssen sie uns, obwohl doch die Situation von Interesse ist, eine kleine Unterbrechung gestatten, um ihnen zu erzählen, woher dieses Entsetzen rührte, das man für verfrüht halten konnte, denn es war ja von keiner feindseligen Bekundung provoziert worden und könnte folglich dem Bild der Untadeligkeit schaden, das Tom hinterlassen hat.

Es war ein Karnevalsabend im Jahre des Herrn 1830. Tom wohnte seit kaum sechs Monaten in Paris, und doch hatte die Gesellschaft von Künstlern, in deren Mitte er lebte, ihn schon so weit zivilisiert, daß er zu einem der liebenswürdigsten Bären geworden war, die man zu sehen bekam: Er ging die Tür öffnen, wenn man klingelte, konnte stundenlang, eine Hellebarde in der Hand, aufrecht auf den Hinterbeinen Wache stehen, und er tanzte das Menuett von Exaudet[37], wobei er sich mit unendlicher Anmut einen Besenstiel hinter den Kopf hielt. Zur großen Zufriedenheit des Ateliers hatte er den Tag damit verbracht, diesen unschuldigen Übungen zu obliegen, und er hatte sich eben in dem Schrank, der ihm als Hütte diente, zum Schlaf des Gerechten hingelegt, als es an der Tür zur Straße klopfte. Im selben Moment gab Jacques dermaßen deutliche Zeichen der Freude, daß Decamps erriet, daß es sein geliebter Lehrer war, der zu Besuch kam.

Tatsächlich öffnete sich die Tür, Fau erschien, als Hanswurst verkleidet, und Jacques stürzte sich wie gewohnt in seine Arme.

»Schon recht, schon recht!« sagte Fau, indem er Jacques auf dem Tisch absetzte und ihm seinen Spazierstock in die Hände legte: »Sie sind ein charmantes Tier. Das Gewehr – über! Präsentiert das – Gewehr! Legt – an, Feuer! Vortrefflich! Ich werde Ihnen eine komplette Grenadieruniform machen lassen, und Sie ziehen an meiner Statt auf Wache. Doch im Moment geht es mir nicht um Sie, sondern um Ihren Freund Tom: Wo ist das gesuchte Tier?«

»Doch in seiner Hütte, glaube ich«, antwortete Decamps.

»Tom, hierher, Tom!« rief Fau.

Tom ließ ein dumpfes Brummen ertönen, das zeigte, daß er durchaus verstanden hatte, daß es um ihn ging, doch daß er es keineswegs eilig hatte, der Einladung Folge zu leisten.

»Sieh mal an!« sagte Fau. »Gehorcht man so, wenn ich rufe? Tom, mein Freund, zwingen Sie mich nicht, zu gewaltsamen Mitteln zu greifen.«

Tom streckte eine Pfote aus, die aus seinem Schrank hervorkam, ohne daß man einen anderen Teil seiner Person gewahrte, und fing an, jämmerlich und ausgiebig zu gähnen, wie es ein Kind tut, das man geweckt hat und das nicht auf andere Weise gegen die Tyrannei seines Lehrers zu protestieren wagt.

»Wo ist der Besenstiel?« fragte Fau, wobei er seiner Stimme einen drohenden Ton gab und lautstark an den primitiven Jagdbögen, den Blasrohren und Angeln rüttelte, die hinter der Tür verstaut waren.

»Anwesend!« rief Alexandre, indem er auf Tom zeigte, der bei dem wohlbekannten Geräusch rasch aufgestanden war und auf Fau zuging, wobei er sich mit unschuldiger und gönnerhafter Miene hin- und herwiegte.

»So ist's recht!« sagte Fau. »Seien Sie nur hübsch liebenswürdig, wenn man speziell vom ›Café Procope‹ im Faubourg Saint-Denis zu Ihnen kommt.«

Tom bewegte den Kopf von oben nach unten und von unten nach oben.

»Genau so. Und nun geben Sie Ihren Freunden die Hand. Ausgezeichnet!«

»Führst du ihn aus?« fragte Decamps.

»Ein bißchen«, antwortete Fau, »und wir werden ihm zudem eine Lustbarkeit verschaffen.«

»Und wohin geht ihr zusammen?«

»Ach, bloß zum Maskenball. Los, los, Tom, auf geht's, mein Freund. Wir haben für eine Stunde eine Droschke gemietet.«

Und als hätte Tom den Wert dieses letzten Arguments verstanden, stürzte er eilends die Treppe hinab, gefolgt von seinem Mentor. Bei der Droschke angekommen, öffnete der Kutscher die Tür, ließ das Trittbrett herab, und Tom stieg, geleitet von Fau, in die Equipage, als hätte er sein ganzes Leben lang nichts anderes getan.

»Na, sieh mal einer an, das ist mal 'ne kuriose Verkleidung!« sagte der Kutscher. »Man würde meinen, es ist tatsächlich ein Bär. Wohin soll man Sie bringen, meine Herrschaften?«

»Zum ›Odéon‹[38]«, antwortete Fau.

»Grrrrrr!« sagte Tom.

»Schon gut, schon gut, regen wir uns nicht auf«, sagte der Kutscher;

»ist's auch 'ne ziemliche Ecke, wir kommen schon hin, geht in Ordnung.«

Und tatsächlich hielt die Droschke eine halbe Stunde später vor dem Eingang des Theaters. Fau stieg als erster aus und bezahlte den Kutscher; dann gab er Tom die Hand, nahm an der Theaterkasse zwei Eintrittskarten und betrat den Saal, ohne daß der Kontrolleur die geringste Bemerkung gemacht hätte.

Bei der zweiten Runde im Foyer fing man an, Tom zu folgen. Die Echtheit, mit der der Neuankömmling den Gang des Tieres nachahmte, dessen Fell er trug, hatte einigen Liebhabern der Naturkunde Eindruck gemacht. Die Neugierigen kamen also immer näher heran, und da sie sich vergewissern wollten, ob sein Beobachtungstalent bis hin zur Stimme reichte, zogen sie ihn an den Schwanzhaaren oder kniffen ihm in die Ohren.

»Grrrrrr!« machte Tom.

Ein Aufschrei der Bewunderung erhob sich in der Gesellschaft. Es klang täuschend echt.

Fau geleitete Tom zum Büfett, bot ihm ein paar Kekse an, die er für sein Leben gern aß und die er mit einer derart gut nachgeahmten Gefräßigkeit verputzte, daß die Zuschauerschaft in Gelächter ausbrach; dann schenkte er ihm ein Glas Wasser ein, das Tom mit Feingefühl zwischen die Pfoten nahm, wie es seine Gewohnheit war, wenn Decamps ihm einmal die Ehre gewährte, ihn zu seiner Tafel zuzulassen, und trank es auf einen Zug aus; damit erreichte die Begeisterung ihren Höhepunkt.

Fau sah sich schließlich, als er das Büfett verlassen wollte, in einen derart engen Kreis eingeschlossen, daß er zu befürchten anfing, Tom würde darauf verfallen, Zuflucht zu seinen Zähnen und seinen Krallen zu nehmen, um herauszukommen, was ja die Sache kompliziert hätte; er führte ihn also in eine Ecke, drückte ihn mit dem Rücken in den Winkel und befahl ihm, sich bis auf weiteres ruhig zu verhalten.

Das Wachestehen war, wie wir bereits gesagt haben, eine Art Übung, mit der Tom durchaus vertraut war, entsprach sie doch vollkommen

der Trägheit seines Charakters. Und seinen Auftrag getreuer versehend als mancher Nationalgardist, den ich kenne, stand er auch hier geduldig Wache und wartete auf Ablösung. Um die Parodie vollkommen zu machen, bot ihm ein Harlekin unterdessen seine Holzklatsche an, und Tom ließ ernst seine schwere Pfote auf seinem neuen Holzgewehr ruhen.

»Wissen Sie«, sagte Fau zu dem entgegenkommenden Kind Bergamos[39], »wem Sie Ihre Klatsche da geliehen haben?«

»Nein«, antwortete der Harlekin.

»Sie ahnen es nicht?«

»Nicht im allergeringsten.«

»Schauen wir mal. Sehen Sie gut hin. An der Anmut seiner Bewegungen, an dem systematisch zur linken Schulter geneigten Hals, wie bei Alexander dem Großen, bis hin zur vollkommenen Nachahmung der Stimme … Wie …? Sie erkennen ihn nicht?«

»Auf Ehrenwort, nein!«

»Odry«, sagte Fau geheimnisvoll; »Odry, mit seinem Kostüm aus ›Der Bär und der Pascha‹[40].«

»Aber nein, er spielt doch den Eisbären.«

»Genau! Er hat das Fell von Vernet genommen, um sich zu verkleiden.«

»Ach! Der Witzbold!« sagte der Harlekin.

»Grrrrrr!« machte Tom.

»Jetzt erkenne ich seine Stimme«, sagte Faus Gegenüber. »Ach, es ist erstaunlich, daß ich es nicht eher erraten habe. Sagen Sie ihm, er soll sie besser verstellen.«

»Ja, ja«, antwortete Fau und lenkte seine Schritte in Richtung Saal; »doch man soll ihn nicht zu sehr behelligen, wenn er amüsant bleiben soll. Ich werde versuchen, ihn dazu zu bringen, daß er das Menuett tanzt.«

»Ach! Wirklich?«

»Er hat es mir versprochen. Sagen Sie das Ihren Freunden, damit man ihm keine bösen Streiche spielt.«

»Da können Sie beruhigt sein.«

Fau durchschritt den Kreis, und Harlekin, der entzückt war, ging von Maske zu Maske, um die Neuigkeit zu verkünden und die Empfehlungen zu wiederholen; und so entfernte sich ein jeder diskret.

In dem Moment war das Signal zum Galopp zu vernehmen, und das ganze Foyer stürzte sich in den Saal; doch ehe er seinen Kameraden folgte, näherte sich der zu Späßen aufgelegte Harlekin Tom auf Zehenspitzen, beugte sich an sein Ohr und flüsterte ihm zu: »Ich kenne dich, schöne Maske.«

»Grrrrrr!« machte Tom.

»Ach! Du hast gut ›grrr grrr‹ machen, du wirst das Menuett tanzen, nicht wahr, du wirst das Menuett tanzen, mein allerliebster Marécot[41]?«

Tom ließ seinen Kopf von oben nach unten gehen und von unten nach oben, wie es seine Gewohnheit war, wenn man ihn etwas fragte, und Harlekin, zufrieden mit dieser bejahenden Antwort, machte sich auf die Suche nach einer Colombine, um selber den Galopp zu tanzen.

Während dieser Zeit war Tom im Tête-à-tête mit der Büfettiere unbeweglich auf seinem Posten verblieben, die Augen allerdings unablässig auf das Büfett gerichtet, wo sich Pyramiden von Kuchenstapeln erhoben. Die Büfettiere bemerkte diese fortgesetzte Aufmerksamkeit, und da sie eine Möglichkeit witterte, ihre Ware an den Mann zu bringen, nahm sie einen Teller und reichte ihn zu Tom hin. Tom streckte die Pfote aus, nahm behutsam einen Kuchen, dann einen zweiten, dann einen dritten; die Büfettiere ließ nicht davon ab anzubieten, und Tom ließ nicht davon ab anzunehmen, und dieses Wechselspiel hatte zur Folge, daß Tom sein zweites Dutzend begann, als der Galopp zu Ende ging und die Tänzer ins Foyer zurückkehrten. Harlekin hatte eine Schäferin und eine Pierrette rekrutiert und brachte diese Damen mit, um das Menuett zu tanzen.

Und so trat er in seiner Eigenschaft als alter Bekannter an Tom heran und sagte ihm einige Worte ins Ohr; Tom, den der Kuchen in charmante Laune versetzt hatte, antwortete mit dem liebenswürdigsten Gebrumm. Der Harlekin wandte sich zur Zuschauerschaft um und verkündete, daß der Herr Marécot sich mit allergrößtem Vergnügen den Wünschen der Gesellschaft zur Verfügung stelle. Bei diesen Worten erscholl vielfacher Applaus, und es ertönte der Ruf: »In den Saal! In den Saal!« Die Pierrette und die Schäferin nahmen Tom jeweils an einer Pfote; Tom, ganz galanter Kavalier, ließ sich seinerseits führen und sah mit erstauntem Ausdruck seine beiden Tänzerinnen eine nach der anderen an, mit denen er sich alsbald in der Mitte des Parketts fand. Jedermann nahm Platz, die einen in den Logen, die anderen in den Rängen, die meisten bildeten einen Kreis; das Orchester setzte ein.

Das Menuett war Toms Triumph und Faus choreographisches Meisterwerk. Der Erfolg stellte sich schon bei den ersten Schritten ein und nahm immer noch zu: Bei den letzten Figuren war er zur Raserei geworden. Tom wurde im Triumphzug in eine Proszeniumsloge gebracht; dann nahm die Schäferin ihren Kranz aus Rosen ab und setzte ihn auf Toms Kopf; der ganze Saal klatschte in die Hände, und eine Stimme war sogar zu hören, die in ihrer Begeisterung rief: »Es lebe Marécot I.!«

Tom stützte sich mit ganz besonderer Anmut auf die Balustrade seiner Loge; im selben Moment ertönten die ersten Takte des Kontertanzes, und alle stürzten sich auf das Parkett, mit Ausnahme einiger Höflinge des neuen Königs, die in seiner Nähe blieben in der Hoffnung, ihm eine Theaterkarte abzuluchsen; doch auf all ihre Anfragen hin antwortete Tom nichts anderes als sein ewiges »Grrrrrr«.

Da der Scherz anfing, eintönig zu werden, entfernte man sich allmählich vom eigensinnigen Minister des Großen Schahabaham, indem man sein Talent zum Seiltanz anerkannte, ihn jedoch in puncto Gespräch für höchst fade deklarierte. Bald schon befaßten sich nur noch drei oder vier Personen mit ihm; eine Stunde später war er völlig vergessen: So vergeht der Ruhm der Welt.

Indessen war es Zeit geworden, sich zurückzuziehen; das Parkett lichtete sich, die Logen waren leer. Einige bleiche Strahlen von Tageslicht glitten durch die Fenster des Foyers in den Saal, als die Platzanweiserin, indem sie ihre Runde machte, von der Proszeniumsloge im ersten Rang ein Schnarchen kommen hörte, das die Anwesenheit eines verspäteten Maskenträgers verriet; sie öffnete die Tür und fand Tom, der, ermüdet von der stürmischen Nacht, die er verbracht hatte, sich in den Hintergrund seiner Loge zurückgezogen und dem süßen Schlummer überlassen hatte. Die Vorschriften sind in diesem Punkt sehr streng, und die Platzanweiserin ist Sklavin der Vorschriften; sie betrat also die Loge und machte mit der Höflichkeit, die diese schätzenswerte Klasse der Gesellschaft auszeichnet, der anzugehören sie die Ehre hatte, Tom gegenüber die Bemerkung, daß es fast sechs Uhr morgens sei, also eine vernünftige Zeit, um nach Hause zu gehen.

»Grrrrrr!« machte Tom.

»Ich höre gut«, antwortete die Platzanweiserin; »Sie schlafen, braver Mann, doch in Ihrem Bett sind Sie viel besser aufgehoben, los, los. Ihre Frau muß sich ja Sorgen machen. Ach, er hört nicht, mein Ehrenwort! Hat er vielleicht einen festen Schlaf!«

Sie tippte ihm auf die Schulter. »Grrrrrr!«

»Schon gut, schon gut. Es ist jetzt nicht mehr der Moment, Eindruck zu machen; im übrigen kennt man Sie, schöne Maske. Sehen Sie, da dämpft man das Rampenlicht und löscht den Kronleuchter. Wollen Sie, daß man Ihnen eine Droschke holt?«

»Grrrrrr!«

»Los, los, los, der Saal des ›Odéon‹ ist keine Herberge; auf geht's! Ah! So ist das also? Ah! Monsieur Odry, pfui über Sie! Und das einer alten Künstlerin! Nun aber! Monsieur, ich werde die Wache alarmieren; der Polizeikommissar ist noch nicht im Bett. Ah, Sie wollen sich nicht an die Bestimmungen halten? Sie geben mir Fausthiebe …? Sie schlagen eine Frau? Ah, wir werden ja sehen. Monsieur le Commissaire! Monsieur le Commissaire!«

»Was gibt's denn?« antwortete der diensthabende Feuerwehrmann.

»Zu mir, Monsieur le Pompier! Zu mir!« rief die Platzanweiserin.

»He! Gendarmen …!«

»Was ist?« war die Stimme des Sergeanten zu hören, der die Patrouille kommandierte.

»Da ist die alte Dingsda, die um Hilfe ruft, in der Proszeniumsloge!«

»Wir kommen.«

»Hierher, Monsieur le Sergent! Hierher«, rief die Platzanweiserin.

»Schon da, schon da, schon da. Wo sind Sie denn, Liebchen?«

»Keine Angst, es gibt keine Stufen. Hier lang, da, hier lang! Er ist in der Ecke, an der Verbindungstür zum Theater. Ah! Der Verbrecher! Der ist bärenstark.«

»Grrrrrr!« machte Tom.

»Da, hören Sie? Da frag ich Sie doch, ob das die Sprache eines Christenmenschen ist.«

»Los, mein Freund«, sagte der Sergeant, dessen Augen sich an die Finsternis gewöhnten und Tom im Dunkeln auszumachen begannen. »Wir wissen alle, was es heißt, jung zu sein … und sehen Sie, ich lache gern, wie jeder andere, nicht wahr, Muttchen? Aber ich bin nun mal Sklave der Bestimmungen: Die Stunde ist gekommen, um in die väterliche oder eheliche Wache einzurücken; im Schnellschritt, vorwärts, marsch! Und links, zwei, drei.«

»Grrrrrr!«

»Das ist ja sehr hübsch, und wir machen den Tierschrei wirklich wunderbar nach; los, los, Kamerad, gehen wir doch freiwillig raus; ah! Sie wollen nicht? Wir spielen den Bösewicht? Gut, gut, gut, dann gibt's eben was zu lachen. Packt mir den Burschen da, und dann zur Tür.«

»Er will nicht gehen, Sergeant.«

»Nun denn! Wozu haben wir denn die Kolben an unseren Gewehren? Nur zu, nur zu, in die Hüfte und in die Waden.«

»Grrrrrr! Grrrrrr! Grrrrrr!«

»Haut drauf, haut drauf!«

»Sagen Sie mal, Sergeant«, sagte einer der Gendarmen, »ich bin der Meinung, daß es ein echter Bär ist; ich habe ihn gerade am Hals gepackt, und die Haut sitzt fest auf dem Fleisch.«

»Na, wenn es ein Bär ist, dann die größte Schonung für das Tier: sonst läßt uns sein Besitzer zahlen. Los, holt die Laterne des Feuerwehrmanns.«

»Grrrrrr!«

»Ist egal, ob Bär oder nicht«, sagte einer der Soldaten, »er hat eine gute Tracht bezogen, und wenn er ein Gedächtnis hat, dann wird er sich an die Gendarmenwache erinnern.«

»Da ist das verlangte Objekt«, sagte ein Mitglied der Patrouille und reichte ihm die Laterne hin.

»Gehen Sie mit dem Licht ans Gesicht des Verdächtigen ran.«

Der Wachsoldat gehorchte.

»Das ist eine Schnauze«, sagte der Sergeant.

»Jesus, mein Gott!« sagte die Platzanweiserin, indem sie sich davonmachte. »Ein echter Bär!«

»Tatsächlich! Ja, ein echter Bär. Müßte nachschauen, ob er Papiere hat, und ihn zu seinem Wohnsitz bringen; es gibt wahrscheinlich eine Belohnung; das Tier hat sich wohl verlaufen, und da es Gesellschaft gern hat, ist es wohl auf den Ball im ›Odéon‹ gegangen.«

»Grrrrrr!«

»Sehen Sie, er reagiert.«

»Sieh mal an, sieh mal einer an«, sagte einer der Wachsoldaten.

»Was gibt's?«

»Da hängt ein kleiner Sack um seinen Hals.«

»Machen Sie den Sack auf.«

»Eine Karte!«

»Lesen Sie die Karte.«

Der Wachsoldat nahm sie und las:

»Ich heiße Tom; ich wohne in der Rue du Faubourg-Saint-Denis Nr. 109; ich habe hundert Sous in meiner Börse, vierzig Sous für die Droschke, drei Franc für die, die mich zurückbringen.«

»Wahrhaftig, bei Gott, da sind die hundert Sous!« rief der Gendarm.

»Alles ordnungsgemäß bei diesem Bürger«, sagte der Sergeant. »Zwei Freiwillige, um ihn zu seinem rechtmäßigen Wohnsitz zu bringen.«

»Hier«, riefen die Wachsoldaten im Chor.

»Keine Bevorzugung. Ganz nach Dienstalter. Es soll den Erfahrensten zugute kommen. Los, Kinder!«

Zwei Gendarmen gingen auf Tom zu und legten ihm einen Strick um den Hals, den sie ihm um größerer Sicherheit willen dreimal um die Schnauze wickelten. Tom leistete nicht den geringsten Widerstand: Die Schläge mit dem Kolben hatten ihn schmiegsam wie einen Handschuh gemacht. Vierzig Schritt vom »Odéon« entfernt angelangt, sagte einer der Wachsoldaten: »Bah! Das Wetter ist gut; wenn wir keine Droschke nehmen, hat unser Bürger hier ein wenig Auslauf.«

»Und wir haben jeder vierzig Sous statt dreißig.«

»Einstimmig angenommen.«

Eine halbe Stunde später waren sie an der Tür von Nr. 109. Beim dritten Klopfen öffnete die Concierge höchstpersönlich, noch halb im Schlaf.

»Hier, Mutter Aufgeweckt«, sagte einer der Wachsoldaten, »hier ist einer Ihrer Mieter. Erkennen Sie diesen Privatmann als Mitglied Ihrer Hausgemeinschaft an?«

»Na, ich glaube schon«, sagte die Concierge; »es ist der Bär von Monsieur Decamps.«

Am selben Tag traf bei Odrys Wohnsitz eine Kuchenrechnung ein, die sich auf sieben Franc fünfzig Centimes belief. Doch dem Minister von Schahabaham I. war es ein leichtes, sein Alibi zu beweisen: Er hatte in den Tuilerien Wache gestanden.[42]

Was Tom anging, so war ihm von dem Tag an eine gehörige Angst vor dem ehrenwerten Wachkorps geblieben, das ihm die Kolbenschläge in die Hüfte versetzt hatte und das ihn hatte zu Fuß gehen lassen, obwohl doch seine Droschke bezahlt war.

Man wird sich also nicht verwundern, daß er, als er an der Eingangstür zum Salon das Gesicht des Wachsoldaten sah, auf der Stelle den Rückzug in den hintersten Winkel des Gartens antrat.

Nichts gibt einem Mann größeren Mut, als wenn er sieht, wie sich sein Feind zurückzieht. Im übrigen ermangelte der Gendarm nicht des Mutes, wie wir bereits gesagt haben: Er machte sich also an die Verfolgung Toms, der, in seiner Ecke in die Enge getrieben, zunächst versuchte, an der Mauer emporzuklettern, und als er nach zwei oder drei Versuchen sah, daß das Unterfangen illusorisch war, stellte er sich auf die Hinterbeine und richtete sich auf eine gute Verteidigung ein, indem er sich unter diesen Umständen die Boxlektionen zunutze machte, die ihm sein Freund Fau erteilt hatte.

Der Gendarm ging seinerseits in Stellung und griff seinen Gegner nach allen Regeln der Kunst an. Beim dritten Ausfall machte er eine Finte Richtung Kopf und landete einen Schenkelhieb; Tom gelang es, die Sekond zu parieren. Der Gendarm drohte Tom mit einer Graden; Tom ging wieder in Stellung, machte ein Coupé auf die Waffen, und indem er mit der ganzen Kraft seiner Faust den Säbelgriff seines Feindes erwischte, drehte er ihm so gewaltsam die Hand um, daß er ihm das Handgelenk ausrenkte. Der Gendarm ließ seinen Säbel fallen und war nun der Gnade seines Gegners ausgeliefert.

Zu seinem Glück und zu Toms Unglück traf in diesem Moment der Kommissar ein; er sah den Akt des Aufstands, der gerade gegen die bewaffnete Armee stattfand, zog aus der Tasche seine Schärpe, wickelte sie sich dreimal um den Bauch, und im Bewußtsein der Unterstützung durch die Garde ließ er den Gefreiten und die neun Mann in den Garten hinabkommen, befahl ihnen, sich zur Schlacht aufzustellen, und verblieb auf der Freitreppe, um den Schießbefehl zu geben. Tom, der von diesen Vorkehrungen in Anspruch genommen war, ließ den Gendarmen, der seine rechte Hand in die linke gelegt hatte, den Rückzug antreten, und blieb aufrecht und unbeweglich an die Mauer gelehnt stehen.

Dann begann das Verhör: Tom, der angeklagt war, nächtens in ein bewohntes Haus eingebrochen zu sein und an der Person eines öffentlich Bediensteten einen Mordversuch begangen zu haben, welcher nur durch von seinem Willen unabhängige Umstände gescheitert sei, wurde, da er keinen Entlastungszeugen vorzuweisen hatte, zum Tode verurteilt; folglich wurde der Gefreite aufgefordert, zur Exekution zu schreiten, und er gab den Soldaten den Befehl, die Waffen vorzubereiten.

Da breitete sich in der Menschenmenge, die im Gefolge der Patrouille herbeigeeilt war, eine große Stille aus, und allein die Stimme des Gefreiten war zu vernehmen: Er befahl, einen nach dem anderen, alle Vorgänge des Ladens in zwölf Phasen. Gleichwohl glaubte er, sich beim Befehl »Legt an« ein letztes Mal zum Kommissar umdrehen zu müssen; da ging bei den Anwesenden ein Murmeln des Mitgefühls um, doch der Polizeikommissar, den man mitten im Mittagessen gestört hatte, war unerbittlich: Er streckte die Hand zum Zeichen der Befehlserteilung aus.

»Feuer!« sagte der Gefreite.

Die Soldaten gehorchten, und der unglückliche Tom stürzte hin, von acht Kugeln durchlöchert.

In dem Moment kehrte Alexandre Decamps mit einem Brief von Monsieur Cuvier[43] heim, der Tom die Tore des Jardin des Plantes geöffnet und ihm ähnlich wie dem Bären Martin das Überleben gesichert hätte.

9. Kapitel

Wie Kapitän Pamphile eine Meuterei an Bord der Brigg »Roxelane« befriedete und was darauf folgte.

Tom stammte aus Kanada. Er gehörte zu jener Rasse von Pflanzenfressern, die gewöhnlich nur in den Bergen zwischen New York und dem Ontariosee zu finden sind und die sich zur Winterszeit, wenn sie der Schnee von den vereisten Gipfeln vertreibt, manchmal in hungrigen Rudeln bis in die Vorstädte von Portland und Boston hinabwagen.

Wenn nun unsere Leser unbedingt wissen wollen, wie Tom von den Gestaden des Sankt-Lorenz-Stroms an die Ufer der Seine gelangt ist, so mögen sie die Güte haben, sich an das Ende des Jahres 1828 zu versetzen und uns bis zum äußersten Rand des Atlantischen Ozeans zu folgen, an eine Stelle zwischen Island und der Spitze von Kap Farewell. Dort werden wir ihnen die in bekannt tüchtiger Fahrt dahinsegelnde Brigg unseres alten Kapitän Pamphile zeigen, der, seiner Vorliebe für den Orient dieses Mal zuwiderhandelnd, in Richtung Pol hinaufgefahren ist, nicht um dort, wie Ross oder Parry,[44] einen Schiffsweg zwischen der Insel Melville und dem Banks-Territorium zu erkunden, sondern mit einem nützlicheren und vor allem lukrativeren Ziel: Da Kapitän Pamphile zwei Jahre Wartezeit hatte, bis sein Elfenbein bereitlag, hatte er diese für den Versuch genutzt, nun im Nordmeer jenes Tauschsystem einzuführen, das wir ihn im Bereich des indischen Archipels schon mit so viel Erfolg haben praktizieren sehen. Dieser Schauplatz seiner früheren Heldentaten war in Anbetracht der häufigen Kolloquien mit den

Schiffen, die in jenen Breiten kreuzten, weniger ertragreich geworden, und im übrigen bedurfte Kapitän Pamphile einer Luftveränderung. Nur daß es statt Gewürzen oder Tee diesmal Walfischtran war, worauf er es insbesondere abgesehen hatte.

Angesichts des Charakters unseres braven Freibeuters versteht es sich, daß er keine Zeit damit vertrödelt hatte, eine Besatzung aus Walfangmatrosen zu rekrutieren und sein Schiff mit Schaluppen, Tauwerk und Harpunen zu überlasten. Er hatte sich im Moment, als er in See stach, damit zufriedengegeben, die Geschütze, die Zwölfpfünder und das Achtpfünderstück aufzusuchen, die, wie wir gesagt haben, ihm als Ballast dienten; er hatte die Gewehre inspiziert und die Entersäbel schleifen lassen, hatte sich mit Proviant für sechs Wochen versehen, die Meerenge von Gibraltar durchfahren und war im Monat September, also in dem Moment, da der Fischfang so richtig in Gang ist, am 60. Breitengrad angekommen und hatte unverzüglich angefangen, sein Gewerbe auszuüben.

Wie wir gesehen haben, war es Kapitän Pamphile äußerst lieb, wenn man die Arbeit für ihn schon erledigt hatte. Deshalb hielt er sich mit Vorliebe an Schiffe, denen er an ihrer Fahrweise ansah, daß sie ordentlich beladen waren. Wir wissen, auf welche Weise er in diesen delikaten Angelegenheiten verhandelte; er hatte keinerlei Veränderung vorgenommen, trotz des Unterschiedes in den Schauplätzen; es ist also unnütz, sie unseren Lesern ins Gedächtnis zu rufen; folglich begnügen wir uns damit, sie von seinem vollkommenen Erfolg in Kenntnis zu setzen. Und so blieben ihm gerade mal fünfzig leere Fässer an Bord, als der Zufall es wollte, daß er beim Passieren der Neufundlandbänke einem Schiff begegnete, das vom Kabeljaufang zurückkam. Obwohl Kapitän Pamphile normalerweise großen Spekulationsgeschäften oblag, verschmähte er doch, wie wir gesehen haben, auch nicht die kleinen. Und so ließ er diese Gelegenheit, seine Ladung zu vervollständigen, nicht ungenutzt verstreichen. Die fünfzig leeren Fässer wechselten an Bord des Fischereifahrzeugs über, dem es ein Vergnügen war, im Gegenzug dem Kapitän Pamphile fünfzig volle Fässer herüberzuschicken.

Policar wies darauf hin, daß die vollen Fässer drei Zoll weniger an Höhe aufwiesen; doch Kapitän Pamphile war bereit, über die Unregelmäßigkeit hinwegzugehen, und zwar aufgrund der Tatsache, daß der Kabeljau noch am Vorabend eingesalzen worden war; er untersuchte lediglich die Fässer eines nach dem andren, um sicherzustellen, daß der Fisch von guter Qualität war; und indem er jedes einzelne vernageln ließ, befahl er, sie in den Kielraum zu bringen, mit Ausnahme eines einzigen, das er für seinen persönlichen Verzehr behielt.

Am Abend kam der Doktor zu ihm herab, und zwar zu dem Zeitpunkt, als der Kapitän sich zu Tisch setzen wollte. Er wurde im Auftrag der Besatzung vorstellig, die um Überlassung von drei oder vier Fässern frischen Kabeljaus nachsuchte. Seit fast einem Monat waren die Vorräte erschöpft, und die Matrosen aßen nichts als Walfischscheiben und Robbenkoteletts. Kapitän Pamphile fragte den Doktor, ob es an Proviant mangele; der Doktor antwortete, daß es noch eine bestimmte Menge des von uns Erwähnten gebe, doch daß diese Art Nahrung, die schon in frischem Zustand scheußlich sei, durch die Einsalzung in keiner Weise besser werde. Kapitän Pamphile antwortete, es tue ihm leid, aber er habe nun einmal vom Hause Bedda und Co. in Marseille eine Bestellung über neunundvierzig Faß Salzkabeljau erhalten, und einen so guten Kunden könne er nicht hängen lassen; und wenn im übrigen die Besatzung frischen Kabeljau wünsche, so brauchte sie ihn ja bloß zu fischen, was ihr völlig freigestellt sei – er, Kapitän Pamphile, widersetze sich dem in keiner Weise.

Der Doktor ging hinaus.

Nach zehn Minuten vernahm Kapitän Pamphile einen beträchtlichen Lärm auf der »Roxelane«.

Mehrere Stimmen riefen: »Auf die Pike! Auf die Pike!« Und ein Matrose schrie: »Es lebe Policar! Nieder mit Kapitän Pamphile!«

Kapitän Pamphile dachte, es sei Zeit, sich zu zeigen. Er erhob sich vom Tisch, steckte sich ein Paar Pistolen in den Gürtel, zündete seine Stummelpfeife an, was er nur bei heftigen Stürmen tat, griff nach einer Art Ehrenpeitsche, die mit besonderer Sorgfalt hergestellt war und deren er sich nur zu denkwürdigen Anlässen bediente, und stieg an Deck. Dort herrschte Aufruhr.

Kapitän Pamphile schritt bis in die Mitte der Besatzung vor, die in Gruppen unterteilt dastand, und er blickte nach rechts und nach links, um zu sehen, ob es unter all diesen Männern einen Unverschämten gebe, der es wagen würde, das Wort an ihn zu richten. Für einen Fremden hätte es den Anschein gehabt, als mache Kapitän Pamphile eine gewöhnliche Runde; doch für die Besatzung der »Roxelane«, die ihn seit langer Zeit kannte, war es etwas völlig anderes. Man wußte, daß Kapitän Pamphile nie so nahe vor einem Ausbruch stand, als wenn er kein Wort sagte; und im Moment befleißigte er sich eines furchterregenden Schweigens. Nachdem er zwei oder drei Runden gemacht hatte, blieb er schließlich vor seinem Leutnant stehen, der, genau wie die anderen, einem Aufstand nicht fern schien. »Policar, mein guter Mann«, fragte er, »können Sie mir sagen, wie der Wind steht?«

»Aber Käpten«, sagte da Policar, »der Wind steht … Haben Sie … Wind gesagt?«

»Ja, der Wind ... wie steht er?«

»Meiner Treu, ich weiß es nicht«, sagte Policar.

»Nun gut, dann werde ich es Ihnen sagen, in eigener Person!«

Und mit unerschütterlichem Ernst betrachtete Kapitän Pamphile forschend den düsteren Himmel; dann streckte er die Hand in Richtung der Brise aus und pfiff nach Matrosenart; sich seinem Leutnant wieder zuwendend, sagte er schließlich: »Nun gut, Policar, mein guter Mann, ich werde es Ihnen sagen, in eigener Person, wie der Wind steht; er steht auf Schlag.«

»Das habe ich mir gedacht«, sagte Policar.

»Und jetzt, Policar, mein guter Mann, wollen Sie mir den Gefallen tun und mir sagen, was niedersausen wird?«

»Was niedersausen wird?«

»Ja, wie Hagelschlag.«

»Meiner Treu, ich weiß nicht«, sagte Policar.

»Nun denn, Schläge mit dem Seising, mein guter Mann, Schläge mit dem Seising. Also, Policar, mein Kamerad, wenn du Angst vor dem Regen hast, dann geh flink in die Kabine und komm nicht eher heraus, als ich es dir sage, verstanden, Policar?«

»Verstanden, Käpten«, sagte Policar, indem er die Leiter hinabstieg.

»Dieser Junge steckt voller Intelligenz«, fuhr Kapitän Pamphile fort.

Daraufhin machte er von neuem drei Runden auf Deck und blieb vor dem Zimmermeister stehen, der eine Pike in der Hand hielt.

»Guten Tag auch, Georges«, sagte der Kapitän zu ihm; »was ist denn das für ein Spielzeug, mein Freund?«

»Aber, Kapitän …«, stammelte der Zimmerer.

»Gott verzeih mir, das ist ja mein Rohrstock zum Staubabklopfen.«

Der Zimmerer ließ die Pike fallen. Der Kapitän nahm sie auf und brach sie in zwei Stücke, wie wenn er es mit einem Weidenstab zu tun hätte. »Ich seh schon, was es ist«, fuhr Kapitän Pamphile fort; »du wolltest deine Kleider ausklopfen. Gut, mein Freund, gut! Sauberkeit ist eine halbe Tugend, wie die Italiener sagen.«

Er gab zwei Gehilfen ein Zeichen näherzutreten. »Kommt hierher, ihr anderen, nehmt jeder diese Gerte und klopft dem armen Georges feste auf die Jacke, und du, Georges, mein Kind, laß den Körper drin, möchte ich bitten.«

»Wie viele Schläge, Kapitän?« fragten die Gehilfen.

»Na, jeder fünfundzwanzig.«

Die Vollstreckung nahm ihren Anfang, wobei die beiden Gehilfen jeweils mit der Regelmäßigkeit von Vergils Hirten[45] vorgingen; der Kapitän zählte die Hiebe. Beim dreizehnten wurde Georges ohnmächtig.

»Gut so«, sagte der Kapitän, »bringt ihn in seine Hängematte. Morgen kriegt er den Rest: Jedem das Seine.«

Man gehorchte dem Kapitän; er machte drei weitere Runden und blieb schließlich ein letztes Mal bei dem Matrosen stehen, der »Es lebe Policar! Nieder mit Kapitän Pamphile!« gerufen hatte.

»Na«, sagte er zu ihm, »wie geht's denn dieser hübschen Stimme, Gaetano, mein Kind?«

Gaetano wollte antworten; doch so sehr er sich auch bemühte, aus seiner Kehle kamen nur undeutliche und unartikulierte Laute.

»Sapperlot!« sagte der Kapitän. »Wir haben die Stimme verloren. Gaetano, mein Kind, das ist gefährlich, wenn man keine Arznei anwendet. Doktor, schicken Sie mir vier Medizinstudenten.«

Der Doktor bestimmte vier Männer, die auf Gaetano zugingen.

»Kommt hierher, meine Lieben«, sagte der Kapitän, »und befolgt genau meine Verordnung; ihr nehmt ein Seil, befestigt es an einer Rolle, und ein Ende legt ihr diesem ehrlichen Kerl als Krawatte um den Hals, ihr zieht am anderen, bis ihr unseren Mann auf eine Höhe von dreißig Fuß gehievt habt; dort laßt ihr ihn zehn Minuten, und wenn ihr ihn herablaßt, wird er sprechen wie eine Schwarzdrossel und pfeifen wie ein Star. Macht rasch, meine Lieben.«

Die Vollstreckung begann unter allgemeinem Schweigen und wurde Punkt für Punkt durchgeführt, ohne daß sich das geringste Gemurmel hätte vernehmen lassen. Kapitän Pamphile widmete der Sache eine so große Aufmerksamkeit, daß er seine Stummelpfeife ausgehen ließ. Zehn Minuten später fiel der Kadaver des rebellischen Matrosen bewegungslos aufs Deck. Der Doktor trat zu ihm hin und überzeugte sich, daß er tatsächlich tot war; sodann band man ihm eine Kanonenkugel an den Hals und zwei an die Füße und warf ihn ins Meer.

»Und jetzt«, sagte Kapitän Pamphile, indes er seine erloschene Stummelpfeife aus dem Mund nahm, »geht ihr mir alle zusammen meine Pfeife wieder anzünden, und daß sie mir nur einer wieder zurückbringt.«

Der Matrose, der dem Kapitän am nächsten stand, nahm mit den Zeichen tiefsten Respekts die ehrwürdige Reliquie entgegen, die ihm sein Vorgesetzter darreichte, und stieg die Leiter des Zwischendecks hinab, gefolgt von der gesamten Besatzung, und man ließ den Kapitän mit dem Doktor allein. Einen Augenblick später erschien Double-Bouche mit der wieder angezündeten Stummelpfeife in der Hand.

»Ach, du bist es, alter Räuber!« sagte der Kapitän. »Und was hast du gemacht, als all diese ehrlichen Leute sich auf Deck ergingen und ihre Dinge ausheckten? Antworte, kleine Kanaille!«

»Meiner Treu«, sagte Double-Bouche, der der Miene des Kapitäns ansah, daß er nichts zu befürchten hatte, »ich habe mein Brot in den Eintopf getaucht, um zu sehen, ob die Suppe gut ist, und meine Finger in die Kasserolle, um mich zu vergewissern, daß die Soße gut gesalzen war.«

»Nun gut, du Schalk, nimm die beste Bouillon vom Eintopf und das beste Stück aus der Kasserolle und mach mit dem Rest eine Suppe für meinen Hund; was die Matrosen angeht, so werden sie drei Tage lang Brot essen und Wasser trinken; das wird ihnen gegen den Skorbut helfen. Auf, zum Essen, Doktor.«

Und der Kapitän stieg hinunter in seine Kammer, ließ ein Gedeck für seinen Gast bringen und fing an, frischen Kabeljau zu essen, als wäre zwischen dem ersten und dem zweiten Auftragen nichts vorgefallen.

Nachdem er vom Essen aufgestanden war, stieg der Kapitän wieder an Deck, um seinen Abenddurchgang zu machen; alles war in vollkommenster Ordnung: Der Wachmatrose war auf seinem Posten, der Lotse an seinem Ruder und der Ausguck auf seinem Mast. Die Brigg fuhr unter voller Besegelung und machte wacker ihre acht Knoten in der Stunde, wobei sie die Neufundlandbänke zur Linken und den Sankt-Lorenz-Golf zur Rechten hatte; der Wind wehte von Westnordwest und versprach zu halten, so daß Kapitän Pamphile, der nach einem stürmischen Tag auf eine ruhige Nacht zählte, in seine Kabine hinabstieg, die Kapitänsjacke ablegte, die Pfeife anzündete und sich ans Fenster begab, wo er mit den Augen bald den Rauch des Tabaks, bald das Kielwasser des Schiffes verfolgte.

Kapitän Pamphile war, wie man wohl hat beurteilen können, eher von originellem Geist als von poetischer und malerischer Vorstellungskraft; indessen konnte er als echter Seemann, der er war, doch nicht den glänzenden Mond sehen, der inmitten einer schönen Nacht die Fluten des Ozeans versilberte, ohne sich jener teilnehmenden Träumerei hinzugeben, die alle Männer des Meeres für das Element empfinden, auf dem sie leben; und so hatte er sich seit etwa zwei Stunden hinausgelehnt, wobei der Körper zur Hälfte aus dem Fenster ragte, und nichts als das Plätschern der Wellen gehört und nichts als die Spitze von Saint-John's[46] gesehen, die wie Meeresdunst am Horizont verschwand, als er auf einmal fühlte, wie er kräftig an Hemdkragen und Hosenboden gepackt wurde; zugleich setzten die beiden Hände, die sich diese Vertraulichkeit erlaubten, eine wippende Bewegung in Gang, wobei die eine den Kapitän runterdrückte und die andere ihn emporhob, so daß sich seine Füße, nachdem sie den Boden verlassen hatten, alsbald in größerer Höhe als sein Kopf befanden. Kapitän Pamphile wollte um Hilfe rufen, doch dazu hatte er nicht die Zeit; im Moment, da er den Mund aufmachte, ließ die Person, die mit ihm diese befremdlichen Versuche unternahm, als sie nämlich sah, daß der Körper den Neigungswinkel erreicht hatte, den sie ihm geben wollte, zugleich Hose und Kragen los, so daß der Kapitän, der wider seinen Willen den Gesetzen des Gleichgewichts und der Schwerkraft gehorchte, kopfüber fast vertikal hinabsauste und im Kielwasser der »Roxelane« verschwand, die anmutig und munter ihre Fahrt fortsetzte, ohne zu ahnen, daß sie Witwe ihres Kapitäns geworden war.

Da Kapitän Pamphile am folgenden Tag entgegen seiner Gewohnheit um zehn Uhr morgens noch nicht seine Runde an Deck gemacht hatte, betrat der Doktor seine Kammer und fand sie leer; sogleich verbreitete sich in der Besatzung das Gerücht, daß der Oberste verschwunden sei; das Kommando über das Schiff ging nach Recht und Gesetz auf den Leutnant über; man holte folglich Policar aus der Kabine, in der er gewissenhaft seinen Arrest absaß, und proklamierte ihn zum Kapitän.

Die erste Amtshandlung des neuen Gebieters bestand darin, an jeden Mann eine Portion Kabeljau und zwei Rationen Schnaps zu verteilen und Georges die zwanzig Stockhiebe, die ihm noch ausstanden, zu erlassen.

Drei Tage nach dem Geschehen, von dem wir soeben berichtet haben, war an Bord der Brigg »Roxelane« keine Rede mehr vom Kapitän Pamphile, als hätte dieser werte Seemann niemals existiert.

10. Kapitel

Wie Kapitän Pamphile, während er anf einer Insel zu landen glaubte, auf einem Walfisch landete und zum Diener von Schwarze Schlange wurde.

Als Kapitän Pamphile wieder an die Wasseroberfläche kam, war die Brigg »Roxelane« schon außer Reichweite seiner Stimme; auch hielt er es nicht für angebracht, sich mit unnützem Geschrei zu ermüden: Er begann damit, sich zu orientieren, um zu sehen, welches das nächstgelegene Land war, und nachdem er zu dem Schluß gekommen war, daß es Kap-Breton[47] sein mußte, wandte er sich in dessen Richtung, und zwar mittels des Polarsterns, den er mit Wohlbedacht rechts von sich ließ.

Kapitän Pamphile schwamm wie ein Seehund; gleichwohl war er nach Ablauf von vier oder fünf Stunden dieser Übung allmählich ein wenig müde; im übrigen bedeckte sich der Himmel, und das Leuchtzeichen, das seine Bahn geleitet hatte, war verschwunden; darum dachte er, er tue nicht schlecht daran, sich ein wenig auszuruhen; folglich stellte er das Seitenschwimmen ein und begann, sich wie ein Brett treiben zu lassen.

Er blieb etwa eine Stunde lang in dieser Haltung, wobei er nur die allernötigsten Bewegungen machte, um sich über Wasser zu halten, und mit ansah, wie alle Sterne des Himmels einer nach dem anderen erloschen.

So sehr Kapitän Pamphile auch Philosoph sein mochte, man versteht, daß die Situation wenig erbaulich war; er kannte die Lage der Küsten auf das genaueste, und er wußte, daß er noch drei oder vier Meilen von jedwedem Land entfernt sein mußte. Als er nun spürte, daß er durch die Ruhepause, die er sich eine Zeitlang gegönnt hatte, wieder zu Kräften gekommen war, machte er sich mit neuem Eifer ans Schwimmen, und da gewahrte er in einiger Entfernung vor sich eine schwarze Fläche, die er nicht eher hatte bemerken können, da es finstere Nacht war. Kapitän Pamphile glaubte, es handele sich um eine kleine Insel oder ein Kliff, das die Navigatoren und die Geographen vergessen hatten, und so hielt er darauf zu. Alsbald dort angelangt, hatte er Mühe, Boden unter den Füßen zu bekommen, so glitschig war die unablässig von den Wellen bespülte Oberfläche des Bodens; nach einigen Anstrengungen gelang es ihm jedoch, und er fand sich auf einer kleinen bauchigen Insel, die zwanzig bis fünfundzwanzig Schritte lang war und sich etwa sechs Fuß über die Wasseroberfläche erhob; sie war völlig unbewohnt.

Kapitän Pamphile hatte bald schon sein neues Herrschaftsgebiet umrundet; es war nackt und unfruchtbar, mit Ausnahme einer Art Baum vom Umfang eines Besenstiels, acht bis zehn Fuß lang und gänzlich ohne Zweige und Blätter, und außerdem einiger feuchter Gewächse, die anzeigten, daß die Insel bei hohem Wellengang gänzlich überspült wurde. Diesem Umstand schrieb Kapitän Pamphile das unglaubliche Versäumnis der Geographen zu, und er nahm sich vor, bei seiner Rückkehr nach Frankreich an die Fahrtengesellschaft ein wissenschaftliches Memorandum zu richten, in welchem er den Irrtum seiner Vorgänger aufdecken wollte.

Bis dahin war er mit seinen Plänen und Projekten gekommen, als er meinte, in einiger Entfernung Stimmen zu hören. Er schaute nach allen Seiten; doch die Nacht war, wie wir gesagt haben, so finster, daß er nichts zu erkennen vermochte. Er lauschte aufs neue, und diesmal unterschied er einwandfrei den Klang mehrerer Stimmen; obwohl die Sätze für ihn unverständlich blieben, hatte Kapitän Pamphile zuerst den Gedanken, um Hilfe zu rufen; doch da er nicht wußte, ob die, die sich da im Dunkeln näherten, Freunde oder Feinde waren, beschloß er abzuwarten. Auf alle Fälle war die Insel, auf der er gelandet war, nicht so weit vom Festland entfernt, daß er in dem stark befahrenen Sankt-Lorenz-Golf Angst gehabt hätte, Hungers zu sterben. Er beschloß also, sich bis Tagesanbruch zurückzuhalten, damit er wenigstens nicht seinerseits entdeckt würde; als Folge dieses Entschlusses begab er sich an den äußersten Punkt der Insel, der am weitesten von der Stelle entfernt lag, wo er die menschlichen Äußerungen zu hören geglaubt hatte, die ja der Mensch unter bestimmten Umständen noch mehr fürchtet als das Brüllen wilder Tiere.

Es war wieder Stille eingekehrt, und Kapitän Pamphile begann zu glauben, daß alles ohne Zwischenfälle vor sich gehen würde, als er spürte, wie sich der Boden unter seinen Füßen bewegte. Sein erster Gedanke war, daß es sich um ein Erdbeben handele; doch auf der ganzen Fläche seiner Insel hatte er nicht den geringsten Berg gewahrt, der einem Vulkan gleichgesehen hätte; da erinnerte er sich, daß er oft von jenen unterseeischen Formationen hatte erzählen hören, die auf einmal an der Wasseroberfläche erschienen, dort manchmal ein paar Tage, Monate, Jahre verblieben, den Kolonien Zeit gaben, Fuß zu fassen, ihre Saat auszusäen, ihre Hütten zu bauen, und dann in einem Moment, zu gegebener Stunde, ohne sichtbaren Grund vernichtet, wie sie sich gebildet hatten, auf einmal verschwanden und die allzu zuversichtliche Bevölkerung, die sich auf ihnen niedergelassen hatte, mit sich rissen. Wie dem auch sei, da Kapitän Pamphile weder zu säen noch zu bauen die Zeit gehabt und weder um seinen Weizen noch um seine Häuser zu klagen hatte, stellte er sich darauf ein, seinen Ausflug schwimmend fortzusetzen, nur allzu glücklich, daß seine wundersame Insel lange genug an der Meeresoberfläche geblieben war, daß er sich ausruhen konnte. Er hatte sich also vollkommen dem Willen Gottes ergeben, als er zu seinem großen Erstaunen gewahrte, daß das Terrain, statt zu versinken, sich vorwärts zu bewegen schien, wobei es in der Art eines Schiffshecks ein Kielwasser hinter sich herzog. Kapitän Pamphile befand sich auf einer schwimmenden Insel; das Wunder der Leto wiederholte sich für ihn, und er glitt auf einem unbekannten Delos[48] den Gestaden der Neuen Welt entgegen.

Kapitän Pamphile hatte im Verlaufe seines nomadischen und abenteuerlichen Lebens so viele Dinge gesehen, daß er nicht der Mann war, sich über eine solche Kleinigkeit zu verwundern; er bemerkte lediglich, daß seine Insel mit einer Intelligenz, die von ihr zu verlangen er nicht gewagt hätte, direkt auf die Nordspitze der Kap-Breton-Insel zusteuerte. Da ihm der eine Ort geradeso lieb war wie ein anderer, beschloß er, sich ihr nicht zu widersetzen und sie in aller Ruhe dorthin schwimmen zu lassen, wo sie es hinzog, und sich die Umstände zunutze zu machen, um mit ihr zu reisen. Und obwohl Kapitän Pamphile den Fuß eines Seemanns hatte, stieg er nichtsdestoweniger, da die rutschige Beschaffenheit des Terrains durch die Bewegung noch gefährlicher geworden war, lieber zur höhergelegenen Region seiner Insel hinauf; und indem er sich an dem alleinstehenden und blattlosen Baum festhielt, der das Zentrum zu markieren schien, harrte er mit Geduld und Resignation der künftigen Ereignisse.

Indessen glaubte Kapitän Pamphile, der, wie man leicht verstehen wird, ganz Auge und Ohr geworden war, in den weniger finsteren Intervallen, da der Wind, wenn er eine Wolke verjagte, den einen oder anderen Stern wie einen Diamanten im himmlischen Geschmeide aufblitzen ließ, einem schwarzen Punkt gleich eine kleine Insel zu erkennen, die der großen als Führer diente, indem sie in einer Entfernung von etwa fünfzig Schritten voranfuhr; und als die Wellen, die an die Flanken seines Herrschaftsbereichs schlugen, weniger Lärm machten, gelangten dieselben Stimmen, die er gehört hatte, aufs neue an sein Ohr, herbeigetragen von einem Windstoß, undeutlich und unverständlich wie das Murmeln der Meeresgeister.

Erst als im Osten der Morgen zu dämmern begann, gelang es Kapitän Pamphile, sich vollständig zu orientieren, und er staunte, daß er bei der Intelligenz, die er sich selbst zuschrieb, die Situation nicht schon früher erfaßt hatte. Die kleine Insel, die an erster Stelle fuhr, war ein von sechs kanadischen Wilden bemanntes Boot, die große Insel, auf der er sich befand, ein Wal, den die alten Verbündeten Frankreichs im Schlepptau hatten, und der seiner Zweige und Blätter beraubte Baum, an den er gelehnt stand, war die Harpune, die dem Meeresriesen den Tod gegeben hatte und die, um vier oder fünf Fuß tief in die Wunde eingedrungen, noch um acht oder neun herausragte.

Als die Huronen ihrerseits den doppelten Fang sahen, den sie gemacht hatten, entwich ihnen ein Ausruf der Überraschung. Doch sogleich befindend, daß es unter der Würde des Mannes sei, sich von irgend etwas erstaunt zu zeigen, ruderten sie schweigsam weiter in Richtung Land, ohne sich weiter um Kapitän Pamphile zu bekümmern, der, als er sah, daß die Wilden ihn trotz ihrer scheinbaren Sorglosigkeit nicht aus dem Auge ließen, die allergrößte Gelassenheit des Geistes vortäuschte, was immer auch die wirkliche Besorgnis war, die ihm seine befremdliche Lage einflößte.

Als der Wal bis auf etwa eine viertel Meile an die Nordspitze der Kap-Breton-Insel herangekommen war, blieb die Schaluppe auf der Stelle stehen; doch der ungeheure Walfisch, der aufgrund der Impulsträgheit die Bewegung, die man ihm gegeben hatte, weiter fortsetzte, näherte sich fühllos dem kleinen Boot, das er schließlich erreichte. Derjenige, der das Oberhaupt der Besatzung zu sein schien, ein großer Kerl von fünf Fuß acht Zoll, der blau und rot bemalt war, auf der Brust eine schwarze Schlange tätowiert hatte und auf dem rasierten Kopf die Schwanzfeder eines Paradiesvogels trug, die an der einzigen Locke befestigt war, die er von seinen Haaren behalten hatte, steckte sich nun ein großes Messer in den Lendenschurz, nahm seinen Tomahawk in die rechte Hand und kam langsam und würdevoll auf Kapitän Pamphile zu.

Kapitän Pamphile, der seinerseits alle Wilden der bekannten Welt gesehen hatte, von jenen angefangen, die am Morgen des Aschermittwoch von der Courtille[49] zurückkehren, bis hin zu jenen von den Sandwich-Inseln, die heimtückisch Kapitän Cook töteten, ließ ihn ruhig näherkommen, scheinbar ohne ihm die geringste Aufmerksamkeit zu zollen.

Auf drei Schritte an den Europäer herangekommen, blieb der Hurone stehen und betrachtete Kapitän Pamphile; Kapitän Pamphile, der entschlossen war, nicht einen Schritt zu weichen, betrachtete folglich den Huronen mit derselben Ruhe und derselben Gelassenheit, die dieser vortäuschte; nach zehn Minuten gegenseitiger Inspektion sagte der Hurone schließlich: »Schwarze Schlange ist ein großer Häuptling.«

»Pamphile, von Marseille, ist ein großer Kapitän«, sagte der Provenzale.

»Und warum hat mein Bruder«, so fuhr der Hurone fort, »sein Schiff verlassen, um sich auf dem Wal der Schwarzen Schlange einzuschiffen?«

»Weil«, so antwortete Kapitän Pamphile, »seine Besatzung ihn ins Meer geworfen hat und er, vom Schwimmen müde, sich auf dem ersten besten Objekt niedergelassen hat, ohne sich darum zu bekümmern, wem es gehörte.«

»Das ist gut«, sagte der Hurone; »Schwarze Schlange ist ein großer Häuptling, und Kapitän Pamphile wird sein Diener sein.«

»Wiederhol doch mal, was du da gerade gesagt hast«, unterbrach ihn der Kapitän mit ironischer Miene.

»Ich habe gesagt«, nahm der Hurone wieder das Wort, »daß Kapitän Pamphile in der Barke von Häuptling Schwarze Schlange rudern wird, wenn er auf dem Wasser ist, sein Zelt aus Birkenrinde tragen wird, wenn er zu Lande reist, sein Feuer anzünden wird, wenn es kalt ist, die Fliegen verjagen wird, wenn es heiß ist, und seine Mokassins stopfen wird, wenn sie zerschlissen sind; als Gegenleistung wird Schwarze Schlange Kapitän Pamphile die Reste seiner Mahlzeit und die alten Biberfelle geben, die ihm nichts mehr nützen.«

»Oho!« sagte der Kapitän. »Und wenn diese Abmachungen Pamphile nicht gefallen und Pamphile sie ablehnt?«

»Dann wird Schwarze Schlange Pamphile das Haar wegnehmen und es vor seiner Tür aufhängen, zusammen mit dem von sieben Engländern, neun Spaniern und elf Franzosen, das schon dort ist.«

»Ist gut«, sagte der Kapitän, der sah, daß er hier nicht der Stärkere war. »Schwarze Schlange ist ein großer Häuptling, und Pamphile wird sein Diener sein.«

Bei diesen Worten gab Schwarze Schlange seiner Besatzung ein Zeichen, die nun ihrerseits auf dem Wal an Land ging und Kapitän Pamphile umringte. Der Häuptling sagte einige Worte zu seinen Männern, die alsbald mehrere kleine Kisten, einen Biber, zwei oder drei Vögel, die sie mit Pfeilschüssen erlegt hatten, und alles Nötige, um ein Feuer zu machen, auf dem Tier abluden. Danach stieg Schwarze Schlange in die Piroge, nahm ein Paddel in jede Hand und begann, in Richtung Land zu rudern.

Der Kapitän war damit beschäftigt, höchst aufmerksam zuzusehen, wie sich der große Häuptling entfernte, wobei er bewunderte, mit welcher Schnelligkeit die kleine Barke über das Wasser glitt, als drei Huronen sich ihm näherten; der eine nahm ihm die Krawatte ab, der andere zog ihm das Hemd aus, und der dritte nahm ihm die Hose weg, in der sich seine Uhr befand; der wurde alsbald von zwei anderen abgelöst, von denen der eine ein Rasiermesser hielt und der andere eine Art Palette, die aus kleinen, mit gelber, roter und blauer Farbe gefüllten Muscheln bestand; sie gaben Kapitän Pamphile ein Zeichen, er solle sich hinlegen, und während die übrige Besatzung das Feuer entfachte, wie sie es auch auf einer richtigen Insel hätten tun können, die Vögel rupfte und dem Biber das Fell abzog, machten sich die beiden daran, ihren neuen Kameraden gehörig herzurichten: Während der eine ihm den Kopf rasierte, mit Ausnahme der Locke, die übrigzulassen die Wilden die Gewohnheit haben, fuhr der andere ihm mit seinem in verschiedene Farben getunkten Pinsel von oben bis unten über den Körper und bemalte ihn nach dem neuesten Schick, dem sich die Fashionables von Ottawa-Fluß und Huronsee verschrieben hatten.

Nachdem diese erste Vorbereitung abgeschlossen war, las der eine Kammerdiener des Kapitän Pamphile einen Strauß Federn auf, die aus dem Schwanz des Whip-poor-will stammten, der gerade gegrillt wurde, und der andere das Fell des Bibers, der zu brutzeln anfing, und beide kehrten zu ihrem Opfer zurück; sie befestigten ihm den Federstrauß an der einzigen Locke, die von seiner alten Haarpracht übriggeblieben war, und banden ihm das Biberfell um die Lenden, einer der Huronen hielt Kapitän Pamphile einen Spiegel vor: Er sah grauenhaft aus!

Während dieser Zeit war Schwarze Schlange an Land angekommen und hatte sich zu einem Wohnhaus begeben, das immerhin so groß war, daß man von weitem sehen konnte, wie es sich weiß leuchtend am Ufer des Meeres erhob; bald darauf war er in Begleitung eines europäisch gekleideten Mannes wieder herausgekommen, und man hatte aus ihren Gesten erschließen können, daß der Sohn der Wüste dem Mann der Zivilisation den Fang zeigte, den er auf offenem Meer gemacht und während der Nacht in Sichtweite der Küste gebracht hatte.

Einen Moment später stieg der Bewohner von Kap-Breton seinerseits mit zwei Sklaven in einen Nachen, kam zum Wal gerudert und umrundete ihn, um ihn zu inspizieren, ohne gleichwohl auf ihm zu landen; und nachdem er wohl erkannt hatte, daß der Hurone ihm die Wahrheit gesagt hatte, machte er sich wieder auf den Weg zum Kap, wo der Häuptling unbeweglich sitzend gewartet hatte.

Einen Augenblick später trugen die Sklaven des weißen Mannes verschiedene Gegenstände, die Kapitän Pamphile aufgrund der Entfernung nicht erkennen konnte, in die Piroge des roten Mannes; der Huronenhäuptling nahm abermals seine Ruder in die Hand und kam wieder zur provisorischen Insel gerudert, wo ihn seine Mannschaft und Kapitän Pamphile erwarteten.

Er landete in dem Moment, da der Biber und die Whip-poor-wills gar waren, er aß den Schwanz des Bibers und die Flügel der Whip-poor-wills und gab laut getroffener Abmachung den Rest der Mahlzeit seinen Dienern, unter denen Kapitän Pamphile zu finden er entzückt schien.

Nun brachten die Huronen die Beute herbei, die sie bei ihrem Gefangenen gemacht hatten, damit der Häuptling unter den *opima spolia*[50] die aussuchen konnte, die ihm am besten gefielen.

Schwarze Schlange untersuchte mit einiger Geringschätzung die Krawatte, das Hemd und die Hose des Kapitäns; dagegen zollte er seiner Uhr ganz besondere Aufmerksamkeit, woraus hervorgeht, daß er deren Gebrauch nicht kannte; indessen brachte er sie, nachdem er sie in alle Richtungen hin- und hergewendet hatte, an kurzer Kette hatte hängen, an langer hatte pendeln lassen, in der Überzeugung, daß es sich um ein lebendiges Wesen handelte, ans Ohr, lauschte aufmerksam dem Räderwerk, drehte sie wieder hin und her im Versuch, dem Mechanismus der Sache auf die Schliche zu kommen, und legte sich eine Hand auf das Herz, während er mit der anderen ein zweites Mal den Chronometer an sein Ohr brachte; und überzeugt, daß es sich um ein Tier handelte, da es einen Puls hatte, der nach dem Muster seines eigenen schlug, legte er es mit allergrößtem Bedacht neben eine kleine Schildkröte von der Größe eines Fünf-Franc-Stücks und dem Umfang einer halben Walnuß, die er sorgsam in einer Schatulle aufbewahrte, welche, wie man am Reichtum ihres Zierats an Muscheln leicht erahnen konnte, seinen speziellen Schatz ausmachte; und anscheinend zufrieden mit dem Teil der Beute, den er sich angeeignet hatte, stieß er mit dem Fuß die Krawatte, das Hemd und die Hose von sich und stellte diese großzügig seiner Mannschaft zur Verfügung.

Als das Mittagessen beendet war, stiegen Schwarze Schlange, die Huronen und der Gefangene vom Walfisch in die Piroge. Kapitän Pamphile sah nun, daß es sich bei den von den Huronen mitgebrachten Gegenständen um zwei englische Karabiner, vier Flaschen Schnaps und ein Pulverfaß handelte: Da Schwarze Schlange es für unter seiner Würde erachtet hatte, den Wal, den er erlegt hatte, selbst zu verwerten, hatte er ihn mit einem Siedler gegen Alkohol, Munition und Waffen getauscht. In diesem Moment erschien der Bewohner von Kap-Breton am Ufer, begleitet von fünf oder sechs Sklaven, er stieg in ein Kanu, das größer war als jenes, das er für seine erste Fahrt genommen hatte, und begab sich wieder aufs Meer. In dem Moment, da er das Ufer verließ, gab Schwarze

Schlange seinerseits Befehl, den Wal zu verlassen, um in dessen neuem Besitzer keinerlei Befürchtung zu erregen. Und so fing Kapitän Pamphiles Lehrzeit an. Im Glauben, ihn in Verlegenheit zu bringen, drückte ihm ein Hurone ein Paddel in die Hände; doch da er alle Dienstgrade durchlaufen hatte, von dem des Schiffsjungen bis hin zu dem des Kapitäns, wußte er sich des Instruments mit solcher Kraft, Präzision und Geschicklichkeit zu bedienen, daß Schwarze Schlange, um seine Zufriedenheit zu bezeigen, ihm seinen Ellbogen zum Kuß darbot.

Am selben Abend machten der Huronenhäuptling und seine Mannschaft bei einem großen Felsen halt, der sich mitten im Sankt-Lorenz-Golf in einiger Entfernung von einem kleineren Felsen hinzog. Die einen beschäftigten sich alsbald damit, das Zelt aus Birkenrinden zu errichten, das die Wilden Nordamerikas fast ständig bei sich führen, wenn sie auf Fahrt oder auf Jagd gehen; die anderen verteilten sich um den Felsen und machten sich daran, in den Spalten nach Austern, Muscheln, Seeigeln und anderen Meeresfrüchten zu suchen, die sie in solcher Menge herbeibrachten, daß, als Große Schlange satt war, davon noch genug für alle anderen blieb.

Als das Abendessen beendet war, ließ sich Große Schlange die Schatulle bringen, in die er die Uhr eingeschlossen hatte, um nachzuschauen, ob ihr auch kein Mißgeschick zugestoßen war. Wie schon am Morgen faßte er sie mit der allergrößten Behutsamkeit an; doch kaum hielt er sie in den Händen, als er auch schon gewahrte, daß ihr Herz aufgehört hatte zu schlagen; er brachte sie an sein Ohr, doch vernahm er keinerlei Bewegung; daraufhin versuchte er, sie mit seinem Atem zu erwärmen; doch als er sah, daß jeder Versuch nichtig war, sagte er, indem er sie mit einem Ausdruck tiefster Geringschätzung ihrem Besitzer zurückgab: »Da, sieh an, dein Tier, es ist tot.«

Kapitän Pamphile, der in Anbetracht der Tatsache, daß sie ein Geschenk seiner Frau war, sehr an seiner Uhr hing, ließ sich das nicht zweimal sagen und legte sich die Kette um den Hals, entzückt, wieder in Besitz seiner Bréguet zu gelangen, die wieder aufzuziehen er sich sehr wohl hütete.

großer Häuptling
großer Kapitän

Bei Tagesanbruch machten sie sich wieder auf den Weg und fuhren weiter in Richtung Westen; am Abend gingen sie in einer kleinen abgelegenen Bucht der Insel Anticosti an Land, und am folgenden Tag fuhren sie gegen vier Uhr nachmittags, nachdem sie am Kap Gaspé vorbeigekommen waren, in den Sankt-Lorenz-Strom ein, den sie bis zum Ontariosee hinauf zu folgen hatten, von wo der große Häuptling den Huronsee erreichen wollte, an dessen Gestaden sich sein Wigwam befand.

11. Kapitel

Wie Kapitän Pamphile fünf Tage lang den Sankt-Lorenz-Strom aufwärts fuhr und gegen Ende des sechsten Schwarzer Schlange entkam.

Kapitän Pamphile hatte sich, wie wir gesehen haben, mit mehr Raschheit und Resignation in seine Lage geschickt, als man es von einem so heftigen und so kompromißlosen Mann hätte erwarten sollen. Das ist darauf zurückzuführen, daß er sich dank verschiedener Situationen, in denen er sich im Laufe eines höchst stürmischen Lebens befunden hatte, von dem wir unseren Lesern nur die glänzende Seite gezeigt haben, rasche und entschiedene Entschlüsse zur Gewohnheit gemacht hatte; so hatte er, wie wir bereits gesagt haben, als er sah, daß er nicht der Stärkere war, noch im selben Moment aus einem alten Vorrat an Philosophie, den er für dergleichen Anlässe immer parat hatte, eine scheinbare Resignation geschöpft, auf die Schwarze Schlange, so durchtrieben er auch war, hereingefallen war.

Man muß hinzusetzen, daß Kapitän Pamphile, Liebhaber der großen Kunst der Navigation, der er war, nicht ohne ein gewisses Vergnügen nun selbst das Ausmaß zu studieren vermochte, in welchem diese Kunst bei den wilden Völkern des oberen Kanada angekommen war.

Die Spanten des Boots, an Bord dessen sich Kapitän Pamphile auf dem sechsten Platz befand, waren aus sehr starkem, aber zusammenklappbarem Holz gemacht, zusammengehalten mit Stücken von Birkenrinde, die aufeinandergenäht und an den Nähten von einer dicken Teerschicht bedeckt waren. Was das Innere betraf, so war es mit sehr dünnen Tannenholzbrettern ausgelegt, die wie die Ziegel eines Daches übereinandergeschichtet waren.

Unser Beobachter war zu unparteiisch, um nicht jenen Arbeitskräften Gerechtigkeit widerfahren zu lassen, die das Fahrzeug konstruiert hatten, mittels dessen er, wenn auch gegen seinen Willen, von Norden nach Süden transportiert wurde; und so hatte er mit einem einzigen Zeichen, aber immerhin dem Zeichen eines Liebhabers, seine Zufriedenheit angesichts der Leichtigkeit des Bootes bekundet; diese Leichtigkeit brachte in der Tat zwei riesige Vorzüge mit sich: Der erste bestand darin, daß es, eine gleiche Anzahl von Ruderern vorausgesetzt, noch das feinste und bestkonstruierte englische Boot in weniger als fünf Minuten um eine beträchtliche Strecke hinter sich lassen konnte; der zweite, und zwar ein ausgesprochen lokaler, war der, daß es leicht von zwei Männern an Land zu ziehen und mühelos zu transportieren war, wenn die Stromschnellen, von denen es im Fluß nur zu viele gab, die Bootsfahrer zwangen, das Ufer entlangzugehen, zuweilen gar über eine Strecke von zwei oder drei Meilen. Allerdings werden diese beiden Vorzüge durch einen Nachteil ausgeglichen: Eine einzige falsche Bewegung läßt das Boot auf der Stelle kentern. Doch dieser Nachteil hört für Männer auf, ein solcher zu sein, die wie die Kanadier ebensoviel auf dem Wasser wie auf dem Lande leben; was Kapitän Pamphile betraf, so haben wir gesehen, daß er der Familie der Seehunde oder Seekühe oder anderer Amphibien angehörte.

Am Abend des ersten Tages der Binnenschiffahrt machte das Boot in einer kleinen seichten Bucht am rechten Ufer halt; die Mannschaft zog es alsbald an Land und bereitete sich darauf vor, die Nacht auf dem Boden von New Brunswick zu verbringen.

Schwarze Schlange war mit der Intelligenz und der Fügsamkeit seines neuen Dieners während der achtundvierzig Stunden, die sie zusammen verbracht hatten, so zufrieden gewesen, daß er, nachdem er ihm wie am Vorabend einen recht ansehnlichen Teil seines Abendessens überlassen hatte, ihm eine Büffelhaut gab, an der noch ein paar Haare verblieben waren, damit er eine Matratze hatte. Was das Zudeck betraf, so sah sich Kapitän Pamphile gezwungen, ohne ein solches auszukommen. Wenn sich unsere Leser, so sie denn ein gutes Gedächtnis haben, erinnern, daß er als Kleidung lediglich ein Biberfell hatte, welches unterhalb der Rippen begann und ihm bis zur Hälfte der Beine reichte, wird es sie nicht weiter erstaunen, daß dieser werte Handelsmann, da er nun einmal an die Temperatur Senegambiens oder des Kongo gewöhnt war, fast die ganze Nacht damit verbrachte, sein Biberfell zu verschieben, um nacheinander die verschiedenen Teile seiner Person zu erwärmen; da indes jede Sache auch ihre gute Seite hat, diente ihm seine Schlaflosigkeit zum Beweis dessen, daß er Gegenstand regen Mißtrauens seitens seiner Gefährten war; bei jeder Bewegung, so gering sie auch sein mochte, sah er, wie sich ein Kopf erhob und zwei in der Dunkelheit glänzende Augen wie die eines Wolfes sich sogleich auf ihn richteten. Kapitän Pamphile begriff, daß er unter Beobachtung stand, und so verdoppelte er seine Umsicht.

Am folgenden Tag machten sich die Bootsfahrer vor Tagesanbruch auf den Weg; sie waren noch in dem Teil der Flußmündung, der so breit ist, daß er einem See ähnelt, der ins Meer übergeht. Nichts setzte sich also ihrer Fahrt entgegen, die Strömung war kaum wahrzunehmen; der Wind, ob günstig oder im Gegenteil, hatte bei dem kleinen Wasserfahrzeug nur wenig Angriffsfläche, und zu beiden Seiten entbot sich den Augen eine grenzenlose Landschaft, die sich in einem blauen Horizont verlor, inmitten dessen die Häuser wie weiße Punkte erschienen; von Zeit zu Zeit gewahrte man in den Fernen, wo der Blick nichts mehr zu unterscheiden vermochte, die schneebedeckten Spitzen irgendwelcher Berge, die zu der Gebirgskette gehören, welche sich vom Kap Gaspé bis hin zu den Quellen des Ohio erstreckt; doch die Entfernung war so groß, daß nicht zu erkennen war, ob diese flüchtige Erscheinung dem Himmel oder der Erde angehörte.

Der Tag ging unter solchen Anblicken dahin, denen Kapitän Pamphile seine fortgesetzte Aufmerksamkeit zu schenken und eine vollkommene Bewunderung zu zollen schien; dabei lenkte ihn diese doppelte Empfindung, so stark sie auch sein mochte, nicht einen Augenblick lang von seinen Pflichten als Matrose ab, so daß Schwarze Schlange, zwiefach geschmeichelt von seinem guten Geschmack wie von seiner Dienstfertigkeit, ihm in einer Ruhepause eine wohlgestopfte Pfeife reichte, eine Gunst, die Kapitän Pamphile um so mehr zu schätzen wußte, als er dieses Vergnügens beraubt gewesen war, seit Double-Bouche während der Revolte auf der »Roxelane« seine erloschene Stummelpfeife wieder anzünden gegangen war. Und so verbeugte er sich und sagte: »Schwarze Schlange ist ein großer Häuptling!«

Auf diese Höflichkeit antwortete Schwarze Schlange, indem er seinerseits sagte: »Kapitän Pamphile ist ein treuer Diener.«

Das Gespräch beschränkte sich auf diese Worte, und ein jeder machte sich daran, seine Pfeife zu rauchen.

Am Abend landete man auf einer Insel; die Zeremonie des Abendessens ging, wie gewohnt, zu allgemeiner Zufriedenheit vonstatten. Nur hatte die vorangegangene Nacht Kapitän Pamphile nicht ohne Beunruhigung hinsichtlich der Art und Weise gelassen, wie er die Kälte würde bekämpfen können, die, wie man weiß, auf den Inseln in Höhe der Wasseroberfläche noch intensiver ist als auf einem bewaldeten Kontinent; doch als er nun seine Büffelhaut entrollte, fand er darin ein Zudeck aus Wolle; Schwarze Schlange war wahrhaftig ein toller Teufelskerl von Herr und Meister, und wenn Kapitän Pamphile keine anderen Projekte für die Zukunft gehabt hätte, wäre er wahrscheinlich in seinem Dienst geblieben; doch so wohl er sich auf einer Insel des Sankt-Lorenz-Stroms zwischen seiner Matratze aus Büffelhaut und seinem Zudeck aus Wolle auch befand, er hatte doch die Schwäche, seinem Bett an Bord der »Roxelane« den Vorzug zu geben; um wieviel weniger gut des Kapitäns Lagerstatt im Moment indes auch war, sie tat seinem Schlaf bis zum Tagesanbruch nicht den geringsten Abbruch.

Gegen elf Uhr des dritten Tages konnte man allmählich Quebec erkennen. Der Kapitän hegte eine gewisse Hoffnung, daß Schwarze Schlange ihn in dieser Stadt freilassen würde; und im Moment, da er sie gewahrte, machte er sich folglich daran, mit einer Inbrunst zu rudern, die ihm beim großen Häuptling einen beträchtlichen Zuwachs an Wertschätzung einbrachte und es ihm nicht erlaubte, dem Wasserfall von Montmorency all die Aufmerksamkeit zu zollen, die dieser verdient. Doch er täuschte sich in seinen Vermutungen; die Barke fuhr am Hafen vorüber, umrundete das Diamanten-Kap und setzte die Fahrt fort, um gegenüber dem Wasserfall der Chaudière an Land zu gehen.

Da es noch hellichter Tag war, konnte Kapitän Pamphile diese großartige Kaskade bewundern, die von einer Höhe von einhundertfünfzig Fuß auf einer Breite von zweihundertsechzig Fuß herabfällt und sich wie eine Schneedecke über einen grünen Teppich hin und an wunderbar bewaldeten Ufern vorbei ausbreitet, in deren Mitte sich hier und da Felsmassen erhoben, die Greisenstirnen ähnlich ihre kahlen und weißen Häupter zeigten. Das Abendessen und die Nacht verliefen wie schon gewohnt.

Am folgenden Tag wurde die Barke bei Tagesanbruch wieder zu Wasser gelassen; trotz seiner philosophischen Einstellung begann Kapitän Pamphile eine gewisse Beunruhigung zu empfinden. Er verhehlte sich nicht, daß er im Maße, wie er ins Innere des Landes vordrang, sich von Marseille entfernte und daß sein Entkommen immer schwieriger wurde; folglich ruderte er mit einer Lässigkeit, die der große Häuptling an ihm noch nicht gesehen hatte, ihm aber aufgrund des Vorangegangenen verzieh, als seine Augen sich auf einmal starr auf den Horizont richteten und sein Ruder sich nicht mehr bewegte, so daß das Boot, da der Matrose, der sein Widerpart war, weiterruderte, sich zweimal um sich selbst drehte.

»Was ist los?« fragte Schwarze Schlange, indes er sich vom Boden des Bootes erhob, wo er gelegen hatte, und nahm das Kalumet aus dem Mund.

»Los ist«, antwortete Kapitän Pamphile, indem er die Hand gegen Süden ausstreckte, »daß ich mich in der Seefahrt nicht mehr auskenne, oder daß wir ein recht hübsches Gewitter bekommen.«

»Und wo sieht mein Bruder ein Zeichen dafür, daß Gott zum Sturme gesagt hat: ›Wehe und zerstöre‹?«

»Herrgott«, antwortete der Kapitän, »in dieser Wolke, die schwarz wie Tinte auf uns zukommt.«

»Mein Bruder hat Maulwurfsaugen«, nahm der Häuptling wieder das Wort; »was er da sieht, ist keineswegs eine Wolke.«

»Witzbold!« sagte Kapitän Pamphile.

»Schwarze Schlange hat Adleraugen«, antwortete der Häuptling; »der weiße Mann warte ab, und er wird urteilen.«

Tatsächlich näherte sich die vorgebliche Wolke mit einer Schnelligkeit und einer Intensität, wie sie der Kapitän bei einer echten Wolke noch nie wahrgenommen hatte, welch Wind sie auch immer vorantrieb; schon nach drei Sekunden mußte unser würdiger Seemann, so viel er sich auch auf seine Erfahrung zugute hielt, nun selber Zweifeln Raum geben. Keine Minute war schließlich verronnen, da bestätigten sich all seine Zweifel, und er sah ein, daß Schwarze Schlange recht gehabt hatte: Die Wolke war nichts anderes als eine Schar unzähliger Tauben, die gen Norden zogen.

Einen Moment lang vermochte Kapitän Pamphile seinen Augen nicht zu glauben: Die Vögel kamen mit einem derartigen Lärm und machten eine derartige Masse aus, daß es unmöglich war zu glauben, daß alle Tauben der Welt zusammengenommen eine solche Wolke würden bilden können. Der Himmel, der im Norden noch azurblau blieb, war im Süden, so weit der Blick reichte, von einer Art grauer Schicht völlig bedeckt, deren äußere Ränder man nicht sah; sobald diese Schicht sich über die Sonne geschoben hatte, fing sie deren Strahlen ab, so daß man hätte meinen können, eine Dämmerung bewege sich auf die Bootsfahrer zu. Nun kam eine Art Vorhut, die sich aus einigen Tausend Vögeln zusammensetzte, über das Boot hinweggeflogen, mit einer zauberischen Geschwindigkeit dahingetragen; und fast unmittelbar darauf folgte ihr das Armeekorps, und das Tageslicht schwand, als hätte sich der Flügel des Sturms zwischen Himmel und Erde gebreitet.

Kapitän Pamphile betrachtete dieses Phänomen mit einem Erstaunen, das geradezu einer Bestürzung ähnelte, während im Gegenteil die Indianer, die dieses Schauspiel gewöhnt waren, das sich für sie alle fünf oder sechs Jahre aufs neue abspielt, Freudenschreie ausstießen und ihre Pfeile vorbereiteten, um von dem geflügelten Manna zu genießen, das der Herr ihnen schickte. Die Gelassenheit, die Gemächlichkeit, mit der Schwarze Schlange für seinen Teil das Gewehr lud, zeugte von dem tiefen Vertrauen in die Ausdehnung der lebendigen Wolke, die über seinen Kopf hinwegstrich; schließlich hob er es an die Schulter und drückte ab, ohne daß er sich Mühe gab zu zielen; im selben Augenblick ließ eine Art Öffnung ähnlich einem Schacht einen Strahl Tageslicht hindurch, der alsbald verschwand; an die fünfzig Tauben, die sich in dem Umkreis befanden, den das Blei erreichte, fielen wie ein Regen in das Boot und um das Boot hernieder; die Indianer sammelten sie bis zur letzten ein, zum Erstaunen von Kapitän Pamphile, der keinen Grund dafür sah, daß man solche Umstände machte, da doch mit einem oder zwei weiteren Gewehrschüssen und ohne sich die Mühe zu machen, nach rechts oder links vom Kurs abzuweichen, der Kahn eine zur Verproviantierung der Mannschaft hinreichende Anzahl hätte einsammeln können; doch als er sich umdrehte, sah er, daß der Häuptling sich wieder ausgestreckt, die Waffe neben sich niedergelegt und sein Kalumet wieder in die Hand genommen hatte.

»Hat Schwarze Schlange seine Jagd schon beendet?« fragte Kapitän Pamphile.

»Schwarze Schlange hat mit einem einzigen Schuß alles an Tauben erlegt, was es braucht zu seinem Abendessen heute und dem darauffolgenden; ein Hurone ist eben kein weißer Mann, der unnütz die Geschöpfe des Großen Geistes vernichtet.«

»Oho!« murmelte Kapitän Pamphile vor sich hin. »Das ist nicht schlecht argumentiert für einen Wilden; doch es hätte mich nicht verstimmt zu sehen, wie man noch drei oder vier Löcher in das gefiederte Leichentuch macht, das über unserem Kopf ausgebreitet ist, und sei es nur, um sicher zu sein, daß die Sonne noch an ihrem Platz steht.«

»Schaue und beruhige dich«, antwortete der Häuptling, indem er die Hand gen Süden ausstreckte.

In der Tat breitete sich vom südlichen Horizont her ein goldenes Licht aus, während man dagegen, wenn man sich nach Norden umwandte, die ganze Landschaft in Finsternis getaucht sah; also mußte die Spitze der Kolonne schon mindestens die Mündung des Sankt-Lorenz-Stroms erreicht haben. Sie hatte in einer Viertelstunde den Weg zurückgelegt, den das Boot in vier Tagen durchmessen hatte. Überdies bewegte sich die graue Schicht weiter, als zögen die Geister des Pols sie zu sich hin, wohingegen das Tageslicht, wie es zuvor die Nacht getan hatte, nun seinerseits in vollem Lauf herbeikam, indem es in Strömen von den Bergen herabschoß, in die Täler sickerte und sich über die Fläche der Prärien ausbreitete. Schließlich huschte die fliegende Nachhut wie ein Schwaden über das Gesicht der Sonne, die, als der letzte Flügel verschwunden war, weiterhin der Erde zulächelte.

So tapfer Kapitän Pamphile auch gewesen war und so wenig Gefahr die Phänomene auch bargen, die er gerade hatte vonstatten gehen sehen, ihm war gleichwohl während der ganzen Zeit, da diese künstliche Nacht gedauert hatte, nicht wenig unbehaglich zumute gewesen. Und so geschah es mit wahrer Freude, daß er das Licht begrüßte, das Paddel wieder zur Hand nahm und zu rudern anhob, während die anderen Diener von Schwarzer Schlange die Tauben rupften, die er mit seinem Gewehr und sie mit ihren Pfeilen erlegt hatten.

Am folgenden Tag kam das Boot an Montreal vorüber, wie es zuvor an Quebec vorübergekommen war, ohne daß Schwarze Schlange die allergeringste Absicht bekundet hätte, bei dieser Stadt haltzumachen; er gab im Gegenteil den Ruderern ein Zeichen, und sie steuerten in Richtung des rechten Flußufers; dieses wurde von einem Stamm der Cochenonegas-Indianer bewohnt, deren Häuptling, am Ufer kauernd und rauchend, mit Schwarze Schlange einige Worte in einer Sprache wechselte, die der Kapitän nicht verstand. Eine Viertelstunde später traf man auf die ersten Stromschnellen; doch statt zu versuchen, sie mit Hilfe der Haken zu passieren, die zu diesem Behuf am Boden des Boots lagen, befahl Schwarze Schlange beizudrehen, und er sprang an Land; Kapitän Pamphile folgte ihm. Die Flußschiffer nahmen den Kahn auf die Schultern, die Mannschaft bildete eine Karawane und statt mühselig den Fluß hinaufzupaddeln, folgte sie ruhig dem Ufer. Nach zwei Stunden waren die Stromschnellen überwunden, das Boot wurde wieder zu Wasser gelassen und glitt von neuem auf dem Fluß dahin.

Sie waren so etwa drei Stunden lang gefahren, als Kapitän Pamphile aus seinen Überlegungen durch einen Freudenschrei herausgerissen wurde, den mit Ausnahme des Häuptlings seine Reisegefährten alle zur selben Zeit ausstießen. Dieser Ausruf wurde durch den Anblick eines neuen Schauspiels hervorgerufen, das beinahe ebenso kurios war wie das am Vorabend; doch statt sich in der Luft abzuspielen, vollzog sich das Wunder diesmal auf dem Wasser: Eine Schar von schwarzen Eichhörnchen zog da von Osten nach Westen, wie am Vorabend die Tauben von Süden nach Norden gezogen waren, und überquerte den Sankt-Lorenz-Strom in seiner ganzen Breite; zweifellos hatten sie sich schon seit einigen Tagen am Ufer versammelt und auf günstigen Wind gewartet, denn da der Strom an dieser Stelle bald vier Seemeilen breit war, hätten diese Tiere, so gute Schwimmer sie auch sind, ihn nicht ohne die Hilfe durchqueren können, die ihnen Gott nun geschickt hatte. In der Tat wehte seit einer Stunde eine bezaubernde Brise von den Bergen Bostons und Portlands her, so daß sich die gesamte Flottille ins Wasser begeben hatte, wobei sie den Schwanz wie ein Segel aufgestellt hatte und den Fluß gemächlich mit Rückenwind durchquerte und sich der Pfoten nur insoweit bediente, als unbedingt notwendig war, um sich auf Kurs zu halten.

Da die Wilden auf das Fleisch der Eichhörnchen noch versessener sind als auf das der Tauben, schickte sich die Besatzung des Bootes alsbald an, Jagd auf die Migranten zu machen; der große Häuptling schien selbst kein Verächter dieser Art von Abwechslung zu sein. Und so nahm er ein Blasrohr, öffnete eine kleine Schachtel aus Birkenrinde, die herrlich mit Elchhaaren bestickt war, und entnahm ihr an die zwanzig kleine Pfeile von kaum zwei Zoll Länge und dünn wie Eisendraht, die an einem Ende mit einer Spitze bewehrt und am anderen mit einer Meisenfeder verziert waren, um den Hohlraum dichter auszufüllen, mittels dessen sie verschossen werden sollten. Zwei Indianer taten es ihm gleich, zwei weitere wurden als Ruderer bestimmt. Was Kapitän Pamphile anging, so hatte er zusammen mit dem letzten die Aufgabe, die Toten einzusammeln und aus ihren Leichnamen die kleinen Instrumente herauszuziehen, mit Hilfe deren die Indianer sie vom Leben zum Dahinscheiden zu befördern hofften. Nach zehn Minuten befand sich das Boot in Reichweite, und die Jagd begann.

Kapitän Pamphile war baß erstaunt: Derlei Geschicklichkeit hatte er noch nie gesehen; auf dreißig und vierzig Schritt Entfernung trafen die Indianer das Tier, auf das sie zielten, und fast immer in die Brust, so daß nach zehn Minuten der Fluß auf einer gehörigen Breite von Toten und Verwundeten bedeckt war; als es etwa sechzig waren, die auf dem Schlachtfeld blieben, gab Schwarze Schlange, getreu seinen Prinzipien, das Zeichen, mit dem Gemetzel innezuhalten. Ihm wurde von seinen Leuten mit einer Ergebenheit Folge geleistet, die der Disziplin einer preußischen Schwadron zur Ehre gereicht hätte; und die Flüchtigen, die nun nicht mehr meinten, daß sie im vereinten Einsatz von Pfote und Schwanz zuviel des Guten täten, gewannen eilends Land, ohne daß die Indianer daran gedacht hätten, sie zu verfolgen.

So wenig Zeit indessen diese Jagd gedauert hatte, war sie doch hinreichend lang gewesen, daß sich ein Gewitter, das die Indianer nicht bemerkt hatten, am Himmel hatte zusammenziehen können, so daß Kapitän Pamphile seine Arbeit erst zur Hälfte erledigt hatte, als er sie unterbrechen mußte, um seinen Teil zum Manövrieren beizutragen; das konnte nun gar nicht einfacher sein, bestand es doch darin, mit ihm als Viertem in Richtung Ufer zu rudern, wo Schwarze Schlange vor dem Losbrechen des Orkans zu landen hoffte; unglücklicherweise wehte, wie wir gesagt haben, der Wind eben von jenem Ufer her, das es zu gewinnen galt, und die Wellen erhoben sich mit einer derartigen Geschwindigkeit, daß man sich schon nach einem kurzen Augenblick mitten auf dem Meer glauben konnte.

Als Höhepunkt der Bedrängnis brach nun die Nacht herein, und der Fluß wurde nur mehr durch das Aufschimmern des Blitzes erhellt; das kleine Boot wurde wie eine Nußschale davongetragen, bald auf den Gipfel einer Welle gehoben und bald in die Tiefen des Flusses hinabgedrückt, so daß es jedesmal beinahe am Kentern war. Indes näherte man sich dem Ufer, und trotz des Dunkels der Nacht konnte man es schon allmählich wie eine düstere Linie ausmachen, als der Kahn auf einmal pfeilschnell von einer Welle auf einen Fels herabschoß und zerbarst, als wäre er aus Glas gewesen.

Ein jeder vergaß seine Gefährten und strebte, allein für sich selbst sorgend, dem Lande zu. Schwarze Schlange war derjenige, der es als erster erreichte; und schon rieb er zwei trockene Stück Holz aneinander und entfachte ein großes Feuer, damit sich seine Gefährten zu ihm gesellen konnten; diese Vorkehrung war nicht unnütz, und zehn Minuten später war, von dem rettenden Leuchtfeuer geleitet, die gesamte Mannschaft – mit Ausnahme von Kapitän Pamphile – um den großen Häuptling versammelt.

12. Kapitel

Wie Kapitän Pamphile zwei recht bewegte Nächte verbrachte, die eine auf einem Baum, die andere in einer Hütte.

Erste Nacht

Aufgrund der Umsicht, mit der wir unseren Lesern Kapitän Pamphile als einen Schwimmer erster Ordnung präsentiert haben, hoffen wir, daß sie keine allzu lebhafte Besorgnis ergriffen hat, als sie ihn mit seinen Reisegefährten ins Wasser fallen sahen; jedenfalls beeilen wir uns, sie zu beruhigen, indem wir ihnen sagen, daß er nach zehn Minuten verbissener Schwimmbewegungen wohlbehalten das Ufer gewann.

Kaum hatte er sich geschüttelt, ein Vorgang, der nicht lange dauerte angesichts der Knappheit der Bekleidung, mit der er hatte vorliebnehmen müssen, da gewahrte er die Flamme, die Schwarze Schlange entfacht hatte, um seine Kameraden um sich zu scharen. Seine erste Sorge war die, dem Signal den Rücken zuzukehren und sich schnellstens zu entfernen.

Trotz der zartfühlenden Fürsorge, die der große Häuptling während der sechs Tage, die sie zusammengewesen waren, ihm hatte angedeihen lassen, hatte Kapitän Pamphile ständig die Hoffnung genährt, daß sich des einen oder anderen Tages eine Gelegenheit bieten würde, sich von ihm zu trennen; aus Furcht, daß der Zufall ihm keine zweite gewähren würde, beschloß er deshalb, die erste zu ergreifen; und trotz der Dunkelheit und des Sturms schlug er sich in die Wälder, die sich die Ufer des Flusses entlang bis zum Fuß der Berge hinzogen.

Nach etwa zwei Stunden Marsch dachte Kapitän Pamphile, er habe eine hinreichende Entfernung zwischen sich und seine Feinde gelegt, und beschloß, eine Pause zu machen und auf Mittel zu sinnen, wie er die Nacht bestmöglich verbringen konnte.

Seine Lage war nichts weniger als komfortabel; der Flüchtige hatte lediglich sein Biberfell als Bekleidung, und das mußte ihm im Moment auch Matratze und Zudeck ersetzen; er fröstelte schon im voraus bei dem Gedanken an die Nacht, die er verbringen würde, als er von drei oder vier verschiedenen Seiten fernes Geheul vernahm, das seine Gedanken von dieser ersten Besorgnis ablenkte, um sie auf eine andere, in durchaus anderer Weise beunruhigende Perspektive zu lenken; in dem Geheul hatte Kapitän Pamphile den nächtlichen und hungrigen Schrei von Wölfen erkannt, die in den Wäldern Kanadas so alltäglich sind, daß sie manchmal, wenn es ihnen an Nahrung mangelt, bis in die Straßen von Portland und Boston herabkommen.

Er hatte noch nicht die Zeit gehabt, einen Entschluß zu fassen, als das Geheul von neuem erscholl, nun aus größerer Nähe; er hatte keinen Augenblick zu verlieren: Kapitän Pamphile, der eine ordentliche gymnastische Ausbildung genossen hatte, zählte zu seinen hervorragendsten Talenten auch das, wie ein Eichhörnchen auf Bäume klettern zu können; er faßte also eine Eiche von durchaus angemessenem Umfang ins Auge, packte sie wie im Nahkampf, als wolle er sie ausreißen, und erreichte die ersten Äste in dem Moment, als die Schreie, die ihn hatten aufhorchen lassen, zum dritten Male erschollen, kaum fünfzig Schritt von ihm entfernt; Kapitän Pamphile hatte sich nicht getäuscht, ein Rudel Wölfe, das im Umkreis von fast einer Meile verteilt war, hatte ihn gewittert und kam im gestreckten Galopp in Richtung auf die Stelle gelaufen, wo es eine Mahlzeit zu finden hoffte. – Die Wölfe kamen zu spät: Kapitän Pamphile saß bereits auf seinem Ast.

Indessen gaben sie sich nicht geschlagen; nichts ist so halsstarrig wie ein leerer Magen; sie versammelten sich am Fuß des Baumes und begannen, derart jämmerlich zu klagen, daß Kapitän Pamphile, so tapfer er auch war, beim Anhören dieses traurigen und lang hingezogenen Schreis nicht gegen jede Angst, obgleich doch eigentlich gegen jede Gefahr, gefeit war.

Die Nacht war finster, indessen jedoch nicht so finster, daß er in der Dunkelheit nicht die fahlen Rücken seiner Feinde ähnlich den Wogen eines schäumenden Meeres wahrgenommen hätte; im übrigen sah Kapitän Pamphile jedesmal, wenn einer von ihnen den Kopf hob, zwei glühende Kohlen im Dunkel aufleuchten, und da die Enttäuschung eine allgemeine war, gab es Momente, da der Boden, indem diese Köpfe sich zugleich aufrichteten, mit beweglichen Karfunkelsteinen übersät schien, die sich, indem sie sich kreuzten, zu fremdartigen und teuflischen Chiffren verschlangen …

Doch da er unverwandt auf denselben Punkt starrte, verschleierten sich bald schon seine Augen; wirkliche Schemen wurden von fantastischen Schemen abgelöst; seine Verstandeskraft selbst, ein wenig verstört durch die Auswirkung einer Aufregung, die ihr bislang so gut wie unbekannt war, hörte auf, sich von der realen Gefahr Rechenschaft zu geben, um statt dessen von übermenschlichen Gefahren zu träumen. Eine Schar von Wesen, die weder Menschen noch Tiere waren, erschien ihm anstelle der wohlbekannten Vierbeiner, die sich unter ihm tummelten; es kam ihm vor, als sähe er, wie sich flammenblickende Dämonen erhöben, die sich bei der Hand hielten und um ihn herum den Satanstanz vollführten: Rittlings auf seinem Ast wie eine Hexe auf ihrem Besenstiel, sah er sich im Mittelpunkt eines Höllensabbats, in welchem er aufgerufen war, seine Rolle zu spielen.

Der Kapitän spürte instinktiv, daß ihn ein Schwindelgefühl hinabzog und daß er, wenn er dieser Anziehungskraft erlag, verloren war; er versammelte alle seine Körper- und Geisteskräfte in einem letzten Akt des Verstandes und band sich mit dem Strick, der das Biberfell um seine Hüfte hielt, fest an den Baumstamm, und indem er sich mit beiden Händen an den Ast über ihm klammerte, ließ er den Kopf nach hinten sinken und schloß die Augen.

Tollheit und Wahnsinn feierten nun umfassenden Triumph; Kapitän Pamphile spürte zunächst, wie sich sein Baum bewegte und bog und erhob wie die Masten eines Schiffs im Sturm; dann kam es ihm vor, als vollführe der Baum, um seine Wurzeln aus dem Boden zu ziehen, ähnliche Anstrengungen, wie sie ein Mann aufwendet, dessen Füße in einem Sumpf stecken; nach einigen Momenten des Kampfes hatte die Eiche Erfolg, und aus der Wunde, die sie der Erde zugefügt hatte, sprudelten Ströme von Blut hervor, die die Wölfe zu trinken sich anschickten; der Baum machte sich ihre Gier zunutze, um sich von ihnen zu entfernen und zu fliehen, doch nur ruckweise und wie ein Invalide, der auf einem Holzbein hüpft. Da ihre Nahrung zur Neige ging, machten sich bald schon die Wölfe, die Dämonen, die Vampire, deren der wackere Kapitän entledigt zu sein glaubte, an die Verfolgung; sie wurden von einer Vettel angeführt, deren Gesicht man nicht sehen konnte und die ein Messer in der Hand hielt; und das alles lief in irrem Lauf dahin.

Der Baum, erschöpft, keuchend, außer Atem, schien schließlich keine Kraft mehr zu haben, und er legte sich hin wie ein Mensch am Ende seiner Kraft; nun näherten sich mit ihren glühenden Augen und blutigen Zungen die Wölfe, die Dämonen, immer noch angeführt von der Vettel; der Kapitän stieß einen Schrei aus und wollte die Arme ausstrecken, doch im selben Moment ertönte hinter seinem Kopf ein scharfes Zischen, eiskalt lief es ihm über den ganzen Körper: Es kam ihm vor, als spüre er, wie kalte Ringe ihn erstickten, indem sie ihn umschlangen; dann ließ dieser Eindruck allmählich nach, die Phantome verschwanden, das Geheul erstarb, der Baum erlitt noch einige Stöße, und dann versank alles wieder in Stille und Dunkel.

Nach und nach beruhigten sich die Nerven des Kapitäns aufgrund der Stille; sein vom Wahnsinn entflammt brodelndes Blut kühlte ab, und seine Lebensgeister kehrten nun ruhiger aus den phantastischen Gegenden, in die sie sich verirrt hatten, in die greifbare und wirkliche Natur zurück; er ließ die Augen umherstreifen und fand sich inmitten seines düsteren, einsamen und stillen Waldes. Er betastete sich, um zu sehen, ob er es auch wirklich war, und schließlich erkannte er seine Lage als das, was sie war; angebunden an seinen Baum und rittlings auf seinem Ast war er zwar nicht so gut aufgehoben wie in seiner Hängematte der »Roxelane« oder auf dem Büffelfell des großen Häuptlings, aber doch wenigstens in Sicherheit vor den Angriffen der Wölfe, die im übrigen verschwunden waren. Indem er seine Augen gegen das untere Ende der Eiche richtete, glaubte der Kapitän eine formlose und bewegliche Masse auszumachen, die sich um den Stamm des Baums zu winden schien; doch da die Wehlaute, die er zu hören geglaubt hatte, bald aufhörten, und da das Objekt, auf das er seinen Blick gerichtet hatte, unbeweglich wurde, glaubte Kapitän Pamphile, daß es ein Rest des infernalischen Traums war, den er gehabt hatte, und keuchend, von Schweiß bedeckt, von Müdigkeit überwältigt, versank er schließlich in einen so ruhigen und so tiefen Schlaf, wie es die heikle Situation erlaubte, in der er sich der Ruhe überließ.

Kapitän Pamphile wurde bei Tagesanbruch vom Gezwitscher tausender Vögel verschiedener Gattungen geweckt, die fröhlich unter der dichten Kuppel des Waldes einherflogen. Er öffnete die Augen, und das erste, was er sah, war das gewaltige Gewölbe von Grün, das sich über seinem Kopf dehnte und durch dessen Zwischenräume schräg die ersten Sonnenstrahlen glitten.

Kapitän Pamphile war seinem Wesen nach nicht frömmelnd; indessen hatte er, wie alle Seeleute, ein gewisses Gefühl für die Größe und die Macht Gottes, das sich durch den ewigen Anblick des Ozeans auf dem Grund der Seele jener entwickelt, die unablässig diese immensen Einsamkeiten durchpflügen; seine erste Regung war folglich, ein Dankgebet an den zu richten, der die Welt in seiner Hand hält, ob die

Welt einschläft oder erwacht; nach einem Moment instinktiver Kontemplation senkte er nun die Augen vom Himmel auf die Erde hinab, und schon beim ersten Blick hatten all die Eindrücke der vergangenen Nacht ihre Erklärung.

Im Umkreis von zwanzig Schritten um die Eiche herum war der Boden von den ungeduldigen Klauen der Wölfe aufgerissen, als hätte ein Pflug seine Runde gedreht, während am Fuß des Baumes eines dieser Tiere, zermalmt und formlos, zu zwei Dritteln aus dem Rachen einer ungeheuren Boa herausragte, deren Schwanz bis zu einer Höhe von sieben oder acht Fuß um den Baumstamm gewickelt war.

Kapitän Pamphile hatte sich zwischen zwei Gefahren befunden, die sich gegenseitig aufgehoben hatten: unter seinen Füßen die Wölfe, über seinem Kopf eine Schlange. Das Zischen, das er gehört hatte, die Kälte, die er gespürt hatte, die Ringe, die ihn gewürgt hatten, das waren das Zischen, die Kälte und die Ringe des Reptils, vor dessen Anblick die fleischfressenden Tiere, die ihn belagert hatten, geflohen waren; ein einziges war, von den tödlichen Umschlingungen des Ungeheuers festgehalten, in seinen Windungen zerquetscht worden; die Bewegungen des Baumes, die der Kapitän gespürt hatte, waren die Zuckungen seines Todeskampfes gewesen. Dann hatte die siegreiche Schlange angefangen, ihren Feind in sich hineinzuschlingen, und, wie es die Gewohnheit würgender Reptilien ist, verdaute sie die eine Hälfte, während die andere noch der Luft ausgesetzt war und darauf wartete, ebenfalls verschlungen zu werden.

Kapitän Pamphile verharrte einen Moment lang reglos, den Blick auf das Schauspiel gerichtet, das sich zu seinen Füßen bot. Er hatte schon mehrere Male in Afrika und in Indien ähnliche Schlangen gesehen, doch nie unter Umständen, die in diesem Maße dazu angetan waren, Eindruck zu machen; und obwohl er genau wußte, daß das Reptil in der Situation, in der es sich befand, ihm nichts anhaben konnte, sann er lieber nach einem Mittel, auf andere Weise hinunterzukommen als sich am Stamm hinuntergleiten zu lassen. Folglich begann er, den Strick, der ihn hielt, aufzuknoten, dann rutschte er rückwärts den Ast entlang, indem er auf dessen Biegsamkeit vertraute, und da dieser sich unter seinem Gewicht senkte, ließ er sich an beiden Händen herabhängen und sah sich dem Boden so nahe, daß er meinte, er könne ohne nachteilige Folgen seinen Halt aufgeben. Was geschah, entsprach seinen Hoffnungen: Der Kapitän ließ den Ast los und fand sich unversehrt auf der Erde wieder.

Er entfernte sich sogleich, nicht ohne mehr als einmal hinter sich zu blicken; er marschierte der Sonne entgegen. Im Wald war keinerlei Weg angelegt; doch mit dem Instinkt des Jägers und dem Wissen des Seemanns brauchte er nur einen Blick auf die Erde und an den Himmel zu richten, um sich sogleich zu orientieren. Und so ging es ohne Zögern vorwärts, als wäre er mit diesen ungeheuren Einsamkeiten vertraut.

Je tiefer er in den Wald vordrang, desto grandioser und wilder wurde dieser. Das Gewölbe aus Blattwerk wurde allmählich immer dichter, so daß bald schon die Sonne nicht mehr hineindrang; die Bäume standen immer enger beieinander, gerade und hoch aufragend wie Säulen, und wie Säulen ein für das Licht undurchdringliches Dach tragend. Selbst der Wind ging über diesen Blätterdom hin, ohne in das Schattenreich einzudringen; man hätte meinen können, daß dieser ganze Teil des Waldes seit der Schöpfung in ewigem Dämmer geschlummert hatte.

Im fahlen Licht dieses Halbdunkels sah Kapitän Pamphile große Vögel, deren Gattung ihm unbestimmbar schien, und geflügelte Eichhörnchen, die geräuschlos und leicht von Ast zu Ast sprangen und flogen; in dieser Art Limbus schien alles seine natürlichen und ursprünglichen Farben verloren zu haben, um die aschgraue Tönung von Nachtfaltern anzunehmen; ein Damhirsch, ein Hase und ein Fuchs, die sich beim Geräusch der Schritte dessen erhoben, der ihre Wohnstatt störte, schienen, während sie doch ihre verschiedenen Gestalten beibehielten, die fahle und öde Livree des Mooses angelegt zu haben, über das sie geräuschlos hinwegliefen.

Von Zeit zu Zeit blieb Kapitän Pamphile mit starren Augen stehen: Wilde und gigantische Pilze, die wie Schilde aneinander gelehnt waren, bildeten Gruppen, die in Farbe und Größe liegenden Löwen ähnelten, so daß er, obwohl er doch genau wußte, daß der König der Schöpfung diesen Teil seines Reiches nicht bewohnte, aufgrund des Zeugnisses seiner Augen zusammenzuckte.

Große schmarotzende Kletterpflanzen, die der Atemluft zu ermangeln schienen, wanden sich um die Bäume, gewannen mit ihnen an Höhe, indem sie sich ans Astwerk klammerten und wie Girlanden von einem zum anderen gingen, bis sie das Gewölbedach erreichten; dort suchten sie sich zwischen den Zweigen eine Öffnung und glitten schlangenartig hindurch, um ihre scharlachroten und duftenden Blumenkronen in der Sonne aufleuchten zu lassen, während jene, die gezwungen waren, sich schon auf dem Weg zu öffnen, bleich erblühten, geruchlos und kränklich und wie neidisch auf das Glück ihrer Freunde, die sich an der Klarheit des Tages und unter dem Lächeln Gottes erwärmten.

Etwa gegen zwei Uhr verspürte Kapitän Pamphile in der Magengegend ein Ziehen, das ihm anzeigte, daß er am Vorabend nicht soupiert hatte und daß die Stunde seines Mittagessens schon lange vorüber war. Er blickte sich um: Immer noch flogen Vögel von Baum zu Baum, geflügelte Eichhörnchen sprangen unablässig von Ast zu Ast, als würden sie denselben Weg nehmen wie er; doch er hatte weder Flinte noch Blasrohr, um sie zu erreichen. Er versuchte ein paarmal, mit Steinen nach ihnen zu werfen; doch er verstand recht bald, daß diese Übung zusätzlich zu seinem Appetit beitrug, ohne ein Ergebnis zu erbringen, das ihn zu sänftigen geeignet gewesen wäre; folglich beschloß er, nach anderen Ressourcen zu suchen und mit Pflanzen vorliebzunehmen. Diesmal war seiner Suche mehr Glück beschieden: Nach einigen Momenten aufmerksamen Forschens, das durch das Halbdunkel erschwert wurde, fand er zwei oder drei Wurzeln der Familie der Seggen und einige der Pflanzen, die vulgo karibischer Kohl genannt werden.

Das war in etwa alles, was er brauchte, um seinen Magen abzulenken; doch Kapitän Pamphile war ein Mann der Vorsorge: Er dachte, daß er, kaum hätte er seinen Hunger gestillt, Durst haben würde; und so suchte er einen Bach, wie er zuvor die Wurzeln gesucht hatte. Unglücklicherweise handelte es sich dabei um etwas Selteneres.

Er lauschte aufmerksam: Kein Murmeln drang zu ihm hin; er atmete tief ein, um zu prüfen, ob irgendein schwacher Duft auszumachen war; doch unter diesem Gewölbe, so gigantisch es war, gab es gar keine Luft: Es herrschte lediglich eine schwere und dichte Atmosphäre, die die Tiere und Pflanzen, die dazu verurteilt waren, auf der Erde entlangzukriechen, nur mit Mühe zu atmen vermochten und die für das Leben unzureichend schien.

Und so faßte Kapitän Pamphile seinen Entschluß: Er las einen spitzen Stein auf; und statt eine nutzlose Suche fortzusetzen, ging er von Baum zu Baum und untersuchte jeden Stamm mit großer Sorgfalt. Schließlich schien er gefunden zu haben, was er suchte: Es war ein prächtiger Ahorn, jung, glatt und kräftig. Er nahm ihn in seinen linken Arm, während er ihm mit der rechten Hand den spitzen Stein in die

Rinde trieb; alsbald traten wie aus einer Wunde einige Tropfen dieses pflanzlichen und kostbaren Blutes hervor, mit dem die Kanadier einen Zucker bereiten, der besser als der von Zuckerrohr ist; zufrieden mit seinem Experiment ließ sich Kapitän Pamphile ruhig zu Füßen seines Opfers nieder und begann seine Mahlzeit; als er sie beendet hatte, drückte er seinen durstigen Mund auf die Wunde, aus der der Saft wie aus einem Brunnen floß, und er machte sich frischer und munterer und kräftiger denn je wieder auf den Weg.

Etwa gegen fünf Uhr abends glaubte Kapitän Pamphile zu sehen, wie einige Strahlen des Tageslichts durch die Finsternis glitten: Sein Marsch gewann neuen Schwung, und er gelangte zum Rand dieses Waldes ähnlich dem von Dante, der weder dem Leben noch dem Tod anzugehören schien, sondern einer namenlosen Macht zwischen den beiden. Und es kam ihm vor, als begebe er sich in einen Ozean von Licht; er stürzte sich mitten in seine Wellen, die von den Strahlen der untergehenden Sonne vergoldet wurden, ähnlich einem Taucher, der, lange Zeit auf dem Meeresgrunde festgehalten, sei es am Zweig einer Koralle hängend oder von einem Polypen umschlungen, sich von dem tödlichen Hindernis befreit, an die Oberfläche des Wassers emporkommt und wieder zu atmen beginnt.

Er war zu einer der riesigen Steppen gelangt, die wie Seen von Grün und von Licht mitten in die ungeheuren Wälder der neuen Welt eingestreut liegen; am anderen Ende dieser Lichtung zog sich eine neue Linie von Bäumen wie eine düstere und undurchdringliche Mauer hin, während man darüber die schneebedeckten Gipfel der Berge, deren gewundene Kette die gesamte Halbinsel abtrennt, in den letzten Fluten des Tageslichts mutwillige Wellen bilden sah.

Voller Zufriedenheit warf Kapitän Pamphile seine Blicke um sich, denn er sah, daß er nicht von seiner Route abgewichen war.

Schließlich blieben seine Augen an einer weißlichen und gewundenen Säule hängen, die sich vor dem Hintergrund abhob und wallend gen Himmel stieg: Er bedurfte keiner langen Untersuchung, um den Rauch einer Hütte zu erkennen, und geradezu auf der Stelle beschloß er, auf sie zuzugehen, ob Freund oder Feind, wobei die Erinnerung an die Nacht, die er verbracht hatte, einen prompten und entschiedenen Einfluß auf seinen Beschluß hatte.

Zweite Nacht

Kapitän Pamphile fand einen kleinen Pfad, der vom Wald bis zur Hütte zu führen schien. Er nahm ihn und ging, wenn auch nicht ohne eine gewisse Befürchtung hinsichtlich Klapper- und Kupferschlangen, die in diesen Breiten so häufig vorkommen, inmitten der hohen und dichten Gräser dahin.

Als er dem Rauch näherkam, der ihm als Führer diente, sah er die Hütte sich erheben, die am Saum zwischen der Ebene und dem Wald lag; die Nacht brach herein, ehe er dort angelangt war, doch war der Weg dadurch nur um so leichter und deutlicher zu erkennen.

Die Tür stand auf der Seite, von der unser Wandersmann kam, offen, und im Inneren der Hütte brannte ein Feuer, das wie ein Leuchtfeuer schien, welches zu dem Zwecke angezündet war, ihn in der Einsamkeit zu leiten. Von Zeit zu Zeit ging vor der Flamme eine Gestalt hin und her, die sich schwarz vor der Feuerstelle abhob.

Auf eine gewisse Entfernung herangekommen, konnte er erkennen, daß es eine Frau war, und das flößte ihm neue Zuversicht ein; schließlich bei der Schwelle angekommen, blieb er stehen und fragte, ob Platz für ihn an der Feuerstelle sei, die er von so weitem habe schimmern sehen und nach der er sich so lange gesehnt habe.

Eine Art Gebrumm, das der Kapitän nach eigenem Gutdünken interpretierte, antwortete ihm. Folglich trat er ohne Zögern ein und setzte sich auf einen alten Schemel, der in einer passenden Entfernung von der Flamme auf ihn zu warten schien.

Auf der anderen Seite der Feuerstelle saß zusammengekauert ein junger Indianer vom Stamme der Sioux, die Ellbogen auf den Knien und den Kopf in den Händen, reglos und ohne Atembewegung wie eine Statue; sein großer Bogen aus Ahornholz befand sich neben ihm, und zu seinen Füßen lagen mehrere Vögel von der Gattung der Tauben und einige kleine Vierbeiner, die von Pfeilen durchbohrt waren. Weder die Ankunft noch das Vorgehen Pamphiles schienen ihn aus seiner vermeintlichen Apathie hervorzulocken, hinter der die Wilden das ewige Mißtrauen verbergen, das sie beim Nahen des zivilisierten Menschen empfinden; denn allein am Geräusch seiner Schritte hatte der junge Sioux unseren Wandersmann als einen Europäer erkannt. Kapitän Pamphile seinerseits betrachtete ihn mit der gründlichen Aufmerksamkeit eines Mannes, der weiß, daß auf eine Gelegenheit, einem Freund zu begegnen, zehn kommen, einen Feind zu treffen. Als er nun aus dieser Prüfung nichts anderes erfuhr als das, was er sah, und das, was er sah, ihn in seiner Ungewißheit beließ, beschloß er, das Wort an ihn zu richten. »Ist mein Bruder eingeschlafen«, fragte er, »daß er bei der Ankunft eines Freundes nicht einmal den Kopf hebt?«

Der Indianer zuckte zusammen; und ohne anders als durch seine Gesten zu antworten, hob er die Stirn und zeigte dem Kapitän mit dem Finger eines seiner Augen, das aus seiner Höhle herausgetreten war und an einem Nerv hing, während ihm aus der Vertiefung, die es beherbergt hatte, ein Rinnsal von Blut das Gesicht herab auf die Brust lief; daraufhin ließ er, ohne ein einziges Wort zu sagen, ohne einen einzigen Klagelaut auszustoßen, den Kopf wieder in die Hände sinken.

Ein Pfeil war im Moment, da die Sehne seines Bogens gespannt war, geborsten, und ein Bruchstück des Schilfrohrs war zurückgeschnellt und hatte dem Indianer das Auge ausgestochen; Kapitän Pamphile verstand all das auf den ersten Blick und bohrte mit seinen Fragen nicht weiter nach, um der Seelenstärke dieses wilden Helden der Wüste Respekt zu zollen.

Also wandte er sich der Frau zu. »Der Wandersmann ist müde und hat Hunger; kann seine Mutter ihm eine Mahlzeit und ein Bett geben?«

»Unter der Asche ist ein Kuchen und in der Ecke ein Bärenfell«, sagte die Alte; »mein Sohn kann den einen essen und sich auf das andere legen.«

»Etwas anderes haben Sie nicht?« fuhr Kapitän Pamphile fort, der nach dem frugalen Mahl, das er im Wald gehalten hatte, nichts dagegen gehabt hätte, ein herzhafteres Abendessen vorzufinden.

»Ja doch, ich habe etwas anderes«, sagte die Alte, indem sie sich mit rascher Bewegung näherte und ihre gierigen Augen auf die Goldkette heftete, die am Hals des Kapitäns die Uhr hielt, die ihm der große Häuptling zurückgegeben hatte. Ich habe … Mein Sohn hat eine schöne Kette …! Ich habe gepökeltes Büffelfleisch und gutes Wildbret. Ich wäre gar glücklich, eine solche Kette zu haben.«

»Nun gut, so bringen Sie Ihren gepökelten Büffel und Ihre Damhirschpastete«, antwortete Kapitän Pamphile, indes er vermied, auf den Wunsch der Alten einzugehen, sei es durch ein Versprechen, sei es durch eine Weigerung; »und wenn Sie dann noch irgendwo in der Ecke eine Flasche Ahornschnaps hätten, wäre die, so meine ich, in so guter Gesellschaft nicht unangebracht.«

Die Alte entfernte sich, wobei sie von Zeit zu Zeit den Kopf umwandte, um noch einmal das Schmuckstück zu betrachten, das so offensichtlich ihre Begehrlichkeit erweckte; sodann trat sie, indem sie eine Schilfmatte anhob, in einen anderen Teil der Hütte.

Sie war kaum verschwunden, als der junge Sioux lebhaft den Kopf hob. »Weiß mein Bruder, wo er sich befindet?« sagte er mit gedämpfter Stimme zum Kapitän.

»Meiner Treu, nein«, antwortete dieser unbekümmert.

»Hat mein Bruder irgendeine Waffe, um sich zu verteidigen?« fuhr er mit noch leiserer Stimme fort.

»Nicht eine«, antwortete der Kapitän.

»In dem Fall möge mein Bruder dieses Messer nehmen und nicht einschlafen.«

»Und du?« fragte Kapitän Pamphile, indem er zögerte, die ihm gebotene Waffe anzunehmen.

»Ich, ich habe meinen Tomahawk. Still!«

Bei diesen Worten ließ der junge Wilde seinen Kopf zurück in die Hände sinken und nahm wieder seine reglose Haltung an. Die Alte hob die Matte: Sie brachte das Abendessen. Kapitän Pamphile steckte sich das Messer in den Gürtel, die Alte richtete erneut den Blick auf die Uhr.

»Mein Sohn«, sagte sie, »ist auf dem Kriegspfad einem weißen Mann begegnet; er hat den weißen Mann getötet und ihm diese Kette abgenommen, dann hat er sie gerieben, um das Blut zu entfernen. Und deshalb glänzt sie so.«

»Meine Mutter irrt sich«, sagte Kapitän Pamphile, indes er anfing, die unbekannte Gefahr zu wittern, vor der ihn der Indianer gewarnt hatte; »ich bin den Ottawa-Fluß bis zum Oberen See hinaufgefahren, um den Büffel und den Biber zu jagen; und als ich dann viele Felle hatte, bin ich in der Stadt gewesen, und ich habe die Hälfte gegen Feuerwasser getauscht und die andere Hälfte gegen diese Uhr.«

»Ich habe zwei Söhne«, fuhr die Alte fort, indem sie das Fleisch und den Schnaps auf den Tisch stellte, »die seit zehn Jahren den Büffel und den Biber jagen, und niemals haben sie genug Felle in die Stadt gebracht, um mit einer solchen Kette zurückzukommen. Mein Sohn hat gesagt, daß er Hunger und Durst hat«, fuhr sie fort, »mein Sohn kann trinken und essen.«

»Und mein Bruder der Prärie, ißt er nicht?« sagte Kapitän Pamphile, an den jungen Sioux gewandt, und rückte seinen Schemel näher zum Tisch.

»Der Schmerz nährt«, antwortete der junge Jäger, ohne eine einzige Bewegung zu machen. »Ich habe weder Hunger noch Durst; ich bin müde und werde mich schlafen legen. Möge der Große Geist meinen Bruder behüten!«

»Wie viele Biberfelle hat mein Sohn für diese Uhr hingegeben?« unterbrach die Alte, indem sie auf ihr bevorzugtes Thema zurückkam.

»Fünfzig«, antwortete Kapitän Pamphile aufs Geratewohl, indes er sich wacker über ein Büffelfilet hermachte.

»Ich habe hier zehn Bärenfelle und zwanzig Biberfelle; ich gebe sie meinem Sohn allein für die Kette.«

»Die Kette hängt an der Uhr«, antwortete der Kapitän, »man kann die beiden nicht trennen; im übrigen habe ich den Wunsch, mich weder der einen noch der anderen zu entledigen.«

»Schon recht«, sagte die Alte mit einem Hexenlächeln, »soll mein Sohn sie behalten …! Jeder lebende Mensch ist Herr seines Besitzes. Nur die Toten haben nichts, was ihnen gehört.«

Kapitän Pamphile warf einen raschen Blick auf den jungen Indianer; doch der schien tief eingeschlafen zu sein; er wandte sich also wieder seinem Abendessen zu, dem er für alle Fälle dieselbe Ehre zuteil werden ließ, als wenn er sich in einer weniger bedenklichen Lage befunden hätte; als die Mahlzeit beendet war, warf er einen Armvoll Holz auf das Feuer und legte sich auf das Büffelfell, das in einer Ecke der Hütte ausgebreitet war, und zwar nicht mit der Absicht zu schlafen, sondern um bei der Alten keinen Verdacht zu erwecken, die sich in den anderen Teil der Hütte begeben hatte und verschwunden war.

Kaum hatte Kapitän Pamphile sich hingelegt, hob sich die Matte sachte, und der grauenerregende Kopf der Megäre erschien aufs neue und heftete den Blick der beiden glühenden kleinen Augen erst auf den einen, dann auf den anderen Schläfer. Als die Alte sie keine Bewegung machen sah, trat sie vollends in die Kammer, ging zur Tür der Hütte, die nach außen führte, und lauschte, als erwarte sie jemanden; doch da kein Laut an ihr Ohr drang, machte sie kehrt, und wie um keine Zeit zu verlieren, nahm sie von der Wand der Hütte ein langes Küchenmesser, setzte sich rittlings an einen Schleifstein, brachte diesen mit den Füßen in Gang und fing an, bedachtsam ihre Waffe zu schärfen. Kapitän Pamphile sah, wie Tropfen für Tropfen das Wasser auf den Stein fiel, und es entging ihm keine dieser Bewegungen, die das zitternde Licht der Feuerstelle erhellte; die Vorbereitungen waren vielsagend; Kapitän Pamphile zog sein Messer aus dem Gürtel, klappte es auf, prüfte mit dem Finger die Spitze, fuhr mit dem Daumen über die Schneide und wartete, zufrieden mit der Untersuchung, das weitere ab, ohne sich zu rühren und den ruhigsten und tiefsten Schlaf vortäuschend.

Die Alte setzte ihre infernalische Verrichtung fort; doch auf einmal unterbrach sie sie und spitzte die Ohren. Der Laut, den sie gehört hatte, wiederholte sich in größerer Nähe; sie erhob sich flink, als hätte der mörderische Eifer ihren Gliedern all ihre Geschmeidigkeit wiedergegeben, hängte das Messer wieder an seinen Platz an der Wand und ging von neuem zur Tür; diesmal waren die, die sie erwartete, zweifellos eingetroffen, denn sie machte ihnen mit der Hand eine stille Geste, sie sollten sich beeilen, und trat wieder in die Hütte, um nochmals einen Blick auf ihre Gäste zu werfen. Keiner von beiden hatte eine Bewegung gemacht, und sie schienen nach wie vor in tiefstem Schlaf versunken.

Beinahe unmittelbar darauf erschienen zwei junge Leute von hohem Wuchs und kräftiger Statur auf der Schwelle der Hütte: Sie trugen auf den Schultern einen Damhirsch, den sie erlegt hatten. Sie hielten inne, um schweigsam und mit finsterer Miene die Gäste zu betrachten, die sie in ihrem Häuschen vorfanden; dann fragte einer von ihnen auf Englisch seine Mutter, warum sie diese wilden Hunde bei sich aufgenommen habe. Die Alte machte ihm mit dem Finger ein Zeichen, still zu sein: Die Jäger warfen nun den toten Hirsch zu Füßen des Kapitän Pamphile nieder. Sie verschwanden hinter der Matte; die Alte folgte ihnen, wobei sie die Flasche Ahornschnaps mitnahm, die ihr Gast kaum angerührt hatte, und die Hütte war nunmehr nur noch von den beiden Schläfern belegt.

Kapitän Pamphile blieb noch einen Moment lang reglos liegen; man hörte nur das ruhige und gleichmäßige Atmen des Indianers; dessen Schlaf war so vollkommen vorgetäuscht, daß Kapitän Pamphile zu glauben begann, daß er, während er so tat, als schliefe er, tatsächlich eingeschlafen war. Und im Versuch, das Vorbild, das er vor Augen hatte, nachzuahmen, drehte er sich um wie von einer dieser eigenwilligen Regungen aufgewühlt, die dem schlafenden Körper vom wachenden Hirn übermittelt werden, und auf diese Weise fand er sich, statt mit dem Gesicht zur Wand liegend, nun dem Indianer zugewandt.

Einen Moment lang blieb er noch unbewegt in dieser neuen Position liegen, dann öffnete er die Lider: Er sah nun den jungen Sioux in der-

selben Position wie zuvor, außer daß sein Kopf jetzt nur noch von der linken Hand gestützt wurde; die andere war niedergesunken und ruhte neben seinem Tomahawk.

In diesem Moment hörte man ein leises Geräusch; die Finger des Indianers klammerten sich sogleich um den Griff seiner Waffe, und der Kapitän sah, daß er genau wie er selbst wach war und sich der gemeinsamen Gefahr zu stellen anschickte.

In dem Augenblick hob sich die Matte und gab den beiden jungen Männern den Weg frei, die einer nach dem anderen darunter hervorschlüpften und geräuschlos wie Schlangen heranglitten; hinter ihnen erschien sodann der Kopf der Alten, deren Körper in der Dunkelheit der anderen Kammer verborgen blieb und die, in der Meinung, daß es unnütz sei, wenn sie an der Szene, die sich abspielen würde, teilnähme, falls nötig wenigstens mit Stimme und Gesten die Mörder befeuern wollte.

Die jungen Männer erhoben sich langsam und schweigend und ohne den Indianer und Kapitän Pamphile aus den Augen zu lassen; der eine hielt eine Art nach innen gebogener und geschärfter Hippe in der Hand: Er wollte direkt auf den Indianer losgehen, doch sein Bruder gab ihm ein Zeichen zu warten, bis er sich seinerseits bewaffnet habe. Und tatsächlich näherte er sich auf Zehenspitzen der Wand und nahm das Messer herab; nun tauschten sie einen letzten Blick des Einverständnisses und richteten sodann die Augen auf ihre Mutter, als wollten sie sie befragen.

»Sie schlafen«, sagte die Alte mit gedämpfter Stimme, »los.«

Die beiden jungen Männer gehorchten und näherten sich jeweils dem Opfer, das sie ausersehen hatten; der eine hob den Arm, um den Indianer zu treffen, der andere beugte sich herab, um Kapitän Pamphile zu erdolchen.

Im selben Moment fuhren die beiden Mörder zurück, wobei sie jeder einen Schrei ausstießen: Der Kapitän hatte dem einen sein Messer bis zum Heft in die Brust gestoßen, und der junge Indianer hatte den Kopf des anderen mit seinem Tomahawk gespalten. Die beiden blieben noch einen Moment aufrecht, wobei sie auf den Beinen schwankten, als wären sie betrunken, während sich die beiden Wanderer in einer instinktiven und spontanen Bewegung einander genähert hatten; dann fielen die beiden jungen Männer um, ähnlich vom Sturm entwurzelten Bäumen. Die Alte stieß eine Verwünschung aus und der junge Sioux zur gleichen Zeit ein Triumphgeschrei; er packte die Sehne seines Bogens, stürmte in den zweiten Raum, kam alsbald wieder heraus, wobei er die Alte an den Haaren hinter sich herzog; er schleppte sie aus der Hütte und fesselte sie zehn Schritt von der Kate entfernt an eine junge Birke. Wie ein Tiger springend kam er wieder herein, las das Messer auf, das einer der Mörder hatte fallen lassen, und probierte mit der Spitze, ob sie noch am Leben waren; doch als er sah, daß sich weder der eine noch der andere rührte, bedeutete er dem Kapitän hinauszugehen; als dieser mechanisch Folge leistete, nahm er aus der Feuerstelle einen brennenden Tannenzweig und legte an den vier Ecken der Kate Feuer; er kam mit seiner Fackel in der Hand heraus und begann, begleitet von einem Siegesgesang, um die Hütte herum einen bizarren Tanz aufzuführen.

So sehr Kapitän Pamphile auch gewalttätige Szenen gewohnt war, konnte er doch nicht umhin, dieser seine ganze Aufmerksamkeit zuzuwenden. Tatsächlich verliehen der Ort, die Abgelegenheit, und die Gefahr, die er ausgestanden hatte, zusammengenommen dem Akt der Justiz, der sich da vollzog, den Charakter einer wilden Rache; zwar hatte er zuweilen sagen hören, daß von den Niagarafällen bis hin zu den Ufern des Atlantiks eine althergebrachte Gesetzgebung herrsche, derzufolge die Wohnstatt von Mördern niederzubrennen war; doch hatte er einer derartigen Vollstreckung niemals beigewohnt.

Gegen einen Baum gelehnt und unbeweglich, als wäre er selbst gefesselt, sah er zunächst, wie schwarzer und dichter Rauch aus allen Öffnungen trat, dann drangen die Flammenzungen ähnlich roten Speerspitzen durch das Dach; schon kamen aus allen Ecken Feuersäulen hervor, dem An- und Abschwellen des Windes folgend, bald sich wie Schlangen windend, bald wie Fähnchen flatternd.

Währenddessen drehte sich der junge Indianer, einem Dämon des Brandes ähnlich, immer noch tanzend und singend im Kreis. Auf einmal vereinigten sich alle Flammen und bildeten eine ungeheure Brandstätte, die ihr Licht eine halbe Meile in die Kunde warf, welche sich auf der einen Seite in die ungeheure Grassteppe ausdehnte und sich auf der anderen Seite unter der dunklen Kuppel des Waldes verlor; schließlich wurde die Hitze so gewaltig, daß die Alte, die doch zehn Schritt vom Brand entfernt war, Schmerzensschreie ausstieß. Auf einmal brach das Dach ein, eine Flammensäule schoß, wie vom Krater eines Vulkans ausgespuckt, empor und ließ Tausende von Funken gen Himmel stieben; sodann fiel eine Mauer nach der anderen um, und bei jedem Sturz nahm das Feuer an Hitze und Licht ab. Die Dunkelheit eroberte nach und nach wieder das Terrain, das sie eingebüßt hatte; schließlich blieben von der verfluchten Hütte nur noch Haufen brennender Kohlen, die die Kadaver der Mörder bedeckten.

Nun ließ der Wilde von seinem Tanz und seinem Gesang ab, er entzündete an seiner Fackel einen zweiten Tannenzweig und bot ihn dem Kapitän dar.

»Und jetzt«, sagte er, »in welche Richtung geht mein Bruder?«

»Nach Philadelphia«, antwortete der Kapitän.

»Nun gut, so möge mein Bruder mir folgen, und ich werde ihm als Führer dienen, bis er das andere Ende des Waldes erreicht hat.«

Mit diesen Worten drang der junge Sioux in die Tiefen des Waldes ein, wobei er die Alte halb verbrannt bei den rauchenden Trümmern ihrer Kate zurückließ.

Kapitän Pamphile warf einen letzten Blick auf diese trostlose Szene und folgte seinem jungen und mutigen Wandergefährten. Bei Tagesanbruch gelangten sie zum Saum des Waldes und zum Fuß der Berge. Dort blieb der Sioux stehen. »Mein Bruder ist angekommen«, sagte er. »Von der Höhe dieser Berge wird er Philadelphia sehen. Nun möge der Große Geist meinen Bruder behüten!«

Kapitän Pamphile suchte, was er dem Wilden geben konnte, um ihm die Ergebenheit zu vergelten, die er ihm bewiesen hatte; und da er nichts als seine Uhr besaß, schickte er sich an, sie loszumachen, doch sein Gefährte hinderte ihn daran.

»Mein Bruder schuldet mir nichts«, sagte er. »Nach einem Gefecht mit den Huronen wurde Junger Elch gefangengenommen und an die Küste des Oberen Sees verschleppt. Er war schon an den Pfahl gebunden: Die Männer bereiteten ihr Skalpiermesser vor, und die Frauen und Kinder tanzten um ihn herum und sangen das Todeslied, als Soldaten, die wie mein Bruder am anderen Ufer des salzigen Flusses geboren waren, die Huronen verjagten und Jungen Elch befreiten. Ich schuldete ihnen mein Leben, ich habe das deine gerettet. Wenn du diese Soldaten triffst, wirst du ihnen sagen, daß wir quitt sind.«

Mit diesen Worten drang der junge Wilde zurück in den Wald; Kapitän Pamphile folgte ihm mit den Augen, solange er ihn zu sehen vermochte; als er verschwunden war, brach sich unser werter Seemann einen Ebenholzbaum ab, der ihm zugleich als Gehstock und zur Verteidigung dienen konnte, und er begann, den Berg hinaufzuklettern.

Junger Elch hatte nicht gelogen: Auf dem Gipfel angekommen gewahrte er, wie sich Philadelphia einer Königin gleich zwischen den grünen Wassern des Delaware und den blauen Fluten des Ozeans erhob.

13. Kapitel

Wie Kapitän Pamphile an den Ufern des Flusses Delaware Bekanntschaft mit der Mutter von Tom machte und was sich daraus ergab.

Obwohl es von der Gegend, in der Kapitän Pamphile angelangt war, bis nach Philadelphia offensichtlich noch zwei gute Tagesreisen waren, setzte er seinen Weg nichtsdestoweniger mit fabelhaftem Eifer fort und machte nur halt, um Vogeleier zu suchen oder Wurzeln; was das Wasser betraf, so war er bald schon auf die Quellen des Delaware gestoßen, und der Fluß, der in seiner ganzen Fülle dahinströmte, hatte ihn in dieser Hinsicht von jeder Sorge befreit.

Er wanderte also fröhlich seines Wegs, sah er doch die Erholung am Ende all der Mühen vor sich, voller Bewunderung für die herrliche Landschaft, die sich seinem Blick darbot, und in jener Geistesverfassung, wo der einsame Wanderer nur eines bedauert, nämlich daß er keinen Gefährten hat, dem er die Überfülle seiner Gedanken mitteilen kann; als er auf dem Gipfel eines kleinen Berges anlangte, glaubte er eine halbe Meile vor sich einen schwarzen Punkt wahrzunehmen, der sich auf ihn zubewegte. Er suchte einen Moment lang zu erkennen, worum es sich handeln mochte; doch da die Entfernung zu groß war, nahm er die Wanderschaft wieder auf und setzte seinen Weg fort, ohne sich weiter über das Objekt zu beunruhigen, das er bald aus dem Auge verlor, war doch das Terrain, über das er wanderte, sehr wellig. So ging er vor sich hin, wobei er ein Lied pfiff, das in der Cannebière[51] sehr en vogue war, und seinen Stock wirbeln ließ, als sich dasselbe Objekt von neuem seinen Augen darbot, um einige hundert Schritte nähergekommen; diesmal war der Kapitän von seiten der neuen Figur, die wir jetzt auf die Szene bringen, Objekt derselben Prüfung, die er selbst vorzunehmen im Begriffe stand; Kapitän Pamphile bildete mit der Hand eine Art Teleskop, blickte einen Moment lang durch das improvisierte Rohr und erkannte, daß es sich um einen Neger handelte.

Mit dieser Begegnung traf es sich um so besser, als Kapitän Pamphile, der wenig darauf erpicht war, eine dritte Nacht ähnlich den beiden vorangegangenen zu verbringen, darauf zählte, den Wanderer um Auskunft wegen Logis zu bitten. Er verdoppelte also das Tempo, wobei er bedauerte, daß das wellige Terrain jenen von neuem seinen Blicken entzog, der ihm derart wertvolle Auskunft geben konnte, doch er hoffte, ihn auf der Spitze einer kleinen Anhöhe wiederzufinden, die etwa die Mitte des zurückzulegenden Weges bildete. Kapitän Pamphile hatte sich in seinen strategischen Überlegungen nicht getäuscht: Auf dem Gipfel des Berges fand er sich von Angesicht zu Angesicht jenem gegenüber, den er suchte; allein, die Farbe hatte den Kapitän getäuscht: Es war kein Neger, es war ein Bär.

Kapitän Pamphile ermaß auf den ersten Blick die Größe der Gefahr, die ihm drohte; doch wir teilen unseren Lesern nichts Neues mit, wenn wir ihnen sagen, daß in solchem Falle der werte Seemann ein Mensch war, der sich zu helfen wußte: Er warf einen Blick um sich, um die Topographie des Terrains zu erkunden, und sah, daß es keine Möglichkeit gab, dem Tier auszuweichen: zur Linken der Fluß, eingeschlossen in seine steilen Ufer und zu reißend, als daß er schwimmend hätte durchquert werden können, ohne daß man sich einer Gefahr aussetzte, die vielleicht größer war als diejenige, vor der man floh; zur Rechten spitzige Felsen, begehbar für Eidechsen, doch unzugänglich für jedes andere Tier; hinter und vor sich ein Weg oder eher ein Pfad so breit wie der, auf dem Ödipus dem Laios begegnete.[52]

Das Tier hatte seinerseits etwa zehn Schritte von Kapitän Pamphile entfernt haltgemacht und schien selbst alles mit ganz besonderer Aufmerksamkeit zu erforschen.

Kapitän Pamphile, der in seinem Leben einer ganzen Menge von als tapfere Helden verkleideten Hasenfüßen begegnet war, folgerte, daß der Bär vielleicht ebensoviel Angst vor ihm wie er Angst vor dem Bären hatte. Er ging also direkt auf ihn zu, der Bär tat desgleichen; Kapitän Pamphile fing an zu glauben, daß er sich in seinen Vermutungen geirrt habe, und blieb stehen; der Bär setzte seinen Weg fort. Die Sache war so klar wie der helle Tag: Es war nicht der Bär, der Angst hatte. Kapitän Pamphile machte einen Schwenk auf dem linken Absatz, um seinen Gegner durchzulassen, und begann, den Rückzug anzutreten. Er war keine drei Schritte zurückgewichen, da war er bei den spitzigen Felsen angelangt; er lehnte sich dort mit dem Rücken an, um nicht von hinten überrascht zu werden, und harrte der Dinge, die da kommen sollten.

Er mußte nicht lange warten; der Bär, der der allergrößten Gattung angehörte, kam auf dem Weg bis zu der Stelle heran, an der Kapitän Pamphile ihn verlassen hatte; dort angekommen, beschrieb er denselben Winkel, den der raffinierte Stratege, mit dem er zu tun hatte, vollzogen hatte, und kam direkt auf ihn zu. Es war eine kritische Lage; der Ort war einsam; Kapitän Pamphile konnte sich von niemandem Hilfe erwarten; er besaß als Waffe lediglich seinen Stab, ein ziemlich mäßiges Verteidigungsmittel. Der Bär war nur noch zwei Schritte von ihm entfernt, er hob den Stab … Bei dieser Geste richtete sich der Bär auf seine Hinterbeine auf und fing an zu tanzen.

Es war ein zahmer Bär, der seine Kette zerrissen hatte und aus New York fortgelaufen war, wo er die Ehre gehabt hatte, seine Kunststücke vor Monsieur Jackson, dem Präsidenten der Vereinigten Staaten, vorzuführen.

Kapitän Pamphile, beruhigt durch die choreographischen Neigungen seines Feindes, gewahrte erst jetzt, daß dieser einen Maulkorb trug und daß ihm ein Stück der zerbrochenen Kette noch um den Hals hing. Er kalkulierte alsbald den Vorteil, den ein Mann, der einen Mangel wie den seinen litt, aus einer solchen Begegnung ziehen konnte; und da ihm weder seine Geburt noch seine Erziehung jene falschen aristokratischen Vorstellungen eingebracht hatten, die vielleicht jeden anderen an seiner Stelle mit Besorgnis erfüllt hätten, dachte er, daß der Beruf des Bärenführers höchst ehrbar sei verglichen mit einer Menge anderer Berufe, die er manche seiner Landsleute in Frankreich und auch im Ausland hatte ausüben sehen. Und so ergriff er das Reststück der Kette des Tänzers, versetzte ihm mit dem Stab einen Stüber auf die Schnauze, um ihm zu erklären, daß es an der Zeit sei, das Menuett zu beenden, und setzte seinen Weg nach Philadelphia fort, wobei er ihn an der Leine führte, wie er es mit einem Jagdhund getan hätte.

Als er am Abend die Prärie überquerte, bemerkte er, daß sein Bär vor gewissen Pflanzen haltmachte, die ihm selbst unbekannt waren; das Nomadenleben, das er geführt hatte, hatte ihn in den Stand versetzt, tiefschürfende Studien über den Instinkt von Tieren zu machen. Er mutmaßte, daß die wiederholten, wenn auch zunächst folgenlosen Ruhepausen doch ein bestimmtes Motiv hatten; dementsprechend hielt Kapitän Pamphile, als das Tier abermals ein solches Verhalten zeigte, inne und gewährte ihm alle Zeit, seine Aufmerksamkeit zu entfalten. Die Ergebnisse ließen nicht auf sich warten: Der Bär grub die Erde auf; nach wenigen Sekunden förderte er eine Ballung durchaus appetitlich anzusehender Knollen zutage. Kapitän Pamphile kostete davon; sie schmeckten nach Trüffeln und nach Kartoffeln zugleich.

Es war eine wertvolle Entdeckung; deshalb ließ er seinem Bären alle Freiheit, weitere zu suchen; nach einer Stunde gab es eine Ausbeute, die für das Abendessen von Mensch und Tier ausreichte. Als die Mahlzeit beendet war, bemerkte Kapitän Pamphile einen einzeln stehenden Baum, und nachdem er sich versichert hatte, daß sein Blattwerk auch nicht das kleinste Reptil beherbergte, band er seinen Bären an den Stamm und bediente sich seiner als einer kurzen Leiter, um an die unteren Äste zu gelangen. Dort angekommen, richtete er sich ein, wie er es schon im Wald gemacht hatte; nur war seine Nacht diesmal vollkommen ruhig, denn die Wölfe wurden durch den Geruch des Bären auf Distanz gehalten.

Am nächsten Morgen erwachte Kapitän Pamphile völlig gelassen und ausgeruht. Der erste Blick galt seinem Bären: der schlief ruhig am Fuße des Baumes. Kapitän Pamphile stieg hinab und weckte ihn; sodann machten sich die beiden in aller Freundschaft wieder auf den Weg nach Philadelphia, wo sie um elf Uhr abends eintrafen.

Kapitän Pamphile war marschiert gleich dem Menschenfresser in der Geschichte vom kleinen Däumling.[53]

Er machte sich auf die Suche nach einer Herberge; doch er fand keinen einzigen Hotelier, der zu solch einer Stunde einen Bären und einen Wilden hätte aufnehmen wollen; er befand sich also inmitten der Hauptstadt von Pennsylvania zunächst in einer größeren Verlegenheit, als er sie mitten in den Wäldern des Sankt-Lorenz-Stroms erlebt hatte; da sah er auf einmal eine warm erleuchtete Taverne, aus der ein wildes Durcheinander von Gläserklirren, Gelächter und Flüchen erscholl. Zweifellos handelte es sich um eine Schiffsbesatzung, die gerade ihre Heuer erhalten hatte. Sogleich faßte Kapitän Pamphile wieder Hoffnung: Entweder hatte er vergessen, was es heißt, ein Seemann zu sein, oder es gab dort für ihn Wein, Geld und ein Bett, drei Dinge allererster Notwendigkeit in seiner Lage; er ging also zuversichtlich auf die Taverne zu, als er auf einmal wie angenagelt auf der Stelle stehenblieb.

Inmitten des Radaus, der Schreie und Lästerungen hatte er eine provenzalische Melodie zu erkennen geglaubt, die von einem der Zecher gesungen wurde. Er verharrte also mit gerecktem Hals und offenem Ohr, noch zweifelnd, so unwahrscheinlich kam ihm die Sache vor; doch bald schon, nämlich bei einem vom Chor aufgenommenen Refrain, verblieb ihm nicht die geringste Ungewißheit: Er hatte es da mit Landsleuten zu tun. Folglich tat er von neuem einige Schritte vorwärts und blieb dann nochmals stehen; doch diesmal nahm sein Gesicht einen an Dummheit grenzenden Ausdruck des Erstaunens an: Nicht nur waren diese Männer Landsleute, nicht nur war dieses Lied ein provenzalisches Lied, sondern bei dem, der es sang, handelte es sich um Policar! Die Besatzung der »Roxelane« verpraßte in Philadelphia die Ladung.

Kapitän Pamphile zögerte keinen Moment lang im Hinblick auf den

Entschluß, den er zu fassen hatte; dank dem Barbier und dem Maler von Schwarzer Schlange war er dermaßen verkleidet, daß ihn sein bester Freund nicht erkannt hätte; er öffnete also kühn die Tür der Taverne und trat mit seinem Bären ein. Ein allgemeines Hurra hieß die Neuankömmlinge willkommen.

Ein gewisses Bedenken blieb Kapitän Pamphile: Er hatte es verabsäumt, mit seinem Bären zu proben, so daß er absolut nicht wußte, wozu dieser imstande war; doch das intelligente Tier kümmerte sich selbst um seinen Theaterzettel. Kaum hatte es die Schenke betreten, fing es an, im Rund zu laufen, damit man einen Kreis bildete; die Matrosen stiegen auf die Stühle und Bänke; Policar setzte sich auf den Ofen, und das Schauspiel begann.

Alles, was einem Bären beizubringen ist, konnte der Bär von Kapitän Pamphile; er tanzte Menuett wie Vestris[54], stieg rittlings auf einen Besenstiel, geradeso wie eine Hexe, und er bestimmte den Bezechtesten der Gesellschaft, so daß der wissende Esel[55] eifersüchtig gewesen wäre; deshalb erscholl bei Ende der Vorstellung ein derart einmütiger Begeisterungsschrei, daß Policar erklärte, was immer der Herr des Bären für seinen Schüler verlange, er würde ihm diesen abkaufen, um ihn der Besatzung zum Geschenk zu machen; ein allgemeines »Vivat« begrüßte den Entschluß. Also wurde das Angebot auf förmliche Weise erneuert; Kapitän Pamphile verlangte zehn Écus für sein Tier. Policar, der in Spenderlaune war, bot ihm fünfzehn, wodurch er unverzüglich in den Besitz des Tieres gelangte. Was Kapitän Pamphile betraf, so ging er beim ersten Kunststück der zweiten Vorstellung hinaus, ohne daß jemand auf ihn geachtet und ohne daß einer der Matrosen den geringsten Verdacht geschöpft hätte.

Unsere Leser sind zu intelligent, um nicht den Grund für das Verschwinden von Kapitän Pamphile geahnt zu haben; da indessen der eine oder andere sich vielleicht nicht ganz sicher ist, werden wir für träge Geister und Feinde von Vermutungen eine kurze und präzise Erklärung geben.

Kapitän Pamphile hatte keine Zeit verloren; in der Taverne angelangt, hatte er mit einem Auge die Kunststücke seines Bären verfolgt, und mit dem anderen hatte er die Matrosen gezählt; vom ersten bis zum letzten waren alle in der Schenke anwesend, woraus hervorging, daß auch nicht einer an Bord war. Allein Double-Bouche fehlte bei der Versammlung; daraus hatte Kapitän Pamphile geschlossen, daß man ihn auf der »Roxelane« gelassen hatte für den Fall, daß das Schiff Lust bekäme, ganz allein nach Marseille zurückzukehren. In Folge dieses ganz mathematischen Kalküls richtete Kapitän Pamphile seine Schritte in Richtung Reede, indem er die Water Street entlangging, die sich parallel zu den Kais hinzieht.

Am Hafen angelangt, warf er einen raschen Blick auf alle dort vor Anker liegenden Schiffe, und trotz der Dunkelheit erkannte er auf fünfhundert Schritt Entfernung die »Roxelane«, die dort anmutig schaukelte, gewiegt von der steigenden Flut. Ansonsten kein Licht an Bord, nichts, was angezeigt hätte, daß das Schiff bewohnt war: Kapitän Pamphile hatte richtig gemutmaßt. Ohne einen Moment zu verlieren, machte er einen Kopfsprung in den Fluß und schwamm in aller Stille auf das Schiff zu.

Kapitän Pamphile schwamm zweimal um die »Roxelane« herum, um sicher zu sein, daß an Bord niemand Wache hielt; zufrieden mit seiner Untersuchung glitt er unter das Bugspriet, bekam die Strickleiter zu fassen und begann seinen Aufstieg, wobei er auf jeder Sprosse haltmachte, um zu lauschen, ob er nicht irgendein Geräusch hörte. Alles blieb stumm; der Kapitän machte einen letzten großen Schritt und befand sich auf dem Deck seines Schiffes; dort angekommen, atmete er auf: Endlich war er zu Hause.

Kapitän Pamphiles erstes Bedürfnis war es, das Kostüm zu wechseln: Das, was er trug, war der Natur zu nahe und mochte seine Identität verleugnen. Er stieg also in seine frühere Kabine hinab und fand alles an derselben Stelle, als wäre nichts vorgefallen. Als einzige Änderung hatte Policar seine Sachen herbeibringen lassen, und gewissenhafter Mann, der er war, hatte er die von Kapitän Pamphile in einem Kabinenkoffer verstaut. Diese Respektierung der Einrichtung war sogar so weit gegangen, daß Kapitän Pamphile nur die Hand in Richtung der Stelle auszustrecken brauchte, wo er immer seine Phosphorhölzer abgelegt hatte, um sie an derselben Stelle zu finden. Und so hatte Kapitän Pamphile beim neunten Versuch mit einem Streichholz dann auch Licht.

Er machte sich alsbald an seine Toilette; es war schon allerhand, sein Schiff wieder in Besitz genommen zu haben, doch das war nicht genug: Er mußte auch noch in seine Gestalt zurückkehren; das allerdings war schwieriger. Der Maler des großen Häuptlings hatte seine Sache gewissenhaft gemacht; Kapitän Pamphile hätte beinahe die Haut seines Gesichts im Handtuch gelassen. Schließlich verschwanden die fremden Ornamente, und durch Reiben fand sich unser werter Seemann zu seinen persönlichen Ornamenten zurückgeführt; er betrachtete sich nun in einem kleinen Spiegel, und so wenig selbstverliebt er auch war, empfand er doch ein gewisses Vergnügen, sich wieder so zu sehen, wie er sich immer schon gekannt hatte.

Nachdem diese erste Umwandlung vollzogen war, wurde der Rest zur leichtesten Sache der Welt: Kapitän Pamphile öffnete seinen Koffer, schlüpfte in seine längsgestreifte Hose, zog sich seine quergestreifte Weste über, legte seinen über Kreuz gestreiften Gehrock aus Bouracan-Stoff an, nahm seinen Strohhut von dem Haken, an dem er hing, legte seinen roten Gürtel an, in den er seine silbern verzierten Pistolen steckte, löschte das Licht und stieg wieder an Deck; er fand es in derselben Verlassenheit und Stille vor. Double-Bouche war immer noch unsichtbar, als besäße er den Ring des Gyges[56] und hätte den Stein nach innen gedreht.

Glücklicherweise kannte Kapitän Pamphile die Gewohnheiten seines Untergebenen und wußte, wo er zu finden war, wenn er nicht dort war, wo er sein sollte. Und so ging er, ohne zu zögern, zur Treppe der Kombüse, stieg vorsichtig die quietschenden Stufen hinab und gewahrte durch die angelehnte Tür Double-Bouche, der mit den Vorbereitungen zu seinem Abendessen beschäftigt war, für das er sich ein Stück frischen Kabeljau à la maître d'hôtel zubereitete.

Es hatte den Anschein, daß der Fisch im Moment, da der Kapitän herzukam, zu einem angemessenen Garungsgrad gelangt war; denn Double-Bouche hatte gerade den Tisch gedeckt, er hob seinen Kabeljau aus der Kasserolle auf einen Teller, stellte den Teller auf den Tisch, schüttelte seinen Trinkbehälter, konstatierte, daß er nicht voll war, ging zur Tür hinaus, die zur Bottlerei führte, um sich flüssigen Nachschub zu holen; das Abendessen war fertig angerichtet, Kapitän Pamphile hatte Hunger, und so trat er ein und setzte sich zu Tisch.

Sei es daß der Kapitän seit fünfzehn Tagen keine europäische Küche zu schmecken bekommen hatte, sei es daß Double-Bouche tatsächlich ein distinguiertes Talent in einer Kunst besaß, die er gleichwohl nur als Liebhaber ausübte, derjenige, dem das Abendessen zugute kam,

DOUBLE-BOUCHE
Kapitän Bampshile

obwohl es gar nicht für ihn bestimmt war, fand es ausgezeichnet und ging dementsprechend vor. Auf dem Höhepunkt dieses Aktes vernahm er einen Schrei; er drehte sogleich den Kopf und gewahrte Double-Bouche auf der Türschwelle, entgeistert, bleich und reglos; er hielt Kapitän Pamphile für ein Gespenst, wenngleich sich dieses einer Tätigkeit befleißigte, die ausschließlich den Bewohnern der diesseitigen Welt vorbehalten ist.

»Nun, nun, Bürschlein«, sagte der Kapitän, ohne sich unterbrechen zu lassen, »was stehst du herum? Siehst du denn nicht, daß ich vor Durst würge? Los, schnell, etwas zu trinken!«

Dem Double-Bouche begannen die Knie zu zittern und die Zähne zu klappern.

»Zu wem, glaubst du, spreche ich?« fuhr Kapitän Pamphile fort, indem er sein Glas hinstreckte. »Los, mach ein bißchen, wird's wohl bald?«

Double-Bouche trat so widerstrebend heran, als würde er sich einem Galgen nähern, und er versuchte zu gehorchen; doch in seinem Schrecken goß er den Wein zur Hälfte ins Glas und zur Hälfte daneben. Der Kapitän tat so, als würde er diese Ungeschicklichkeit nicht bemerken, und führte sich das Glas an die Lippen. Nachdem er vom Inhalt gekostet hatte, schnalzte er mit der Zunge. »Sackerlot!« sagte er. »Es scheint, du kennst den richtigen Ort. Und wo haben Sie diesen Wein gezapft, sagen Sie doch mal, Monsieur Mundschenk?«

»Na«, antwortete Double-Bouche, nun völlig verschreckt, »na vom dritten Faß links.«

»Oho! Vom Bordeaux Lafite. Du magst den Bordeaux Lafite? … Ich habe gefragt, ob du den Bordeaux Lafite magst. Antworte gefälligst, oder …!«

»Gewiß«, antwortete Double-Bouche, »gewiß, Kapitän … Nur …«

»Nur, er verträgt kein Wasser, nicht wahr? Nun gut, so trink ihn pur, mein Kind.«

Er nahm Double-Bouche den Trinkbehälter aus den Händen, goß ein zweites Glas Wein ein und reichte es ihm hin. Double-Bouche nahm es, zögerte noch einen Moment, und indem er einen verzweifelten Entschluß faßte, sagte der Smutje: »Auf Ihre Gesundheit, Kapitän!«

Er trank das volle Glas auf einen Zug aus, ohne den aus den Augen zu lassen, der es ihm eingeschenkt hatte; die Wirkung des Tonikums war rasch; Double-Bouche fing an, sich zu beruhigen.

»Na denn«, sagte der Kapitän, dem diese Besserung des physischen und moralischen Befindens nicht entgangen war, »jetzt, wo ich deine Schwäche für Kabeljau à la maître d'hôtel und eine Vorliebe für den Bordeaux Lafite kenne, wollen wir ein wenig über unsere kleinen Angelegenheiten sprechen. Was ist geschehen, seitdem ich das Schiff verlassen habe?«

»Nun ja, Kapitän, sie haben Policar an Eurer Statt ernannt.«

»Was du nicht sagst!«

»Dann haben sie beschlossen, nach Philadelphia zu segeln, statt direkt nach Marseille zurückzukehren, und dort die Hälfte der Ladung zu verkaufen.«

»Das habe ich mir gedacht.«

»Und so haben sie verkauft, und seit drei Tagen essen sie davon, was sie nicht trinken können, und sie trinken davon, was sie nicht essen können.«

»Ja, ja«, antwortete der Kapitän, »ich habe sie am Werk gesehen.»

»Und das ist alles, Kapitän.«

»Sackerlot! Aber mir scheint, es ist durchaus genug. Und wann wollen sie in See stechen?«

»Morgen.«

»Morgen? Oha, da war es aber an der Zeit zurückzukommen! Hör mal, Double-Bouche, mein Freund, du hast doch gute Suppe gern?«

»Ja, Kapitän.«

»Und gutes Rindfleisch?«

»Noch mehr.«

»Gutes Geflügel gar?«

»Aber immer.«

»Und den guten Bordeaux Lafite?«

»Zum Sterben gern.«

»Nun gut, Double-Bouche, mein Freund, ich ernenne dich zum Maître coq der ›Roxelane‹, mit einem Fixum von hundert Écus im Jahr und einem Zwanzigstel von der Beute.«

»Wahrhaftig?« sagte Double-Bouche. »Bei Gott wahr?«

»Ehrenwort.«

»Abgemacht und angenommen. Was muß ich dafür tun?«

»Du mußt schweigen.«

»Ist ja leicht.«

»Niemandem sagen, daß ich nicht tot bin.«

»Gut!«

»Und, im Fall, daß sie morgen nicht losfahren, mir dorthin, wo ich versteckt sein werde, ein bißchen vom guten Kabeljau und von diesem exzellenten Bordeaux Lafite bringen.«

»Vortrefflich! Und wo werden Sie versteckt sein, Kapitän?«

»In der Pulverkammer, damit ich euch alle in die Luft jagen kann, wenn es nicht nach meiner Mütze geht.«

»Ist gut, Kapitän, man wird sich Mühe geben, daß Sie nicht allzu unzufrieden sind.«

»Es ist also abgemacht?«

»Ja, Kapitän.«

»Und du wirst mir zweimal am Tag Bordeaux und Kabeljau bringen?«

»Ja, Kapitän.«

»Dann also guten Abend.«

»Guten Abend, Kapitän! Gute Nacht, Kapitän! Schlafen Sie gut, Kapitän!«

Diese drei Wünsche waren ziemlich überflüssig: Unser werter Seemann war, wie robust auch immer, zum Umfallen müde; und, einmal in der Pulverkammer und die Tür von innen verschlossen, nahm er sich kaum die Zeit, zwischen zwei Fässern eine Art Bett zu bereiten und sich ein Fäßchen als Schlummerrolle unter den Kopf zu ziehen; wonach er in einen derart tiefen Schlaf fiel, als wäre er nicht gezwungen gewesen, eine Weile lang sein Schiff unter Umständen zu verlassen, wie wir sie beschrieben haben: Der Kapitän schlief wie ein Ratz zwölf Stunden in einem durch.

Als er erwachte, spürte er an der Bewegung der »Roxelane«, daß sie sich in Gang gesetzt hatte; während seines Schlafes hatte das Schiff tatsächlich Anker gelichtet und war in Richtung Meer losgefahren, ohne etwas von dem Mannschaftszuwachs zu ahnen, den es an Bord hatte. Mitten in dem Lärm und dem Durcheinander, von denen eine Abfahrt immer begleitet wird, hörte der Kapitän, wie es an der Tür seines Verstecks kratzte: Es war Double-Bouche, der ihm seine Ration brachte.

»Nun denn, mein Kind«, sagte der Kapitän, »da sind wir also losgefahren?«

»Sie sehen, es kommt in Gang.«

»Und wohin fahren wir?«

»Nach Nantes.«

»Und wo sind wir?«

»Auf der Höhe von Reedy Island.«

»Gut! Sind sie alle an Bord?«

»Ja, alle.«

»Und sie haben niemanden angeworben?«

»Doch, allerdings, einen Bären.«

»Gut! Und wann werden wir auf See sein?«

»Wohl heute abend; die Brise und die Strömung sind mit uns, und bei Bombay Hook haben wir dann auch noch die Gezeiten.«

»Gut! Wie spät ist es überhaupt?«

»Zehn Uhr.«

»Ich bin vollkommen zufrieden mit deiner Intelligenz und deiner Pünktlichkeit, und ich lege noch hundert Pfund drauf zu deiner Besoldung.«

»Danke, Kapitän.«

»Und jetzt mach dich rasch fort und bring mir um sechs Uhr mein Abendessen.« Double-Bouche machte ein Zeichen, daß er pünktlich sein werde, und ging hinaus, entzückt vom Anstand des Kapitäns.

Zehn Minuten später hörte der Kapitän, er hatte gerade sein Frühstück beendet, die Schreie von Double-Bouche; er erkannte an ihrer Regelmäßigkeit sogleich, daß sie von Schlägen mit dem Seising herrührten. Er zählte fünfundzwanzig, nicht ohne eine gewisse Beunruhigung; denn er hatte die Ahnung, daß er an der Züchtigung, die seinem Versorger verabreicht wurde, nicht ganz schuldlos war. Da die Schreie indessen aufhörten und da nichts auf irgendeinen Vorfall an Bord schließen ließ und die »Roxelane« mit derselben Fahrt weitersegelte, legte sich seine Beunruhigung alsbald. Eine Stunde später spürte er am Schlingern des Schiffes, daß es auf der Höhe von Bombay Hook sein mußte und die Bewegung der Flut die der Strömung abgelöst hatte. Und so ging der Tag dahin. Gegen sieben Uhr abends kratzte es wieder an der Tür der Pulverkammer, Kapitän Pamphile öffnete und Double-Bouche kam zum zweitenmal herein.

»Oho, mein Kind«, sagte der Kapitän, »was gibt's Neues an Bord?«

»Nichts, Kapitän.«

»Mir scheint, ich hätte dich ein Lied singen gehört, das mir bekannt vorkam.«

»Ach? Heute morgen?«

»Aber ja!«

»Die haben mir fünfundzwanzig Schläge mit dem Seising verpaßt.«

»Und warum das? Erzähl doch mal.«

»Warum? Weil die gesehen haben, wie ich in die Pulverkammer gegangen bin, und sie mich gefragt haben, was ich dort zu tun hätte.«

»Die sind ganz schön neugierig! Und was hast du ihnen geantwortet, diesen indiskreten?«

»Ach, daß ich Pulver klauen gegangen bin, um Raketen zu basteln.«

»Und dafür haben die dir fünfundzwanzig Schläge mit dem Seising verpaßt?«

»Bah! Das ist doch gar nichts; es geht Wind, da ist es schon getrocknet.«

»Hundert Pfund dazu pro Jahr für die Seisingschläge.«

»Danke, Kapitän.«

»Guten Abend, mein Wackerer.«

»Gute Nacht, Kapitän.«

»Übrigens, wo sind wir?«

»Wir passieren grade zwischen Kap May und Kap Henlopen.«

»Gut! Gut!« murmelte der Kapitän. »In drei Stunden werden wir auf See sein.«

Und Double-Bouche schloß die Tür und ließ ihn in dieser Hoffnung zurück.

Weitere vier Stunden verstrichen, ohne daß sie eine Veränderung in der jeweiligen Situation der verschiedenen Individuen gezeitigt hätten, aus denen sich die Besatzung der »Roxelane« zusammensetzte; nur daß die letzten langsamer verstrichen und für Kapitän Pamphile von Beklommenheit erfüllt waren. Er lauschte mit zunehmender Aufmerksamkeit auf die verschiedenen Laute, die ihm verkündeten, was um ihn und über ihm vor sich ging; er hörte, wie die Matrosen sich in ihren Hängematten schlafen legten, er sah durch die Ritze in der Tür, wie die Lichter gelöscht wurden; nach und nach kehrte Stille ein; dann setzte allenthalben Schnarchen ein, und Kapitän Pamphile, überzeugt, daß er sich aus seinem Versteck herauswagen konnte, öffnete die Tür der Pulverkammer einen Spalt und steckte den Kopf auf das Zwischendeck hinaus: Es war ruhig wie im Schlafsaal eines Nonnenklosters.

Kapitän Pamphile stieg die sechs Stufen hinauf, die zur Kabine führten, und ging auf Zehenspitzen bis zur Tür heran; er fand sie einen Spalt offen, blieb einen Moment stehen, um Luft zu holen, und warf dann einen Blick ins Innere. Es wurde nur durch ein paar schräge Strahlen des Mondes erhellt, die durch das hintere Fenster hereindrangen. Sie fielen auf einen Mann, der an diesem Fenster hockte und ein Objekt, das seine ganze Aufmerksamkeit auf sich zu ziehen schien, derart eifrig betrachtete, daß er Kapitän Pamphile nicht hörte, der die Tür öffnete und sie hinter sich verriegelte. Die Gebanntheit dessen, mit dem er es zu tun hatte und in dem er eindeutig Policar erkannt hatte, obwohl dieser ihm den Rücken zuwandte, schien in den Absichten des Kapitäns eine Veränderung zu bewirken; er schob seine Pistole, die er schon halb

herausgezogen hatte, zurück in den Gürtel, näherte sich Policar langsam und leise, wobei er bei jedem Schritt stehenblieb und den Atem anhielt, denn er wollte ihn ja nicht ablenken; als er sich dann in seiner Reichweite befand, packte er, nun kundig jenes Manövers, dessen Opfer er unter ähnlichen Umständen geworden war, Policar mit einer Hand am Kragen seines Gewands, mit der anderen am Hosenboden und setzte dieselbe Schaukelbewegung in Gang, die er an sich selbst verspürt hatte, und schickte ihn, noch ehe er die Zeit gehabt hätte, den geringsten Widerstand zu leisten oder den kleinsten Schrei auszustoßen, das Objekt, das er so aufmerksam betrachtet hatte, aus größerer Nähe beobachten.

Als er nun sah, daß das Geschehen, das sich soeben abgespielt hatte, in keiner Weise den Schlaf der Besatzung gestört hatte und daß die »Roxelane« weiterhin mit sechs Knoten pro Stunde dahinfuhr, legte sich der Kapitän ruhig in seiner Hängematte nieder, deren Wert er um so mehr zu schätzen wußte, als er ihrer eine Zeitlang beraubt gewesen war, und sank alsbald in den Schlaf des Gerechten.

Was aber Policar mit solch großer Aufmerksamkeit betrachtet hatte, war nichts anderes als ein hungriger Hai, der dem Kielwasser des Schiffes in der Hoffnung folgte, daß für ihn etwas abfallen würde.

Am Tag darauf erhob sich Kapitän Pamphile bei Tagesanbruch, er zündete sich seine Stummelpfeife an und stieg an Deck. Der Matrose, der Wache hatte und der hin- und herspazierte, um gegen die Morgenkälte anzugehen, sah, wie an der Treppe nach und nach der Kopf, die Schultern, die Brust und die Beine zum Vorschein kamen, und blieb stehen, denn er glaubte zu träumen; es war ausgerechnet Georges, dem Kapitän Pamphile vor fünfzehn Tagen die Kleidung mit dem Stiel einer Pike ausgeklopft hatte.

Der Kapitän ging ganz nahe an ihm vorüber, anscheinend ohne sein Erstaunen zu bemerken, und ließ sich seiner Gewohnheit gemäß auf der Persenning der Schanze nieder. Dort befand er sich etwa seit einer halben Stunde, als ein anderer Matrose heraufkam, um den Wachhabenden abzulösen; doch kaum war er aus seiner Luke heraus, als er seinerseits beim Anblick des Kapitäns stehenblieb: Man hätte meinen können, der wackere Seemann besäße, wie Perseus, den Kopf der Medusa.[57]

»Nun, nun«, sagte Kapitän Pamphile nach einem Moment der Stille, »was machst du denn bloß, Baptiste. Löst einfach nicht den wackeren Georges ab, der vor Kälte ganz starr ist nach den drei langen Stunden, die er Wache steht. Was ist das nur? Los, beeilen wir uns ein bißchen!«

Der Matrose gehorchte mechanisch und nahm die Stelle seines Kameraden ein.

»Prachtvoll!« fuhr Kapitän Pamphile fort. »Jeder komme dran, das ist nur gerecht. Und jetzt komm her, Georges, mein Freund; nimm meine Pfeife, die ausgegangen ist, geh sie mir wieder anzünden, und daß mir allesamt sie wiederbringen!«

Georges nahm zitternd die Pfeife entgegen, stieg schwankend wie ein Betrunkener die Treppe des Zwischendecks hinunter und erschien einen Augenblick später wieder, die brennende Stummelpfeife in der Hand. Ihm folgte die ganze übrige Besatzung, schweigend und entgeistert: Die Matrosen nahmen auf dem Oberdeck Aufstellung, ohne einen einzigen Satz zu sagen.

Nun erhob sich Kapitän Pamphile und erging sich von einem Ende des Schiffes zum anderen, bald der Länge, bald der Breite nach, als wäre nichts vorgefallen; bei jedem Hin- und Rückweg wichen die Matrosen vor ihm zurück, als wenn allein die Berührung mit ihm tödlich gewesen wäre, und dabei hatte er nicht einmal eine Waffe; er war allein, während diese Männer siebzig an der Zahl waren und das gesamte Arsenal der »Roxelane« zu ihrer Verfügung hatten.

Am Ende einer viertelstündigen schweigenden Inspektion blieb der Kapitän an der Kommandeursrampe stehen, warf einen Blick um sich, stieg die Treppe hinab, begab sich in seine Kabine und verlangte sein Mittagessen.

Double-Bouche brachte ihm eine Scheibe Kabeljau à la maître d'hôtel und eine Flasche Bordeaux Lafite. Er hatte seinen Dienst als Maître coq angetreten.

Das war die einzige Veränderung, die an Bord der »Roxelane« auf ihrer Überfahrt von Philadelphia nach Le Havre vorgenommen wurde, wo sie nach siebenunddreißig Tagen glücklicher Seefahrt landete, wobei sie einen Mann weniger und einen Bären mehr mitbrachte.

Da dieser Bär nun zufälligerweise ein Weibchen war und dieses Weibchen wunderbarerweise im Moment, als Kapitän Pamphile ihm am Ufer des Delaware begegnete, trächtig war, warf es Junge bei der Ankunft in Paris, wohin sein Herr es gebracht hatte, um Monsieur Cuvier Hommage zu zollen.

Kapitän Pamphile dachte sogleich daran, aus diesem Ereignis seinen Vorteil zu ziehen, und so verkaufte er trotz des geringen Wertverlusts der Ware am Ende einen seiner kleinen Bären an den Besitzer des Hôtel de Montmorency, auf dessen Balkon unsere Leser ihn bis zu dem Moment haben spazierengehen sehen können, da ein Engländer ihn kaufte und mit nach London nahm, und den anderen an Alexandre Decamps, der ihn auf den Namen Tom taufte und ihn Fau anvertraute, welcher ihm, wie wir gesagt haben, eine Erziehung angedeihen ließ, die ihn am Ende zu einem Bären hätte werden lassen, der gar der großen Bärin des Eismeers[58] überlegen gewesen wäre, wenn es nicht zu jenem unglücklichen Ereignis gekommen wäre, von dem wir berichtet haben und bei dem er in der Blüte seiner Jahre dahingerafft wurde.

Und das ist die Geschichte, wie Tom von den Ufern des Sankt-Lorenz-Stroms an die Gestade der Seine gelangt war.

14. Kapitel

Wie Jacques I., da er die Nadel des Schmetterlings nicht verdauen konnte, einen Bauchfelldurchbruch erlitt.

»Das Unglück kommt immer zuhauf«, sagt ein russisches Sprichwort, das verdienen würde, ein französisches zu werden, so treffend ist es: Wenige Tage nur waren seit dem Tode Toms vergangen, als Jacques I. Zeichen des Unwohlseins gab, über die man sich nicht hinwegtäuschen konnte, und die gesamte Kolonie beunruhigte, mit Ausnahme von Gazelle, die, drei Viertel des Tages in ihren Panzer eingezogen, ausgesprochen sorglos schien in Bezug auf alles, was sie nicht persönlich betraf, und die im übrigen, wir wissen es ja, nicht zu Jacques' engsten Freunden gehörte.

Die ersten Symptome der Krankheit waren eine anhaltende Schläfrigkeit, begleitet von einem schweren Kopf; in zwei Tagen verschwand der Appetit völlig und machte einem Durst Platz, der immer brennender wurde; am dritten Tag nahmen die leichten Koliken, die Jacques bis dahin gehabt hatte, eine derartige Intensität an und verursachten einen so dauerhaften Schmerz, daß Alexandre Decamps ein Kabriolett bestieg und Doktor Thierry holte. Dieser erkannte auf der Stelle die Schwere der Krankheit, ohne sie jedoch wirklich benennen zu können, schwankte er doch zwischen einer Darmeinstülpung, einer Paralyse der Eingeweide und einer Bauchfellentzündung. Auf alle Fälle ließ er ihn zur Ader, wobei er zwei Schalen Blut abnahm, versprach, am selben Abend wiederzukommen, um nochmals zur Ader zu lassen, und verordnete für die Zwischenzeit die Applikation von dreißig Blutegeln in der Unterleibsgegend; zusätzlich war Jacques auf blutverdünnende Getränke zu setzen und auf alles, was eine entzündungshemmende Behandlung an kräftigsten Mitteln zu bieten hat. Jacques überließ sich dem allen mit einer Willfährigkeit, die zeigte, daß er selbst verstand, wie schwer die Krankheit war.

Als der Doktor am Abend wiederkam, mußte er feststellen, daß die Krankheit, weit davon entfernt, der Behandlung zu weichen, weitere Fortschritte gemacht hatte; zu konstatieren waren eine Zunahme des Durstes, völlige Appetitlosigkeit, eine Blähung des Bauches und eine Rötung der Zunge; der Puls war schwach, unregelmäßig und beschleunigt, und die tief in ihren Höhlen liegenden Augen kündeten von der Qual, die der arme Jacques litt.

Thierry ließ ihn ein zweites Mal zur Ader und zapfte wieder zwei Schalen, was Jacques resigniert über sich ergehen ließ, denn am Morgen hatte er sich nach einer ähnlichen Operation einen Moment lang erleichtert gefühlt. Der Doktor verordnete, mit der Gabe der blutverdünnenden Mittel die ganze Nacht hindurch fortzufahren; man schickte nach einer Nachtwache, die sie ihm alle Stunde verabreichen sollte; bald schon kam eine kleine Alte, die wirkte, als sei sie die Frau von Jacques, und die, als sie den Kranken sah, einen Zuschlag zu dem Salär verlangte, das man ihr gewöhnlich gab, unter dem fadenscheinigen Vorwand, daß sie gewohnt sei, Menschen zu pflegen und keine Affen, und daß man, weil sie eine Ausnahme mache, ihr Entgegenkommen belohnen müsse. Es wurde, wie alles, was ausnahmsweise gemacht wird, dadurch geregelt, daß das Doppelte bezahlt wurde.

Die Nacht war schlimm: Jacques hinderte die Alte daran zu schlafen, und die Alte schlug Jacques dafür; der Lärm der Auseinandersetzung drang bis zu Alexandre hin, der aufstand und in das Zimmer des Kranken kam. Jacques, der erbost war über das unlautere Verhalten der Vettel ihm gegenüber, hatte all seine Kräfte zusammengenommen und ihr im Moment, als sie sich zu ihm hinbückte, um ihn zu schlagen, die Haube heruntergerissen und sie in Stücke zerfetzt.

Alexandre kam zur rechten Zeit, um Einhalt zu gebieten; die Alte legte ihre Gründe dar, Jacques mimte die seinen; Alexandre verstand, daß das Unrecht auf seiten der Alten lag; sie wollte sich verteidigen, doch die Flasche, die noch fast voll war, während die Nacht schon zu zwei Dritteln vorüber war, führte zu ihrer Verurteilung.

Die Alte wurde ausgezahlt und trotz der fortgeschrittenen Stunde weggeschickt, und Alexandre setzte zu Jacques' großer Freude die von der entlassenen infamen Hexe begonnene Nachtwache am Bett fort. Der Energie, die der Kranke einen Moment lang aufgeboten hatte, folgte nun totale Erschöpfung. Jacques sank zurück, als würde er verenden. Alexandre glaubte, der verhängnisvolle Moment sei gekommen; doch als er sich über Jacques beugte, sah er, daß es Entkräftung war, keine Agonie.

Um neun Uhr morgens zuckte Jacques zusammen und richtete sich auf seinem Lager auf, wobei er gewisse Zeichen der Freude gab; bald schon hörte man Schritte, und die Klingel wurde gezogen; in dem Moment versuchte Jacques, sich zu erheben, doch er sank kraftlos zurück; bald ging die Tür auf, und Fau erschien. Er war soeben durch Doktor Thierry von Jacques' Krankheit in Kenntnis gesetzt worden, und er kam, um seinem Schüler einen Besuch zu machen.

Es war ein Moment der Gefühlsaufwallung für Jacques, während dessen er seine Schmerzen zu vergessen schien; doch bald wich die Seelenkraft physischen Anfällen; eine böse Übelkeit machte sich bemerkbar, auf die nach einer halben Stunde Erbrechen folgte.

In diesem Augenblick traf der Doktor ein. Er fand den Kranken auf dem Rücken liegend vor, die Zunge weißlich, trocken und von schleimigem Belag bedeckt. Die Atmung war beschleunigt und ging stoßweise; die Szene zwischen Jacques und der Alten hatte die Krankheit fatal fortschreiten lassen. Thierry schrieb alsbald an einen seiner Kollegen, den Doktor Blazy, und ließ den Brief von einem von Decamps' Farbenklecksern hintragen. Eine Konsultation sei nötig geworden: Thierry könne keine Verantwortung für den Kranken mehr übernehmen.

Gegen Mittag traf Doktor Blazy ein; Thierry brachte ihn an Jacques' Seite, stellte ihm im einzelnen den Krankheitsverlauf dar und erklärte ihm seine Verordnungen. Doktor Blazy äußerte sich anerkennend über die Klugheit und Angezeigtheit der Behandlung; nachdem er nun seinerseits den unglückseligen Jacques untersucht hatte, schloß er sich der Meinung Thierrys an, daß er an einer Paralyse der Eingeweide leide, die von der Menge an Bleiweiß und Preußisch Blau hervorgerufen worden sei, welche Jacques verschlungen habe.

Der Kranke war so schwach, daß man nicht wagte, ihn ein weiteres Mal zur Ader zu lassen, und die Männer der Wissenschaft sich auf die Ressourcen der Natur verließen. So verging der Tag, fortwährend von Krisen unterbrochen; am Abend kam Thierry nochmals und brauchte nur einen einzigen Blick auf Jacques zu werfen, um zu sehen, daß die Krankheit abermals fortgeschritten

war. Er schüttelte traurig den Kopf, verschrieb kein neues Medikament mehr und sagte, wenn der Kranke irgendwelche Gelüste habe, so könne man ihm alles geben, wonach er verlange; dasselbe geschieht ja mit den zum Tode Verurteilten am Vorabend des Tages, an dem man sie zur Guillotine führt. Diese Erklärung von Thierry löste bei allen Betroffenheit aus.

Am Abend kam Fau und erklärte, daß niemand anderer als er bei Jacques wachen werde. Auf die Entscheidung des Doktors hin hatte er seine Taschen mit Bonbons, Pralinen und frischen Mandeln gefüllt; wenn er Jacques schon nicht retten konnte, so wollte er ihm wenigstens seine letzten Momente versüßen.

Jacques nahm sie mit dem Ausdruck höchster Freude entgegen. Als er sah, wie er sich auf dem Platz niederließ, wo die Alte gesessen hatte, verstand er die Hingabe seines Herrn, und er dankte ihm mit einem freundschaftlichen Brummen. Fau fing an, ihm ein Glas von dem Trank zu geben, den Thierry empfohlen hatte; Jacques machte, offensichtlich um Fau nicht zu verdrießen, unerhörte Anstrengungen, diesen herunterzuschlucken; doch er gab ihn nahezu unmittelbar wieder von sich, und das unter so gewaltigen Anstrengungen, daß Fau meinte, er würde ihm in den Armen verenden; indes ließen die Magenkrämpfe nach einigen Minuten nach, und so genoß Jacques – obwohl er noch an allen Gliedern zitterte, so heftig war die Krise gewesen – einen Augenblick, wenn schon nicht der Ruhe, so doch einer ruhigen Mattigkeit.

Gegen zwei Uhr morgens machten sich die ersten Hirnkrisen bemerkbar; da man nicht wußte, was man Jacques geben sollte, um ihn zu beruhigen, bot man ihm Pralinen und Mandeln an. Der Kranke erkannte alsbald diese Objekte, die unter seinen gastronomischen Erinnerungen höchsten Stellenwert einnahmen. Vor acht Tagen noch hätte er sich für Pralinen und Mandeln auspeitschen und hängen lassen. Doch Krankheit als Strafe ist hart. Sie hatte Jacques das Verlangen gelassen und die Möglichkeit zum Genuß genommen: Jacques wählte traurig die Pralinen, die Mandeln enthielten und obendrein gezuckert waren, und da er sie nicht schlucken konnte, stopfte er sie in die Taschen, die die Natur ihm zu beiden Seiten seines Gebisses gegönnt hatte, so daß sich ihm die Wangen nach einer gewissen Weile auf die Brust herabsenkten, wie es der Backenbart von Charlet[59] tat, ehe er ihn sich abschneiden ließ.

Obwohl Jacques zu seinem großen Bedauern die Pralinen nicht zu schlucken vermochte, empfand er bei der intermediären Operation, die er gerade vollbracht hatte, doch ein gewisses Vergnügen: Befeuchtet vom Speichel, schmolz der Zucker, der die Mandeln umhüllte, sanft dahin, was nicht ohne sanfte Süße für den Moribunden war; und im Maße, wie der Zucker schmolz, nahm der Umfang der Vorräte ab und ließ alsbald in den Backentaschen Platz, um neue Pralinen einzuführen. Jacques streckte die Hand aus; Fau verstand Jacques, er hielt ihm eine mit Bonbons gefüllte Hand hin, unter denen der Kranke die auswählte, die ihm am zuträglichsten erschienen, und die Backentaschen nahmen wieder eine durchaus respektable Rundung an; was Fau betraf, so schöpfte er aus diesem Verlangen eine gewisse Hoffnung, denn als er gesehen hatte, daß die Taschen dünner wurden, hatte er das Phänomen des Schmelzens dem Kauen zugeschrieben und daraus auf eine spürbare Besserung im Zustand des Kranken geschlossen, der nun aß, wo er doch zuvor nicht einmal hatte trinken können.

Leider irrte sich Fau. Gegen sieben Uhr morgens wurden die Hirnkrisen beängstigend; das hatte Thierry vorhergesehen, denn als er kam, fragte er nicht danach, wie es Jacques gehe, sondern wollte wissen, ob Jacques tot sei. Auf die verneinende Antwort hin schien er sehr erstaunt und trat in die Kammer, in der Fau, Jadin, Alexandre und Eugène Decamps bereits versammelt waren. Der Kranke befand sich im Todeskampf. Als er nun nichts mehr tun konnte, um ihn zu retten, und als er sah, daß er in zwei Stunden zu existieren würde aufgehört haben, schickte er den Diener zu Tony Johannot[60] mit der Anweisung, Jacques II. zu holen, damit Jacques I., wenn er in den Armen eines Individuums seiner eigenen Gattung stürbe, diesem wenigstens seinen letzten Willen und seine letzten Wünsche mitteilen könnte.

Das Schauspiel war herzzerreißend; denn Jacques war der Liebling aller und, von den seiner Gattung innewohnenden Fehlern abgesehen, das, was man unter richtigen Männern einen Genießer nennt. Die einzige Ausnahme bildete Gazelle, die, wie um den Sterbenden zu verhöhnen, vom Atelier in die Kammer gekommen war, wobei sie eine Karotte mit sich schleppte, die sie unter dem Tisch mit einer Unerschütterlichkeit zu verzehren begann, welche von einem ausgezeichneten Magen, jedoch auch von einem recht bösen Herzen zeugte.

Jacques betrachtete sie mehrmals von der Seite, und zwar mit einem Gesichtsausdruck, der einem Christen vielleicht wenig Ehre gemacht hätte, doch bei einem Affen durchaus verzeihlich war. In diesem Augenblick kam der Diener zurück. Er brachte Jacques II. mit.

Jacques II. war in keiner Weise auf das Schauspiel vorbereitet, das ihn erwartete, so daß seine erste Regung nur von Angst bestimmt war. Dieses Sterbelager, auf dem einer seinesgleichen ausgestreckt war, diese Tiere einer anderen Gattung als der seinen, die den Moribunden umstanden und in denen er Menschen erkannte, das heißt, eine Rasse, die es gewöhnt ist, die seine zu verfolgen, all das beeindruckte ihn in einer Weise, daß er an allen Gliedern zu zittern begann.

Doch Fau ging sogleich auf ihn zu, eine Praline in der Hand; Jacques II. nahm die Süßigkeit entgegen, drehte sie hin und her, um zu sehen, ob sie nicht eine Überraschung enthielt, probierte sie mit spitzen Zähnen und erholte sich, bald durch das Zeugnis seiner Sinne überzeugt, daß man ihm nichts Böses wollte, nach und nach von seinem Schrecken.

Nun setzte ihn der Diener nahe der Lagerstatt seines Landsmannes ab, der, eine letzte Anstrengung unternehmend, sich zu ihm umdrehte, das Gesicht bereits vom Tode gezeichnet. Jacques II. verstand nun die Mission, die zu erfüllen er berufen war, oder zumindest schien er sie zu verstehen; er näherte sich dem Moribunden, den die mit Mandeln gefüllten Taschen seiner Hängebacken völlig entstellten; und indem er schließlich seine Pfote nahm und ihn sanft beklagte, schien er ihn einzuladen, ihm seine letzten Gedanken anzuvertrauen. Der Kranke machte eine sichtbare Anstrengung, um alle seine Kräfte zu mobilisieren;

es gelang ihm, sich aufzusetzen; sodann murmelte er seinem Freund einige Sätze in seiner Muttersprache ins Ohr und wies auf Gazelle, die immer noch keinerlei Erschütterung zeigte, und zwar mit einer Geste ähnlich der, mit welcher in dem herrlichen Drama von Alfred de Vigny die Marschallin d'Ancre ihrem Sohn im Moment ihres Ablebens den Mörder seines Vaters, Albert de Luynes, zeigt. Jacques II. machte mit dem Kopf ein Zeichen, mit dem er bekundete, daß er verstanden habe, und Jacques I. sank bewegungslos nieder.

Zehn Minuten später hob er seine beiden Hände zum Kopf, er sah noch einmal die an, die ihn umgaben, als wolle er ihnen ein letztes Adieu sagen, er richtete sich mit äußerster Mühe auf, stieß einen Schrei aus und sank zurück in die Arme von Jacques II.

Jacques I. war tot.

Unter den Anwesenden gab es einen Augenblick tiefer Bestürzung, die Jacques II. anfangs zu teilen schien. Mit starrem Blick betrachtete er seinen Freund, der soeben entschlafen war, unbeweglich wie der Leichnam selbst; als er sich sodann nach fünf Minuten Prüfung vergewissert hatte, daß in dem Körper, der unter seinen Augen ruhig dalag, auch nicht ein Hauch von Leben mehr verblieben war, näherte er sich mit beiden Händen dem Mund des Toten, öffnete ihn, indem er ihm die Kinnbacken in entgegengesetzter Richtung zog, drang mit der Hand in die Backentaschen, zog die Mandeln der Pralinen heraus und stopfte sie sich sogleich in die seinen; was man für die Ergebenheit eines Freundes gehalten hatte, war nichts anderes als die Begehrlichkeit eines Erben ...!

Fau riß den Leichnam von Jacques I. aus den Armen seines unwürdigen Testamentsvollstreckers und übergab ihn Thierry und Jadin, die ihn reklamierten, der erste im Namen der Wissenschaft, der zweite im Namen der Kunst: Thierry wollte den Körper öffnen, um zu sehen, an welcher Krankheit er gestorben war; Jadin wollte einen Abdruck des Kopfes nehmen, um das Gesicht als Maske zu bewahren und die Sammlung berühmter Totenmasken zu bereichern. Jadin wurde Priorität eingeräumt, damit er sein Werk vollende, ehe der Tod die Züge verändert hätte, und weiter wurde vereinbart, daß er den Leichnam anschließend Thierry überließ, der die Autopsie vornehmen würde.

Da der Vorgang des Gipsabgusses Thierry eine gute Stunde Zeit gab, nutzte er diese, um Blazy holen zu gehen, mit dem er sich zu Fontaine* begeben sollte, wo der Körper hingebracht und den beiden Doktoren zur Verfügung gestellt werden sollte.

Nachdem diese Dispositionen getroffen waren, stiegen Jadin, Fau, Alexandre und Eugène Decamps alsbald in eine Droschke, um sich zu Fontaine zu begeben, wobei sie Jacques I. mit sich nahmen und Jacques II. und Gazelle als uneingeschränkte Gebieter des Hauses zurückließen.

Das mit allergrößter Sorgfalt durchgeführte Werk gelang auf das wunderbarste, und der Abdruck wurde mit einer Genauigkeit genommen, die den Freunden Jacques' zumindest den Trost bereitete, daß sie sein Abbild zu bewahren vermochte.**

Sie hatten gerade dieses traurige und letzte Amt erfüllt, als die beiden Doktoren eintraten: Die Kunst hatte ihr Werk vollbracht, die Wissenschaft verlangte, das ihre zu beginnen. Lediglich Jadin hatte den Mut, bei dieser zweiten Verrichtung dabeizubleiben; Fau, Alexandre und Eugène Decamps zogen sich zurück, da sie es nicht auf sich nehmen mochten, diesem traurigen Schauspiel beizuwohnen.

Als Ergebnis der Autopsie fand man das Bauchfell stark entzündet, wobei es hier und da leichte weiße Flecken aufwies, sodann eine Ansammlung von blutiger Serumsflüssigkeit; das alles war aber Folge und keine Ursache. Die beiden Doktoren setzten also ihre Untersuchung fort; schließlich entdeckten sie etwa in der Mitte des Dünndarms eine leichte Geschwürbildung, die Zugang zur Spitze einer Nadel ließ, deren Kopf in den Eingeweiden verborgen geblieben war; sie erinnerten sich nun an den fatalen Zwischenfall mit dem Schmetterling, und alles

* Berühmter Formgießer im Faubourg Saint-Germain.

** Man kann mit einem Zertifikat von Monsieur Jadin die Totenmaske von Jacques I. für den Unkostenpreis des Abgusses erwerben. Monsieur Jadin wohnt in der Rue de La Rochefoucauld Nr. 5.

erklärte sich ihnen. Der Tod war also unausweichlich, und die beiden Doktoren hatten den Trost zu sehen, daß, obgleich sie einen kleinen Irrtum hinsichtlich der Ursache der Krankheit begangen hatten, diese gleichwohl tödlich war und daß alle Mittel ihrer Kunst ihn nicht von dem fatalen Unglück wiederherzustellen vermocht hätten, das von der Naschhaftigkeit verursacht worden war.

Was Fau, Alexandre und Eugène Decamps betraf, so stiegen sie recht traurig die Treppe des Hauses Nr. 109 hinauf, als sie, im zweiten Stockwerk angekommen, einen sonderbaren Geruch von Gegrilltem gewahrten; im Maße, wie sie weiter hinaufstiegen, verstärkte sich der Geruch und, auf dem letzten Absatz angekommen, nahmen sie wahr, daß diese Ausdünstung aus ihrer Wohnung kam. Sie öffneten so rasch wie möglich die Tür, denn da sie in der Wohnung keine Köchin zurückgelassen hatten, konnten sie sich diese kulinarischen Vorbereitungen nicht erklären; der Geruch kam aus dem Atelier.

Sie traten eilends ein; man hörte, wie im Ofen etwas briet, und ein starker Rauch trat heraus. Alexandre öffnete rasch die Tür und fand auf dem glutroten Blech Gazelle, die auf den Rücken gedreht war und in ihrem Panzer als Schmorbraten kochte.

Die Rache von Jacques I. war durch Jacques II. vollzogen worden.

Man verzieh ihm um dieser Absicht willen, und man schickte ihn zurück zu seinem Herrn.

gegrillte Gazelle

15. Kapitel

Wie Tony Johannot, da er nicht genug Holz hatte, um über den Winter zu kommen, sich eine Katze zulegte und wie Jacques II., als diese Katze starb, sich den Schwanz erfror.

Einige Zeit nach den Ereignissen, von denen wir soeben berichtet haben, war plötzlich Winter geworden, und ein jeder hatte entsprechend seinem Vermögen und seinen Erwartungen Vorkehrungen getroffen, um ihn so behaglich wie möglich zu verbringen; da indessen Matthieu Laensberg[61] für das Jahr einen wenig strengen Winter ankündigte, hatten viele ihren Holzschuppen nur recht mäßig ausgestattet, und unter diesen vielen war auch Tony Johannot, sei es, weil er Vertrauen in die Vorhersagen von Matthieu Laensberg gesetzt hatte, sei es aus einem ganz anderen Grund, dem nicht nachzugehen wir hinreichend diskret gewesen sind. Diese Vernachlässigung hatte zur Folge, daß der geistvolle Illustrator des Werkes »Der König von Böhmen und seine sieben Schlösser[62] am 15. Januar, als er selbst einen Scheit holen ging, um ihn in den Ofen zu stecken, bemerkte, daß er, wenn er weiterhin in seinem Atelier und in seinem Schlafzimmer heizte, nur noch für knapp fünfzehn Tage Brennstoff hatte.

Nun lief man schon seit einer Woche auf dem Kanal Schlittschuh, der Fluß führte Eis wie zur Zeit von Julian Apostata[63], und Monsieur Arago[64], der anderer Meinung war als der Domherr von Saint-Barthélemy, verkündete von der Höhe des Observatoriums herab, daß die Kälte, die schon bei fünfzehn Grad angelangt war, noch bis dreiundzwanzig Grad zunehmen werde; das kam bis auf sechs Grad der Kälte nahe, die beim Rückzug aus Moskau geherrscht hatte. Und da die Vergangenheit als Beispiel für die Zukunft diente, fingen alle zu glauben an, daß Monsieur Arago recht hatte und daß Matthieu Laensberg sich wohl zufällig einmal habe täuschen können.

Tony kam aus dem Holzschuppen, sehr beunruhigt von der schmerzlichen Gewißheit, die er soeben erhalten hatte: nämlich wählen zu müssen, ob er am Tage frieren wollte oder bei Nacht. Nachdem er indessen tief nachgedacht hatte, während er an dem Gemälde »Der Admiral von Coligny, bei Montfaucon erhängt« herumpusselte, glaubte er ein Mittel gefunden zu haben, um die Sache zu regeln. Es bestand darin, das Bett von seinem Zimmer ins Atelier zu transportieren. Was Jacques II. anging, so wäre ihm mit einem vierfach gefalteten Bärenfell gedient. So wurde noch am selben Abend der doppelte Umzug bewerkstelligt; und Tony entschlummerte, gestreichelt von einer sanften Wärme und glücklich darüber, daß er vom Himmel eine hinreichend fruchtbare Einfallsgabe empfangen hatte, um sich zu helfen zu wissen.

Als er am nächsten Morgen erwachte, überlegte er einen Moment lang, wo er sich befand, und als er sein Atelier erkannte, richteten sich seine Augen, gelenkt von einer väterlichen Sorge, wie sie ein Künstler für sein Werk empfindet, auf seine Staffelei; Jacques saß auf der Rükkenlehne eines Stuhls, gerade auf Höhe und in Reichweite des Gemäldes. Tony glaubte im ersten Augenblick, daß das intelligente Tier, da es häufig Malerei sah, ganz entschieden zu einem Kenner geworden sei und es, da es die Leinwand aus sehr großer Nähe zu betrachten schien, die sorgfältige Ausführung bewunderte. Doch bald schon wurde Tony gewahr, daß er einem großen Irrtum erlegen war. Jacques II. schwärmte für das Bleiweiß, und da das Bild von Coligny fast vollendet war und Tony all seine Glanzlichter mit dieser Zutat gemalt hatte, ließ Jacques seine Zunge über alle Stellen gleiten, wo er diese fand.

Tony sprang aus seinem Bett und Jacques von seinem Stuhl; doch es war zu spät; alle Nackten, die er mittels dieser Farbe gestaltet hatte, waren bis auf die Leinwand abgeschleckt worden, so daß der Leichnam des Admirals bereits verschluckt war; es gab noch den Galgen und den Strick, doch den Gehängten gab es nicht mehr. Die Exekution mußte wiederholt werden.

Zunächst entbrannte Tony in wilder Wut gegen Jacques; indes er sich nach einiger Überlegung jedoch sagte, daß es alles in allem sein eigener Fehler war, denn er hätte ihn ja nur anzubinden brauchen, ging er eine Kette und eine Krampe holen, er gipste die Krampe in der Wand ein, befestigte ein Ende der Kette daran, und indem er so alles für die folgende Nacht vorbereitet hatte, machte er sich wieder voller Eifer an seinen Coligny, der sich gegen fünf Uhr abends wieder aufgehängt fand. Er dachte, es sei nun wirklich genug Arbeit für einen Tag, und so machte er sich auf zu einem Spaziergang auf dem Boulevard, er kehrte zum Abendessen zurück in die englische Taverne und ging dann ins Theater, wo er bis halb zwölf blieb.

Als Tony in sein Atelier zurückkam, das er noch von der Hitze des Tages lauwarm fand, sah er voller Zufriedenheit, daß während seiner Abwesenheit nichts in Unordnung gebracht worden war und daß Jacques auf seinem Kissen schlief; und so legte er sich seinerseits in vollkommener Seelenruhe hin und schlief schon bald den Schlaf des Gerechten.

Gegen Mitternacht wurde er vom Lärm alten Eisens geweckt: Man hätte meinen können, daß alle Wiedergänger von Ann Radcliffe[65] ihre Ketten ins Atelier schleppten; Tony glaubte nur wenig an Gespenster, und da er dachte, daß man im Begriff war, ihm den Rest seines Holzes zu stehlen, streckte er die Hand nach einer alten Hellebarde aus, die tauschiert und mit einer Quaste verziert und Teil einer an der Wand aufgehängten Trophäe war.

Sein Irrtum war von kurzer Dauer.

Nach einem kurzen Moment hatte er die Ursache für den Heidenlärm erkannt, und er befahl Jacques, sich wieder hinzulegen. Jacques gehorchte, und Tony nahm mit dem Eifer eines Mannes, der den ganzen Tag tüchtig gearbeitet hat, seinen zeitweilig unterbrochenen Schlaf wieder auf. Nach einer halben Stunde wurde er von erstickten Klagelauten geweckt.

Da Tony in einer abseits gelegenen Straße wohnte, glaubte er, daß man unter seinen Fenstern jemanden ermordete; er sprang aus seinem Bett, nahm ein Paar Pistolen und lief, um das Fenster zu öffnen. Die Nacht war still, die Straße ruhig; kein Laut störte die Verlassenheit des Viertels, abgesehen von dem dumpfen Murmeln, das, über Paris schwebend, unablässig wacht und das dem Atmen eines schlafenden Riesen gleicht. Also schloß er sein Fenster, und da bemerkte er, daß die Klagelaute aus dem Zimmer selbst kamen.

Da nur er und Jacques sich im Zimmer befanden und er keinen anderen Grund zur Klage hatte, als daß er geweckt worden war, ging er zu Jacques hin; Jacques, der nicht gewußt hatte, was er mit sich anfangen sollte, hatte sich die Zeit damit vertrieben, den Fuß des Tisches zu umrunden, unter dem er sein Lager hatte; doch nach fünf oder sechs Runden war seine Kette kurz geworden; Jacques hatte das nicht bemerkt und seine Karussellfahrt fortgesetzt: So kam es, daß er sich vom Halsband gebremst fühlte, und da er immer noch vorwärts drängte, ohne auf die Idee zu kommen zurückzugehen, würgte er sich bei jeder Anstrengung, die er unternahm, um freizukommen, um so heftiger. Daher also die Klagelaute, die Tony gehört hatte.

Um Jacques für seine Dummheit zu bestrafen, hätte Tony ihn ganz gern in der Lage gelassen, in die er sich gebracht hatte; doch indem er Jacques zur Strangulierung verurteilte, würde er sich der Schlaflosigkeit weihen. Er drehte also die Kette so viele Male, wie Jacques es getan hatte, nur in entgegengesetzter Richtung, und Jacques, der zufrieden war, seine Atemwege freigelegt zu finden, begab sich demütig und lautlos wieder zu Bett. Tony tat seinerseits dasselbe in der Hoffnung, daß nun bis zum Morgen nichts mehr seinen Schlaf unterbrechen würde; Tony täuschte sich, Jacques war in seinen Schlafgewohnheiten gestört worden und hatte schon vorgeschlafen, so daß er jetzt, da er seine acht Stunden, das war Jacques' Richtzahl, bereits geschlafen hatte, kein Auge mehr zutun konnte. Daraus ergab sich, daß Tony nach zwanzig

Minuten ein drittes Mal aus seinem Bett sprang; diesmal war es weder eine Hellebarde noch eine Pistole, wonach er griff, sondern eine Peitsche.

Jacques sah ihn kommen, erkannte seine Absichten und duckte sich unter sein Kissen; doch es war zu spät. Tony war unerbittlich, und Jacques empfing eine Strafe, die gewissenhaft auf das Vergehen abgestimmt war. Das beruhigte ihn für den Rest der Nacht, doch nun war die Reihe an Tony, nicht mehr einschlafen zu können; als er das sah, stand er wacker auf, zündete seine Lampe an, und da er nur bei Tageslicht malen konnte, machte er sich an einen seiner entzückenden Holzschnitte, die ihn im Reich der Illustrationen zum König gemacht hatten.

Man sieht leicht ein, daß trotz des pekuniären Vorteils, den Tony aus seiner Schlaflosigkeit zog, unter diesen Bedingungen nicht weiterzumachen war; und so sann er, als es Tag geworden war, ernsthaft auf ein Mittel, das die Erfordernisse seines Schlafes mit den Interessen seines Geldbeutels zu versöhnen vermochte. Er war gerade in den abstraktesten Überlegungen, als er sah, wie sein Atelier Besuch von einer hübschen, gewöhnlichen Hauskatze namens Michette erhielt, der Jacques' Liebe galt, denn sie tat alles, was er wollte, und die ihrerseits Jacques liebte, weil er ihr die Flöhe las.

Kaum hatte sich Tony an diese zarte Vertrautheit erinnert, als er daraus seinen Vorteil zu ziehen dachte. Die Katze konnte mit ihrem Winterfell vollkommen den Ofen ersetzen. Und so packte er die Katze, die in Unkenntnis der Dispositionen, die man im Hinblick auf sie getroffen hatte, keinen Fluchtversuch unternahm, steckte sie in Jacques' vergitterte Nische, schob Jacques hinter ihr her und kehrte ins Atelier zurück, um durch das Schlüsselloch zu beobachten, wie sich die Dinge entwickelten.

Zunächst suchten die beiden Gefangenen mit allen Mitteln aus ihrem Gefängnis zu entweichen, wobei sie diejenigen anwandten, die ihnen ihr jeweils verschiedener Charakter nahelegte: Jacques sprang abwechselnd gegen die drei Wände seiner Nische, rüttelte an den

Gitterstäben und drehte zwanzigmal dieselbe Runde, ohne sich klarzumachen, daß das völlig nutzlos war; was Michette betraf, so blieb sie, wo man sie hingesetzt hatte, blickte sich um, ohne dabei etwas anderes als den Kopf zu bewegen, ging dann an die Gitterstäbe heran, streifte sie sanft mit der einen Seite, dann mit der anderen, wobei sie den Rücken wölbte und den Schwanz zum Bogen formte; beim dritten Mal versuchte sie, die ganze Zeit schnurrend, den Kopf durch die Gitterstäbe zu stecken; nachdem sich das als unmöglich erwiesen hatte, ließ sie schließlich zwei- oder dreimal ein leises, klagendes Miau ertönen; doch als sie sah, daß auch das zu nichts führte, machte sie sich in einer Ecke der Nische ihr Nest, sie rollte sich im Heu zusammen und bot alsbald den Anblick eines Hermelinmuffs, von einem seiner beiden Enden gesehen.

Was Jacques betraf, so verbrachte er etwa eine weitere Viertelstunde mit Sprüngen, Kapriolen und Gebrumm; doch als er sah, daß all seine Luftsprünge unnütz waren, kuschelte er sich in die der Katze gegenüberliegende Ecke. Belebt von der Bewegung, die er sich soeben verschafft hatte, blieb er einen Moment lang hocken, wobei er eine Haltung des Unwillens beibehielt, doch bald schon machte sich die Kälte bemerkbar, und er begann an allen Gliedern zu zittern.

Da nun wurde er seiner Freundin gewahr, wie sie warm in ihren Pelz gerollt dalag, und sein egoistischer Instinkt enthüllte ihm das Geheimnis des Vorteils, den er aus der Zwangsgemeinschaft mit seiner neuen Gefährtin ziehen konnte; folglich näherte er sich Michette sachte, legte sich neben ihr nieder, schob ihr einen seiner Arme unter den Körper, steckte den anderen in die obere Öffnung des natürlichen Muffs, den sie bildete, rollte seinen Schwanz spiralförmig um den Schwanz seiner Nachbarin, die willfährig das ganze zwischen die Beine nahm, und schien alsbald vollkommen beruhigt hinsichtlich seiner Zukunft.

Diese Einstellung teilte sich auch Tony mit, der, zufrieden mit dem, was er gesehen hatte, das Auge vom Schloß abwandte, nach der Dienstmagd klingelte und ihr den Auftrag ab, über die für Jacques bestimmten Karotten, Nüsse und Kartoffeln hinaus täglich für Michette einen Futterbrei anzurichten. Die Dienstmagd folgte diesem Befehl aufs Wort; und die Alltagsmahlzeiten von Michette und Jacques wären in jeder Hinsicht ordentlich geregelt gewesen, wenn letzterer durch seine Freßlust nicht alles über den Haufen geworfen hätte. Vom ersten Tag an hatte er bei den beiden Mahlzeiten, die man ihm regelmäßig servierte, die eine um neun Uhr morgens, die andere um fünf Uhr abends, und die, dank der Willfährigkeit seiner Verdauungswege, den ganzen Tag vorhielten, die Einführung eines neuen Gerichts bemerkt. Was Michette betraf, so hatte sie am Morgen ihr Milchfutter und am Abend ihr Fleischfutter vollkommen wiedererkannt, so daß sie sich über das eine wie das andere hergemacht hatte, und zwar, obwohl sie mit dem Service vollkommen zufrieden war, mit jener wählerischen Geringschätzigkeit, die alle Beobachter an Katzen aus gutem Hause bemerkt haben.

Beunruhigt vom Aussehen der Nahrungsmittel hatte Jacques ihr anfangs nur zugesehen; da Michette als wohlerzogene Katze etwas von dem Milchfutter auf ihrem Teller gelassen hatte, hatte Jacques später davon probiert und, da er es ausgezeichnet fand, das Gericht verputzt. Beim Abendessen hatte er die gleiche Erfahrung gemacht, und da er das Fleischfutter ebenfalls nach seinem Geschmack fand, hatte er, wiederum wärmesuchend an Michette geklammert, die Nacht damit zugebracht, daß er sich fragte, warum man ihm, dem Tischgenossen des Hauses, Karotten, Walnüsse, Kartoffeln und andere rohe Gemüse gab, die ihm ein unangenehmes Gefühl an den Zähnen machten, während man einer Fremden alles bot, was es an höchst sämigem und zartem Futter gab.

Das Ergebnis dieser Schlaflosigkeit war, daß Jacques das Verhalten Tonys in höchstem Maße ungerecht fand und beschloß, die Dinge wieder in ihre natürliche Ordnung zu bringen, indem er das Katzenfutter aß und die Karotten, die Walnüsse und die Kartoffeln Michette überließ.

Die Folge war, daß Jacques am nächsten Morgen, als das Dienstmädchen Jacques und Michette das doppelte Frühstück servierte und

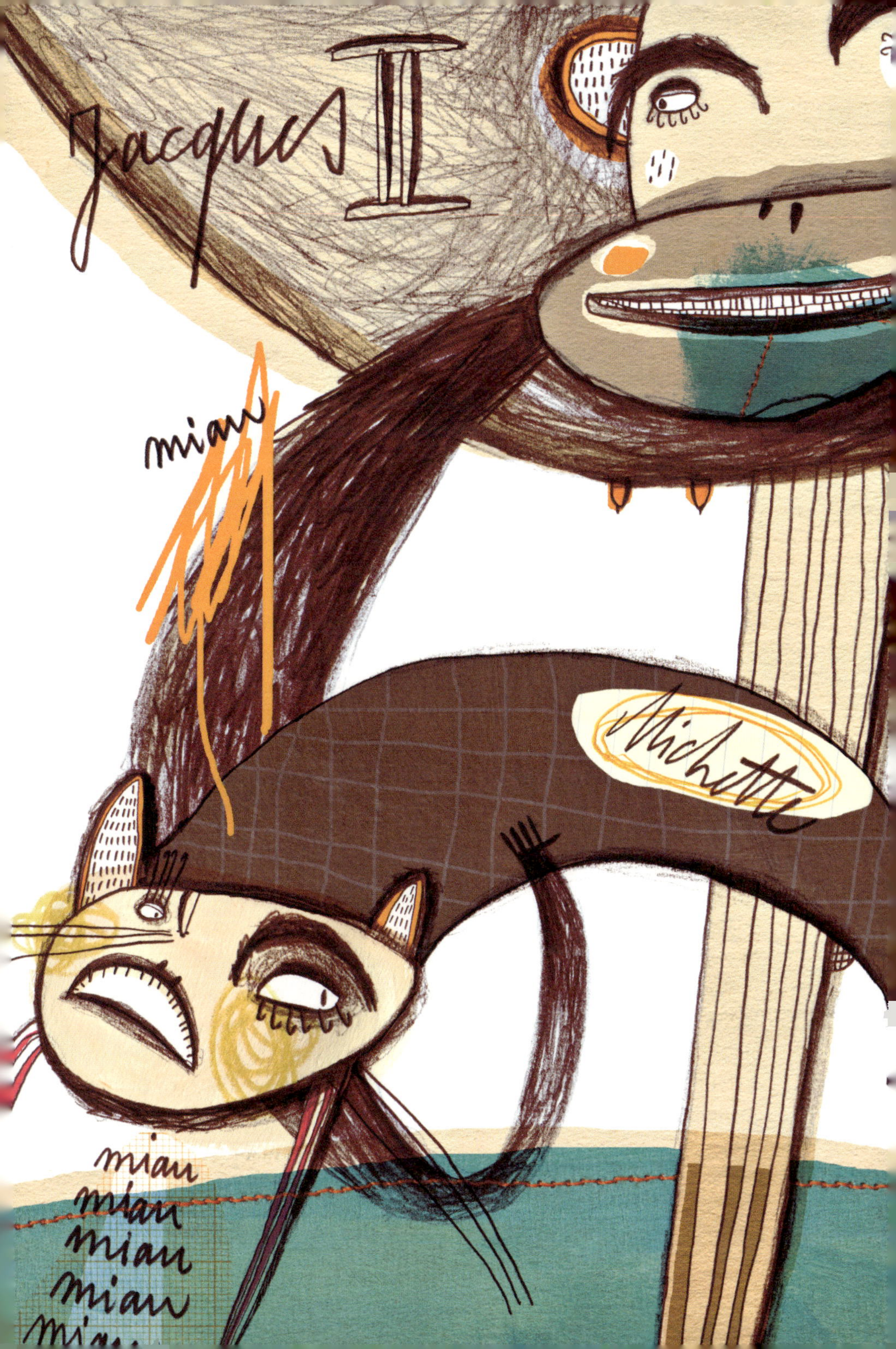
Jacques II
miau
Michette
miau
miau
miau
miau

Michette sich schnurrend ihrer Untertasse näherte, sich die Katze unter den Arm klemmte, so daß ihr Kopf in die der Untertasse entgegengesetzte Richtung zeigte, und sie in dieser Position so lange festhielt, wie noch etwas Eßbares übrig war; als das Futter verzehrt und Jacques mit seiner Mahlzeit zufrieden war, ließ er Michette los und gab ihr die Freiheit, nun ihrerseits ihr Gemüsefrühstück zu sich zu nehmen. Michette beschnupperte eines nach dem anderen, die Karotten, die Walnüsse und die Kartoffeln; unzufrieden mit der Untersuchung kam sie zurück und miaute voller Traurigkeit, um sich sodann neben Jacques zu legen, der, den Magen zufriedenstellend versorgt, sich sogleich damit befaßte, die zarte Wärme, die er in der Bauchgegend verspürte, auf die Pfoten und den Schwanz auszudehnen, den Extremitäten, die viel kälteempfindlicher sind als der ganze Rest des Körpers.

Beim Abendessen wiederholte sich dasselbe Manöver, nur beglückwünschte sich Jacques diesmal noch mehr zu seinem Diätwechsel, denn das Fleischfutter erschien ihm um so viel besser als das Milchfutter wie das Milchfutter besser als Karotten, Walnüsse und Kartoffeln gewesen war. Dieser luxuriöseren Ernährung und dem Pelz von Michette war es zu verdanken, daß Jacques eine ausgezeichnete Nacht verbrachte, ohne sich im geringsten um die Klagen der armen Michette zu scheren, die, leeren Magens und hungrig, vom Abend bis zum Morgen kläglich miaute, während Jacques wie ein Chorherr schnarchte und goldene Träume hatte. Das währte so drei Tage, zur großen Zufriedenheit von Jacques und auf Kosten von Michette.

Als man am vierten Tag das Abendessen brachte, hatte Michette schließlich nicht einmal mehr die Kraft, wie gewohnt ihre Gefühle zu bekunden, und sie blieb in ihrer Ecke liegen, so daß Jacques, der in seinen Bewegungen jetzt freier war, da er die von Michette nicht mehr einzuschränken brauchte, besser dinierte als je zuvor; als sein Diner beendet war, legte er sich wie gewohnt nahe seiner Katze nieder, und da er sie als kälter denn sonst empfand, umschlang er sie noch enger als gewöhnlich mit seinen Pfoten und seinem Schwanz, wobei er verdrießlich darüber murrte, daß sich sein Heizkörper abkühlte.

Am nächsten Morgen war Michette tot, und Jacques hatte sich den Schwanz erfroren.*

An jenem Tag ging Tony, der sich über die während der Nacht zunehmende Kälte beunruhigte, nach dem Erwachen seine beiden Gefangenen besuchen. Er fand Jacques als Opfer seines Egoismus und in Gefangenschaft mit einem Kadaver; er nahm die Tote und den Lebenden, der eine fast ebenso unbeweglich, ebenso kalt wie die andere, und transportierte sie in sein Atelier. Auch eine verdoppelte Hitze hätte Michette nicht zu erwärmen vermocht; was Jacques anging, so kam, da seine Gliedmaßen nur taub geworden waren, die Beweglichkeit im ganzen Körper allmählich wieder, mit Ausnahme der Gegend des Schwanzes, der erfroren blieb und der, da er erfroren war, als er spiralförmig um den von Michette gerollt war, die Form eines Korkenziehers beibehielt, eine Form, die in der Affengattung bis dato unerhört und ungebräuchlich war und die Jacques folglich das unwahrscheinlichste, schimärenhafteste Aussehen verlieh, das man sich vorstellen kann.

Drei Tage später setzte das Tauwetter ein; das wiederum brachte ein Ereignis mit sich, das wir nicht mit Schweigen übergehen können, allerdings nicht, weil es als solches wichtig gewesen wäre, sondern aufgrund der katastrophalen Folgen, die es für Jacques' Schwanz hatte, der schon reichlich belastet war durch das Ungemach, von dem wir soeben erzählt haben.

Tony hatte während des Frosts zwei Löwenfelle erhalten, die ihm einer seiner Freunde, der im Moment im Atlasgebirge jagte, aus Algier geschickt hatte. Diese beiden frisch abgezogenen Löwenfelle hatten bei ihrer Ankunft in Frankreich aufgrund des Frostes ihren Geruch verloren, und sie lagerten in Tonys Zimmer, der vorhatte, sie irgendwann gerben zu lassen und damit das Atelier zu schmücken. Da nun, als das Tauwetter einsetzte, alles auftaute, ausgenommen der Schwanz

* Da die jeweilige Moral unserer Geschichte sich von selbst ergibt, halten wir es nicht für nötig, sie unseren Lesern auf andere Weise denn in der Form reiner und schlichter Darstellung der Ereignisse als solche zu präsentieren; denn sonst würden wir sie der Möglichkeit der Meditation über die Züchtigungen berauben, die Egoismus und Völlerei stets nach sich ziehen.

von Jacques, bekamen die Felle, indem sie weich wurden, auch wieder jenen herben und wilden Geruch, der den verängstigten Tieren schon von weitem die Anwesenheit des Löwen verkündet. Aus diesem Umstand ergab sich, daß Jacques, der in Anbetracht des Unglücks, das ihm widerfahren war, die Erlaubnis erhalten hatte, im Atelier zu bleiben, mit dem feinen Geruchssinn, der seine Rasse auszeichnet, den schrecklichen Geruch gewittert hatte, der sich allmählich in der Wohnung verbreitete, und sichtbare Zeichen der Unruhe gab, die Tony zunächst für eine Krankheit hielt, welche von der Einschränkung einer seiner wichtigsten Gliedmaßen herrührte.

Diese Unruhe hielt zwei Tage lang an; vom zweiten Tag an nahm Jacques, unablässig von ein und demselben Gedanken heimgesucht, bei jedweder Zugluft, die zu ihm gelangte, Witterung auf, er sprang von den Sesseln auf die Tische und von den Tischen auf die Regale, er aß in aller Eile, und er trank in aller Eile, wobei er furchtsam um sich blickte, und er erstickte fast beim Trinken, führte also ein höchst bewegtes Leben, als ich zufällig bei Tony zu Besuch kam.

Da ich einer der guten Freunde Jacques' war und niemals das Atelier betrat, ohne ihm irgendwelche Leckereien mitzubringen, kam Jacques, sowie er mich bemerkt hatte, zu mir gelaufen, um sich zu vergewissern, daß ich meine guten Gewohnheiten nicht abgelegt hatte; nun war das erste, was mir auffiel, als ich Jacques eine Zigarre aus Havanna anbot, auf die er ganz versessen war, nicht um sie zu rauchen, wie es unsere Stutzer tun, sondern um sie ganz einfach in Nachahmung der Matrosen der »Roxelane« als Priem zu kauen, das erste also, was mir auffiel, war dieser unwirkliche Schwanz, den ich noch nie an ihm gesehen hatte, und sodann das nervöse Zittern, diese fieberhafte Erregung, die ich ebenfalls noch nie an ihm bemerkt hatte. Tony gab mir die Erklärung für das erste Phänomen, doch hinsichtlich des zweiten war er ebenso unwissend wie ich; er nahm sich vor, nach Thierry schicken zu lassen, um ihn zu diesem Thema zu konsultieren.

Ich brach auf, indes ich ihn in dieser guten Absicht bestärkte, als mir auf dem Weg durch das Schlafzimmer der Wildbalggeruch auffiel, den man dort einatmete. Ich fragte Tony nach dem Grund dafür, und er zeigte mir die beiden Löwenfelle. Hierdurch erklärte sich mir alles: Es war offenkundig, daß es diese Löwenfelle waren, welche Jacques peinigten. Tony wollte nichts davon wissen, und da er weiterhin dachte, daß Jacques ernstlich unwohl war, schlug ich ihm vor, einen Versuch zu unternehmen, der ihm zweifelsfrei beweisen würde, daß Jacques, wenn er denn krank war, krank war vor Angst. Dieses Experiment war ganz einfach und ganz leicht durchzuführen: Es bestand schlicht und einfach darin, seine beiden Kleckserlehrlinge zu rufen, die sich unsere momentane Abwesenheit zunutze gemacht hatten, um mit Murmeln zu spielen, ihnen jeweils ein Löwenfell auf die Schulter zu legen und sie, verkleidet wie der nemeische Herkules, auf allen vieren ins Atelier kommen zu lassen.

Schon seit die Tür zum Schlafzimmer offenstand und der Löwengeruch stärker und direkter zu ihm hindrang, hatte Jacques' Unruhe spürbar zugenommen: Er hatte sich auf eine Doppelleiter emporgeschwungen, drehte uns den Kopf zu, wobei er die Luft einsog und kleine Schreckensschreie ausstieß, womit er zeigte, daß er die Gefahr näherkommen spürte und ahnte, aus welcher Richtung sie kommen mußte.

In der Tat kam einen Moment später einer der Lehrlinge, hinreichend kostümiert, auf allen vieren in Richtung Atelier getappt, dicht gefolgt von seinem Kameraden; Jacques' Erregung war auf dem Höhepunkt; schließlich sah er an der Tür den Kopf des ersten Löwen erscheinen, und die Erregung wurde zum Entsetzen, einem unsinnigen Entsetzen ohne jede Berechnung und ohne Hoffnung, dem Entsetzen des Vogels gleich, der sich unter dem Blick der Schlange sträubt, dem Entsetzen, das die physischen Kräfte bricht und die seelischen lähmt, dem schwindelerregenden Entsetzen, das macht, daß sich den angstgeweiteten Augen der Himmel dreht und die Erde wankt und daß man, da alle Kräfte zugleich zunichte werden, röchelnd wie im Traum herniederstürzt, ohne auch nur einen einzigen Schrei auszustoßen; das nun war die Wirkung, die allein vom Anblick der Löwen hervorgerufen wurde.

Sie taten einen Schritt auf Jacques zu, und Jacques fiel von seiner Leiter.

Wir liefen zu ihm hin, er war ohnmächtig geworden; wir hoben ihn hoch: Er hatte keinen Schwanz mehr! Der Frost hatte ihn zerbrechlich wie Glas gemacht, so daß er beim Sturz zersplittert war.

So weit hatten wir den Scherz nun nicht treiben wollen; deshalb schickten wir die Löwenfelle auf den Speicher, und fünf Minuten später kamen die Lehrlinge in ihrer natürlichen Gestalt wieder. Was Jacques betraf, so öffnete er nach einer Weile traurig die Augen und stieß leise Klagelaute aus; und als er Tony erkannte, warf er ihm die Arme um den Hals und barg den Kopf an seiner Brust.

Währenddessen bereitete ich ein Glas Bordeauxwein vor, um Jacques den Mut wiederzugeben, den er verloren hatte; doch Jacques mochte weder trinken noch essen: Beim geringsten Geräusch zitterte er an allen Gliedern, und, ständig die Luft schnuppernd, wurde er erst ganz allmählich gewahr, daß die Gefahr sich entfernt hatte.

In dem Moment ging die Tür wieder auf, und Jacques gelangte mit einem einzigen Satz aus Tonys Armen auf die Doppelleiter; doch statt der Ungeheuer, die er in der Tür erwartete, sah Jacques seine alte Freundin, die Köchin; dieser Anblick gab ihm ein wenig von seiner Sicherheit wieder. Ich nutzte den Moment, um ihm eine Untertasse voller Bordeauxwein unter die Nase zu halten. Er betrachtete sie einen Augenblick lang voller Mißtrauen, richtete dann die Augen auf mich, um sich zu vergewissern, daß es auch ein Freund war, der ihm den Stärkungstrank kredenzte, und er netzte sich zögerlich die Zunge und zog sie in den Mund zurück, wie um mir eine Freude zu machen; doch als er mit der für ihn charakteristischen Feinheit des Geschmackssinns gewahrte, daß die unbekannte Flüssigkeit ein höchst schätzenswertes Aroma hatte, kam er aus eigenen Stücken darauf zurück; beim dritten oder vierten Schlecken belebten sich seine Augen, er ließ ein leises lustvolles Grunzen hören, das zeigte, daß er wieder zu höchst freudigen Empfindungen gelangt war, und als die Untertasse schließlich leer war, stellte er sich auf die Hinterbeine, blickte um sich, um zu sehen, wo die

Flasche stand, bemerkte sie auf einem Tisch, stürzte mit einer Leichtigkeit zu ihr hin, die bewies, daß seine Muskeln ihre ursprüngliche Elastizität wiederzugewinnen begannen, und indem er sich vor der Flasche aufrichtete, die er in die Hand nahm wie ein Klarinettenspieler sein Instrument, streckte er seine Zunge in den Flaschenhals. Leider erwies sie sich als um einige Zoll zu kurz, um ihm den Dienst zu leisten, den er sich von ihr erwartete; aber Tony hatte Mitleid mit Jacques und goß ihm eine zweite Untertasse Wein ein.

Diesmal ließ Jacques sich nicht lange bitten; im Gegenteil, er näherte sich so lebhaft mit den Lippen, daß er zunächst ebensoviel mit der Nase schluckte wie mit dem Mund und innehalten mußte, um zu niesen. Doch diese Unterbrechung ging in Gedankenschnelle vorüber. Jacques machte sich sogleich wieder ans Werk, und einen Moment später war die Untertasse sauber, als hätte man sie mit einem Geschirrtuch abgewischt; Jacques dagegen war allmählich recht betrunken; jede Spur des Schreckens war verflogen, um einer forschen und sieghaften Haltung Platz zu machen; er betrachtete aufs neue die Flasche, die Tony anderswohin gestellt hatte und die sich nun auf einem anderen Möbelstück befand, er wollte aufrecht einige Schritte in diese Richtung tun, doch da er spürte, daß es ihm größere Sicherheit verlieh, wenn er die Anzahl seiner Bodenkontakte verdoppelte, ging er lieber auf allen vieren und begab sich mit der Unbeirrbarkeit eines beginnenden Rausches in Richtung des Ziels, das er sich gesetzt hatte; er hatte bereits etwa zwei Drittel des Wegs zurückgelegt, der seinen Ausgangspunkt von der Flasche trennte, als er unterwegs auf seinen Schwanz traf.

Dieser Anblick zog einen Moment lang seine Besorgnis auf sich. Er blieb vor dem Schwanz stehen, um ihn zu betrachten, bewegte den Stummel der Rute, der ihm verblieben war, und nach einigen Sekunden unbewegter Starre ging er einmal um ihn herum, um ihn eingehender zu untersuchen; als die Untersuchung abgeschlossen war, las er ihn beiläufig auf, drehte ihn in den Händen hin und her wie einen Gegenstand, der ihm nur mäßige Neugier einflößte, beschnüffelte ihn ein letztes Mal, schmeckte ihn mit spitzen Zähnen, ließ ihn, da er ihn als von recht fadem Geschmack befand, mit tiefer Geringschätzung fallen und setzte den Weg Richtung Flasche fort.

Es ist dies das schönste Zeugnis von Trunksucht, dem ich in meinem Leben begegnet bin, und ich gebe es zur Bewunderung für Liebhaber weiter.

Niemals mehr seither sprach Jacques von seinem Schwanz; doch es verging kaum ein Tag, an dem er nicht nach seiner Flasche verlangte. So ist dieser letzte Held unserer Geschichte heute nicht nur vom Alter geschwächt, sondern obendrein durch den Trunk abgestumpft.

16. Kapitel

Wie Kapitän Pamphile zweitausend Franc und das Kreuz der Ehrenlegion zur Belohnung aussetzte, um herauszufinden, ob sich der Name von Jeanne d'Arc mit q oder mit k schrieb.

Sofern unsere Leser trotz des lebhaften Interesses, das sie am Tod von Jacques I. genommen haben dürften, die Ereignisse, die denen, von denen wir gerade erzählt haben, vorangingen, nicht aus dem Gedächtnis verloren haben, werden sie sich zweifellos daran erinnern, daß der ehrenwerte Seemann, dessen wahrheitsgetreue Geschichte wir hier wiedergeben, als er von seiner elften Reise nach Indien zurückkehrte, nachdem er seine Ladung an Tee, Gewürzen und Indigo auf Kosten des Kapitäns Kao-Kiou-Koan an Bord genommen und auf der Insel Rodrigues einen Papagei gekauft hatte, nacheinander die Bucht von Algoa und die Mündung der Orange angelaufen hatte.

An jeder der beiden Küsten hatte er, so erinnert man sich weiterhin, ein Geschäft abgeschlossen, zunächst mit einem Kaffernhäuptling namens Outavari und dann mit einem Namaquoishäuptling namens Outavaro, und zwar ging es um viertausend Elefantenstoßzähne. Um nun seinen beiden schätzenswerten Gesellschaftern die Zeit zu lassen, daß sie sich in den Stand setzten, ihre Verpflichtung zu erfüllen, hatte sich der Kapitän, wie wir gesagt haben, an jener berühmten Spekulation auf den Kabeljaufang versucht, bei der er jenen schrecklichen Mißgeschicken ausgesetzt wurde, die gleichwohl zu seinem größten Ruhm ausgegangen waren, dank seines Mutes und seiner Geistesgegenwart, unterstützt durch die Ergebenheit von Double-Bouche, der bei dieser Gelegenheit, wie man sich erinnert, zum bedeutenden Rang des Maître coq der Handelsbrigg »Roxelane« befördert worden war.

Nachdem Kapitän Pamphile auf vorteilhafte Weise in Le Havre seinen Kabeljau und in Paris seine Bärchen losgeworden war, war es nun seine erste Sorge, sich um die Vorbereitungen für eine dreizehnte Reise zu kümmern, die ihm nicht weniger sichere Aussichten bot als die ersten zwölf. Folglich hatte er, getreu den vorangegangenen, deren gute Ergebnisse er zu schätzen gewußt hatte, in der Rue de Grenelle-Saint-Honoré die Kutsche nach Orléans genommen, war im Hôtel du Commerce abgestiegen und hatte auf die üblichen Fragen des Hoteliers geantwortet, daß er Mitglied des Instituts[66] sei, Abteilung Geschichtswissenschaften, und daß er in die Hauptstadt des Départements Loiret gekommen sei, um Nachforschungen über die wahrheitsgetreue Schreibweise des Namens der Jeanne d'Arc anzustellen, den die einen mit q und die anderen mit k schrieben, ganz zu schweigen von denjenigen, die ihn, wie ich, mit einem c schreiben.

Zu einer Zeit, da sich alle ernsthaften Geister geschichtlichen Studien zugewandt hatten, mußte ein derartiger Vorwand den Bewohnern von Orléans vollkommen plausibel erscheinen; die Diskussion war in der Tat hinreichend wichtig, daß die Académie des Inscriptions et Belles-Lettres sich ernstlich damit befaßte und eines ihrer distinguiertesten Mitglieder aussandte, um dieser wichtigen Frage tieferschürfend nachzugehen; infolgedessen wurde der illustre Reisende noch am Tage seiner Ankunft von seinem Gastgeber einem Stadtrat vorgestellt, der ihn am folgenden Tage dem stellvertretenden Bürgermeister vorstellte, der ihn am übernächsten Tage dem Bürgermeister vorstellte, der ihn seinerseits noch vor Ende der Woche dem Präfekten vorstellte; dieser nun, geschmeichelt von der Ehre, die der ganzen Stadt in seiner Person zuteil wurde, lud den Kapitän zum Abendessen ein, damit man um so schneller und um so sicherer zur Lösung dieses großen Problems vordringe, und zwar zusammen mit dem letzten Abkömmling von Bertrand de Pelonge, der, wie jedermann weiß, Jeanne d'Arc von Domrémy nach Chinon geleitete und von Chinon nach Orléans, wo sich, nachdem er eine Frau genommen, sein Geschlecht bis in unsere Tage fortgesetzt hat und jetzt in voller Pracht in der Person von Monsieur Ignace-Nicolas Pelonge glänzte, Spirituosenhändler en gros, Place du Martroy, Hauptfeldwebel der Nationalgarde und korrespondierendes Mitglied der Akademien von Carcassonne und von Quimper-Corentin[67]; was den Wegfall des *de* betrifft, das wie Cassius und Brutus durch Abwesenheit glänzt,[68] so war das ein Opfer, das Monsieur de Pelonge Père der Sache des Volkes gebracht hatte, und zwar in der berühmten Nacht, da Monsieur de Montmorency seinen Adelsbrief verbrannte und Monsieur de La Fayette seinem Marquis-Titel entsagte.[69]

Der Zufall diente dem werten Kapitän noch über seine Wünsche hinaus; was er, wie ja leicht zu denken ist, am Bürger Ignace-Nicolas Pelonge, Hauptfeldwebel der Nationalgarde und Spirituosenhändler en gros, zu schätzen wußte, war nicht die Berühmtheit, die von seinen Vorfahren her auf ihn gekommen war, sondern die, die er sich selbst erworben hatte: Der Bürger Ignace-Nicolas Pelonge war dafür bekannt, daß er beträchtliche Lieferungen von Essig und Schnaps machte, und das nicht nur innerhalb von Frankreich, sondern vor allem ins Ausland. Nun weiß man ja um den Bedarf, den Kapitän Pamphile an einer recht beträchtlichen Menge von Branntwein hatte, war er doch gegenüber Outavari und Outavaro die Verpflichtung eingegangen, dem einen fünfzehnhundert und dem anderen zweitausend Flaschen im Tausch gegen eine gleiche Anzahl von Elefantenstoßzähnen zu liefern; und so nahm er voller Dankbarkeit die Einladung an, die Monsieur le Préfet ihm aussprach.

Das Abendessen war wahrlich akademisch. Die Gäste, die wußten, mit welchem Mann sie es zu tun hatten, waren mit all den Schätzen der lokalen Gelehrsamkeit gekommen, und jeder besaß eine derartige Masse an unwiderlegbaren Beweisen zugunsten seiner Meinung, daß man, indem die einen für Guillaume Gruel Partei ergriffen und die anderen für Pierre de Fenin,[70] beim Dessert angelangt, sich die Regierungsteller an den Kopf geworfen hätte, wenn Kapitän Pamphile nicht alle Meinungen miteinander versöhnt hätte, indem er ihre Vertreter einlud, jeweils ein Memorandum an das Institut zu schreiben, und versprach, zweitausend Franc vom Prix Montyon[71] und ein Ehrenkreuz[72] der Verteilung am 27., 28. und 29. Juli abzweigen zu lassen, um sie dem zukommen zu lassen, dessen Meinung den Sieg davontrüge.

Dieses Angebot wurde mit Enthusiasmus aufgenommen, und der Präfekt brachte, sich erhebend, einen Toast zu Ehren des respektablen Korps aus, das der Stadt Orléans die Huld erweise, ihr eines seiner distinguiertesten Mitglieder zu senden, um in den lokalen Quellen einen der Strahlen jenes Lichtes zu schöpfen, mit dem die Pariser Sonne die Welt erleuchte.

Mit Tränen in den Augen erhob sich Kapitän Pamphile, und mit einer Stimme, die seine Gefühlswallung verriet, antwortete er im Namen des Korps, dem er angehörte, daß, wenn Paris die Sonne der Wissenschaft sei, Orléans dank der Informationen, die ihm zuteil geworden seien und die er unverzüglich an seine illustren Kollegen weitergeben werde, bald als der Mond bezeichnet zu werden nicht anstünde. Die Gäste schworen im Chor, daß dem ihr ganzer Ehrgeiz gelte und daß an dem Tag, da dieser Ehrgeiz befriedigt würde, das Département Loiret das stolzeste der sechsundachtzig Départements sein werde, woraufhin der Präfekt sich die Hand auf die Brust legte, zu seinen Gästen sagte, er trage sie alle in seinem Herzen, und sie aufforderte, sich in den Salon zu begeben, um dort den Kaffee zu nehmen.

Das war der Moment, auf den jeder gewartet hatte, um sich an Kapitän Pamphile heranzumachen. Man war sich des Einflusses wohlbewußt, den ein so distinguiertes Mitglied, das während des Diners eine so ungeheure Gelehrsamkeit bewiesen hatte, auf die Entscheidungen seiner Kollegen haben mußte. Im übrigen hatte er geschickt insinuiert, daß er wahrscheinlich zum Berichterstatter der Kommission ernannt werden würde und seine Stimme kraft dieses Titels ein großes Gewicht habe; und so zog ihn sein Nachbar zur Rechten, statt ihn seinen Weg in Richtung Salon fortsetzen zu lassen, in den erstbesten Winkel des

Speisesaals und fragte ihn dort, wie er die Rosinen gefunden habe. Der Kapitän, der gegen diese schätzenswerte Frucht nichts einzuwenden hatte, sang also ein großes Loblied auf dieselbe, weshalb der Nachbar zur Rechten seine Hand ergriff, sie ihm als Zeichen des Einvernehmens drückte und ihn nach seiner Adresse fragte. Der würdige Gelehrte antwortete, daß sein wissenschaftliches Domizil das Institut sei, doch daß sich sein wirklicher Wohnort in Le Havre befinde, wohin er ihn verlegt habe, um besser in der Lage zu sein, Beobachtungen über Abdrift und Ankunft der Flut anzustellen, und daß man ihm alle nur denkbaren Sendungen in diese Hafenstadt schicken könne, und zwar an die Adresse von Kapitän Pamphile, seinem Bruder, Kommandant der Handelsbrigg »Roxelane«.

Dasselbe geschah mit dem Nachbarn zur Linken, der auf den Moment lauerte, da der Berichterstatter der Kommission frei wäre; er war ein höchst achtbarer Konfiseur, der sich mit demselben Interesse wie sein Nachbar, der Kolonialwarenhändler, erkundigte, wie es um die Neigung des Kapitän Pamphile zu Süßigkeiten und Konfitüren bestellt sei. Der Kapitän antwortete, es sei allgemein bekannt, daß die Akademie ein recht genäschiges Korps sei, und zum Beweis dessen, was er da vorbringe, wolle er ihm gern gestehen, daß diese ehrenwerte Versammlung, die jeden Donnerstag mit dem vorgeschobenen Anliegen zusammentrete, Fragen der Wissenschaft oder der Literatur zu diskutieren, kein anderes Ziel habe als sich bei diesen Sitzungen unter Ausschluß der Öffentlichkeit, indem man Rosenkonfitüre esse und Johannisbeersirup trinke, des Fortschritts zu vergewissern, den die Künste von Herstellern wie Milletot und Tanrade machten, daß sie sich seit einiger Zeit im übrigen des Mißstandes der Zentralisierung im Hinblick auf die Konfiserie bewußt geworden sei und daß die Geleefrüchte der Auvergne und das Nougat aus Marseille akademischen Zuspruches für würdig erachtet worden seien; was ihn selbst betreffe, so schätze er sich glücklich, aus eigenem Erleben erfahren zu haben, daß die Konfitüren von Orléans, von denen er bis zum heutigen Tage niemals hatte sprechen hören, denen von Bar und von Châlons in keiner Weise nachstünden: Es sei dies eine Entdeckung, die der Akademie bei einer ihrer allernächsten Sitzungen mitzuteilen er nicht ermangeln werde. Der Nachbar zur Linken drückte Kapitän Pamphile die Hand und fragte ihn nach seiner Adresse, und nachdem Kapitän Pamphile ihm die gleiche Antwort wie dem Nachbarn zur Rechten gegeben hatte, war er endlich frei, um sich in den Salon zu begeben, wo der Präfekt wartete, um den Kaffee zu nehmen.

So sehr der Kapitän auch die Bohne Arabiens zu würdigen wußte – schien ihm doch die, deren flüssige Flamme er hier genoß, direkt aus Mokka zu stammen –, er sparte sich gleichwohl sein ganzes Loblied für das kleine Glas Schnaps auf, das sie begleitete und das er mit dem besten Cognac verglich, den er je probiert habe. Bei diesem Loblied verneigte sich der Nachfahre von Bertrand de Pelonge: Er war der Hauslieferant der Präfektur, und der Pfeil der Schmeichelei, den Kapitän Pamphile abgeschossen hatte, hatte mitten ins Schwarze getroffen.

Es schloß sich eine lange Konferenz zwischen dem Bürger Ignace-Nicolas Pelonge und dem Kapitän Amable-Désiré Pamphile an, im Verlauf deren der Spirituosenhändler eine große praktische Erfahrung an den Tag legte und der Akademiker eine profunde Kenntnis der Theorie. Das Ergebnis dieses Gespräches, im Verlaufe dessen die Frage der Flüssigkeiten in aller Tiefe ausgelotet worden war, bestand darin, daß Kapitän Pamphile erfuhr, was er wissen wollte, nämlich daß der Bürger Ignace-Nicolas Pelonge im Begriffe war, fünfzig Faß ebendieses Schnapses mit dem Inhalt von fünfhundert Flaschen an das Haus Jackson und Williams in New York zu schicken, mit welchem er in Geschäftsbeziehungen stand, und daß diese Lieferung, die im Moment am Quai de l'Horloge verladen werde, die Loire bis nach Nantes hinabfahren sollte, wo sie an Bord des Dreimasters »Zéphir«, Kapitän Malvilain, gebracht würde, der bereit lag zur Abfahrt nach Nordamerika; und all das innerhalb der nächsten fünfzehn bis zwanzig Tage.

Es gab keine Minute zu verlieren, wenn Kapitän Pamphile zur passenden Zeit ankommen wollte. Und so verabschiedete er sich noch am selben Abend von den Behörden von Orléans, und zwar unter dem

Vorwand, daß die Luzidität der Aufklärung, die er erhalten habe, einen längeren Aufenthalt in der Hauptstadt des Départements Loiret unnütz mache. Er drückte also nochmals dem Kolonialwarenhändler und dem Konfiseur die Hand, umarmte den Spirituosenhändler und verließ noch in derselben Nacht Orléans, wobei er selbst die am radikalsten gegen die Akademie voreingenommenen Geister im Hinblick auf dieses achtbare Korps völlig versöhnt zurückließ.

17. Kapitel

Wie Kapitän Pamphile, nachdem er an der Küste Afrikas gelandet war, sich gezwungen sah, statt einer Ladung Elfenbein, die abzuholen er gekommen war, einen Posten Ebenholz zu nehmen.

Am Tag nach seiner Ankunft in Le Havre empfing Kapitän Pamphile einen Zentner Rosinen und sechs Dutzend Glas Konfitüre, und er befahl Double-Bouche, sie in seinem speziellen Anrichtezimmer vertäuen zu lassen; dann befaßte er sich mit den Vorbereitungen zum Auslaufen, die nicht lange dauerten in Anbetracht dessen, daß der achtbare Seemann fast immer nur mit seinem Ballast losfuhr und, wie man bereits gesehen hat, seine Ladung normalerweise nur auf hohem Meer an Bord nahm, so daß er nach acht Tagen die Landspitze von Cherbourg passierte und nach fünfzehn Tagen zwischen dem 47. und dem 48. Breitengrad kreuzte, just quer zu der Route, die der Dreimaster »Zéphir« nehmen mußte, um von Nantes nach New York zu gelangen. Aus dieser sachkundigen Routenplanung folgte, daß Kapitän Pamphile, als er eines schönen Morgens halb dösend, halb wach, träge in seiner Hängematte träumte, auf einmal aus diesem Halbschlaf gerissen wurde, und zwar vom Ruf des Matrosen im Ausguck, der ein Segel meldete.

Kapitän Pamphile kletterte von seiner Hängematte, schnappte sich ein Fernrohr und stieg, ohne sich die Zeit zu nehmen, die Hose anzuziehen, an Deck. Diese leidlich mythologische Erscheinung hätte vielleicht an Bord eines gewöhnlicheren Schiffes, als die »Roxelane«

es war, einen unschicklichen Eindruck erweckt; doch zur Schande der Besatzung muß man gestehen, daß nicht eines ihrer Mitglieder diesem beachtlichen Verstoß gegen die Regeln des Anstandes auch nur die geringste Aufmerksamkeit zollte, so sehr war man die Absonderlichkeiten des Kapitäns gewohnt. Was diesen anging, so überquerte er seelenruhig das Deck, kletterte auf die Reling, stieg über einige Quersprossen der Wanten hinauf, und mit einer Gemütsruhe, als wäre er korrekter bekleidet gewesen, machte er sich daran, das in Sicht befindliche Schiff näher zu betrachten.

Nach einer kleinen Weile gab es keinen Zweifel mehr: Es war in der Tat das erwartete Schiff; deshalb erfolgten sogleich die Befehle, die Kanonen auf ihre Gestelle und den Achtpfünder auf seine Lafette zu montieren; als er nun sah, daß seine Empfehlungen mit der gewohnten Raschheit ausgeführt werden würden, befahl Kapitän Pamphile dem Steuermann, den Kurs zu halten, und er stieg in seine Kabine hinab, um sich vor seinem Kollegen, dem Kapitän Malvilain, in anständigerer Weise zu zeigen.

Als der Kapitän wieder an Deck stieg, waren die beiden Schiffe etwa eine Meile voneinander entfernt, und man konnte bei dem Neuankömmling erkennen, daß er mit der arglosen und gemessenen Fahrt eines Handelschiffes dahinsegelte, das, vollbeladen, mit allen seinen Segeln und einer guten Brise im Rücken seine geziemenden fünf oder sechs Knoten in der Stunde macht; daraus folgte, daß die »Zéphir«, selbst wenn sie versucht hätte, ihr Heil in der Flucht zu suchen, nach zwei Stunden von der flotten und schmucken »Roxelane« eingeholt worden wäre, doch das versuchte sie nicht einmal, voller Vertrauen, wie sie war, auf den von der Heiligen Allianz geschworenen Frieden und auf die Ausmerzung der Seeräuberei, deren Nekrolog erst acht Tage vor ihrer Abfahrt im »Constitutionnel« zu lesen gewesen war. Sie setzte also ihre Fahrt im Glauben an die Abkommen fort, und sie war nicht mehr als eine halbe Reichweite der Kanone von Kapitän Pamphile entfernt, als die folgenden Worte an Bord der »Roxelane« erschollen und, vom Wind getragen, an die erstaunten Ohren des Kapitäns der

Roxelane
Laßt ein Beiboot zu Wasser,
und schickt uns den Kapitän!
Dreimaster ahoi!

»Zéphir« drangen: »Dreimaster ahoi! Laßt ein Beiboot zu Wasser, und schickt uns den Kapitän!«

Es entstand eine kurze Pause; sodann gelangten die folgenden Worte, die von Bord des Dreimasters kamen, ihrerseits zur »Roxelane«: »Wir sind das Handelsschiff ›Zéphir‹, Kapitän Malvilain, beladen mit Schnaps und auf der Fahrt von Nantes nach New York.«

»Feuer!« sagte Kapitän Pamphile.

Ein Aufzucken von Licht, begleitet von einem Rauchwirbel und gefolgt von einer heftigen Detonation, löste sich alsbald vom Vorderschiff der »Roxelane«, und zugleich machte sich das Azur des Himmels durch ein Loch im Focksegel des unschuldigen und harmlosen Dreimasters bemerkbar, der, im Glauben, daß das Schiff, das auf ihn schoß, schlecht gehört oder falsch verstanden hatte, von neuem und noch deutlicher als beim ersten Mal wiederholte: »Wir sind das Handelsschiff ›Zéphir‹, Kapitän Malvilain, beladen mit Schnaps und auf der Fahrt von Nantes nach New York.«

»Dreimaster ahoi!« antwortete die »Roxelane«. »Laßt ein Beiboot zu Wasser, und schickt uns den Kapitän!«

Und als er sah, daß der Dreimaster immer noch zu gehorchen zögerte und daß der Achtpfünder wieder geladen war, sagte der Kapitän ein zweites Mal: »Feuer!«

Und schon sah man die Kanonenkugel, die über die Krone der Wellen schrammte und direkt im Holz stecken blieb, achtzehn Zoll über dem Wasser.

»Um Himmels willen, wer seid ihr und was wollt ihr überhaupt?« schrie eine Stimme, die durch die Wirkung eines Schalltrichters noch kläglicher klang.

»Dreimaster ahoi!« antwortete die unerschütterliche »Roxelane«. »Laßt ein Beiboot zu Wasser, und schickt uns den Kapitän!«

Ob die Brigg nun richtig oder falsch verstanden hatte, ob sie wirklich taub war oder ob sie nur so tat, sie konnte nicht umhin, Folge zu leisten: Eine dritte Kugel, nun unterhalb der Wasserlinie, und die »Zéphir« würde untergehen; deshalb nahm sich der unselige Kapitän nicht einmal die Zeit zu antworten, doch für ein einigermaßen geübtes Auge war zu sehen, daß die Besatzung sich anschickte, die Schaluppe zu Wasser zu lassen.

Einen Moment später ließen sich sechs Matrosen einer nach dem anderen an einem Reep hinabrutschen; der Kapitän folgte ihnen, setzte sich auf das Heck, und die Schaluppe, die sich von der Flanke des Dreimasters löste wie ein Kind, das seine Mutter verläßt, ruderte mit aller Kraft, um die Entfernung, die die »Zéphir« von der »Roxelane« trennte, zu überwinden. Sie näherte sich steuerbords, doch ein Matrose, der auf die Schiffswand gestiegen war, gab den Ruderern ein Zeichen, nach Backbord, also der ehrenvollen Seite, zu wechseln. Kapitän Malvilain konnte sich nicht beschweren, er wurde mit der seinem Rang gebührenden Achtung empfangen.

Zuoberst der Leiter erwartete Kapitän Pamphile seinen Kollegen; da nun unser würdiger Kapitän ein Mann von Lebensart war, begann er damit, sich bei Kapitän Malvilain für die Art zu entschuldigen, mit der er ihn gebeten hatte, ihm einen Besuch abzustatten; sodann fragte er, wie es seiner Frau und seinen Kindern gehe, und, hinsichtlich ihrer Gesundheit beruhigt, lud er den Kommandanten der »Zéphir« ein, seine Kabine zu betreten, wo er, wie er sagte, mit ihm eine wichtige Sache zu besprechen habe.

Die Einladungen von Kapitän Pamphile wurden immer auf eine so unwiderstehliche Weise ausgesprochen, daß man nicht umhinkonnte, sie anzunehmen. Kapitän Malvilain fügte sich also bereitwillig den Wünschen seines Kollegen, der, nachdem er ihn trotz der Höflichkeitsbedenken, die dieser gegen jene Ehre erhob, als ersten hatte eintreten lassen, die Tür hinter ihm schloß, indes er Double-Bouche den Befehl gab, sein Bestes zu geben, damit Kapitän Malvilain einen anständigen Eindruck von dem Essen erhielte, das man an Bord der »Roxelane« serviert bekam.

Nach einer halben Stunde öffnete Kapitän Pamphile die Tür einen Spalt weit und gab Georges, der im Speisesaal Ordonnanz war, einen Brief, der von Kapitän Malvilain an seinen Leutnant adressiert war.

Dieser Brief enthielt den Befehl, zwölf der fünfzig Fässer Schnaps, die an Bord der »Zéphir« unter dem Firmennamen Ignace-Nicolas Pelonge und Companie registriert waren, an Bord der »Roxelane« bringen zu lassen. Das waren gerade zweitausend Flaschen mehr, als Kapitän Pamphile unbedingt brauchte; doch als vorsichtiger Mann hatte der achtbare Kapitän an den Schwund gedacht, den eine Seefahrt von zwei Monaten für seine Ladung mit sich bringen konnte. Im übrigen hätte er ja auch alles nehmen können, und indem er insgeheim an diese Allgewalt dachte, deren sich sein Gastgeber so maßvoll bediente, schickte Kapitän Malvilain ein Dankgebet an Notre-Dame de Gudrande[73], daß er so billig davongekommen war.

Nach zwei Stunden war der Transport vollzogen, und Kapitän Pamphile hatte seinen Maßstäben für Umgangsformen getreu die Höflichkeit besessen, diesen Umzug während des Diners durchführen zu lassen, so daß sein Kollege nicht mit ansehen mußte, was da vor sich ging. Man war bei den Konfitüren und den Rosinen angelangt, als Double-Bouche, der sich in der Durchführung der Mahlzeit selbst übertroffen hatte, dem Kapitän etwas ins Ohr sagte; dieser machte mit dem Kopf ein Zeichen der Zufriedenheit und verlangte den Kaffee. Man brachte ihm diesen alsbald, begleitet von zwei Flaschen Schnaps, den der Kapitän schon beim ersten Gläschen als denselben erkannte, den er beim Präfekten von Orléans probiert hatte; das flößte ihm eine hohe Meinung von der Redlichkeit des Bürgers Ignace-Nicolas Pelonge ein, der seine Lieferungen so getreu den Warenproben entsprechen ließ.

Nachdem der Kaffee genommen und die zwölf Fässer Schnaps verstaut waren, geleitete Kapitän Pamphile, der keinen Beweggrund mehr hatte, seinen Kollegen an Bord der »Roxelane« zurückzuhalten, diesen mit derselben Höflichkeit, mit der er ihn empfangen hatte, wieder bis an die Backbordtreppe, wo seine Schaluppe ihn erwartete und wo er Abschied von ihm nahm, jedoch nicht ohne ihm mit den Augen bis zur »Zéphir« hin zu folgen, mit der ganzen Anteilnahme einer im Entstehen begriffenen Freundschaft; als er sah, daß er wieder an sein Deck gestiegen war, und an dem sich anschließenden Manöver erkannte, daß er sich wieder auf den Weg machen wollte, setzte er nochmals seinen Schalltrichter an, diesmal jedoch, um ihm gute Reise zu wünschen.

Als hätte die »Zéphir« nur auf diese Genehmigung gewartet, setzte sie nun sämtliche Segel, und das Schiff, das sich dem Tun des Windes überließ, entfernte sich alsbald in Richtung Westen, während die »Roxelane« Kurs in Richtung Süden nahm. Kapitän Pamphile setzte seine Freundschaftsbekundungen, auf die Kommandant Malvilain entsprechend antwortete, unvermindert fort, und erst die Nacht, die auf den Tag folgte, unterbrach schließlich diesen Austausch guter Beziehungen. Am nächsten Morgen bei Sonnenaufgang waren die beiden Schiffe jeweils außer Sichtweite des anderen.

Zwei Monate nach dem Ereignis, von dem wir soeben erzählt haben, ging Kapitän Pamphile an der Mündung der Orange vor Anker und fuhr, begleitet von zwanzig wohlbewaffneten Matrosen, flußaufwärts, um Outavaro zu besuchen.

Kapitän Pamphile, der ein guter Beobachter war, bemerkte mit Erstaunen die Veränderung, die mit dem Land vor sich gegangen war, seitdem er es verlassen hatte. Anstelle jener schönen Ebenen von Reis und Mais, die ihre Wurzeln im Fluß netzten, statt der zahlreichen Herden, die blökend und muhend an seinen Ufern ihren Durst stillen kamen, gab es nichts als Brachland und eine tiefe Einsamkeit. Er glaubte einen Moment lang, sich geirrt und den Fisch-Fluß für die Orange gehalten zu haben, doch als er das Besteck nahm, sah er, daß seine Mutmaßung richtig gewesen war; und tatsächlich gelangte er nach zwanzig Stunden Bootsfahrt in Sichtweite der Hauptstadt der Kleinen Namaquois.

Die Hauptstadt der Kleinen Namaquois war nur von Frauen, Kindern und Greisen bewohnt, die sich in tiefster Not befanden, denn folgendes war geschehen:

Bald schon nach Abreise von Kapitän Pamphile hatten sich Outavaro und Outavari, der eine durch die zweitausendfünfhundert und der andere durch die fünfzehnhundert Flaschen Schnaps verlockt, die sie im Tausch gegen ihre Elfenbeinlieferung beziehen sollten, jeder seinerseits auf die Jagd begeben; leider hielten sich die Elefanten in einem großen Wald auf, der den Staat der Kleinen Namaquois von dem der Kaffern trennte, einer Art von neutralem Territorium, das weder den einen noch den anderen gehörte und auf dem sich die beiden Häuptlinge kaum begegnet waren, als sich, da sie sahen, daß sie aus demselben Grunde gekommen waren und daß die Spekulation des einen unausweichlich die des anderen beeinträchtigen würde, die Glut eines alten Hasses zwischen dem Sohn des Ostens und dem Sohn des Westens, die nie ganz erloschen war, von neuem entzündete. Ein jeder war zu einer Jagd aufgebrochen; folglich fanden sich alle bewaffnet für einen Kampf, so daß sie, statt mit vereinten Kräften daran zu arbeiten, daß sie die viertausend Stoßzähne zusammenbrachten, und ihren Lohn einvernehmlich zu teilen, wie es einige weißhaarige Alte vorschlugen, handgemein wurden und schon am ersten Tag fünfzehn Kaffern und siebzehn Kleine Namaquois auf dem Schlachtfelde blieben.

Seitdem gab es zwischen den Horden erbitterten und nicht zu beendenden Krieg, in welchem Outavari getötet und Outavaro verwundet worden war; doch die Kaffern hatten einen neuen Häuptling ernannt, und Outavaro war wiederhergestellt, so daß, als sie sich nun im selben Verhältnis befanden wie zuvor, der Kampf um so heftiger wieder aufgeflammt war, wobei jedes Land seine Krieger bis zum letzten geopfert hatte, um die eigene Seite zu stärken; schließlich hatten beide Völker eine letzte Anstrengung versucht, um ihren jeweiligen Häuptling zu unterstützen: Alle jungen Leute über zwölf und alle Männer unter sechzig Jahren waren zu ihrer jeweiligen Armee gestoßen, und nun, da die Kräfte der beiden Völker versammelt waren, sollten sie sich in wenigen Tagen einander stellen, und eine allgemeine Schlacht würde über den Ausgang des Krieges entscheiden.

Und deshalb waren in der Hauptstadt der Kleinen Namaquois nur Frauen, Kinder und Greise; und die befanden sich, wie wir gesagt haben, in tiefster Not. Was die Elefanten betraf, so schlugen sie sich fröhlich mit dem Rüssel auf die Flanken und machten es sich zunutze, daß sich niemand um sie kümmerte, indem sie bis an die Pforten des Dorfes kamen und den Reis und den Mais fraßen.

Kapitän Pamphile sah sofort den Vorteil, den er aus seiner Position ziehen konnte; er hatte mit Outavari verhandelt und nicht mit seinem Nachfolger; folglich war er diesem gegenüber jeder Verpflichtung ledig, und sein natürlicher Verbündeter war Outavaro. Er empfahl seiner Truppe, die Gewehre und Pistolen einer ernsten Prüfung zu unterziehen, um sich zu vergewissern, daß alles in gutem Zustand sei; und nachdem er jedem Mann befohlen hatte, sich mit vier Dutzend Patronen zu versehen, forderte er einen jungen Namaquois an, der hinreichend intelligent sei, um ihm als Führer dienen und die Marschstrecke so abschätzen zu können, daß er mitten in der Nacht im Feldlager ankommen würde.

Das alles vollzog sich mit größter Umsicht, und am übernächsten Tag wurde Kapitän Pamphile in das Zelt von Outavaro geführt, und zwar im Moment, als dieser, der entschieden hatte, am nächsten Tag in die Schlacht zu ziehen, mit den Obersten und Weisesten des Volkes Kriegsrat abhielt.

Outavaro erkannte Kapitän Pamphile mit der Sicherheit und Raschheit der Erinnerung, die die wilden Völker auszeichnen; deshalb erhob er sich, kaum daß er seiner ansichtig geworden war, trat vor ihn hin, indem er sich eine Hand auf das Herz und die andere auf den Mund legte, um auszudrücken, daß sein Denken und seine Worte bei dem, was er jetzt sagen würde, im Einklang miteinander standen; was er sagen wollte und was er zu ihm in schlechtem Niederländisch sagte, war nun das: Da er die Verpflichtung, die er gegenüber Kapitän Pamphile eingegangen sei, nicht eingehalten habe, da er die getroffene Geschäftsabmachung nicht erfüllen könne, stünden ihm seine Zunge, die gelogen habe, und sein Herz, das ihn betrogen habe, zur Verfügung, und er brauche nur ihm die eine abzuschneiden und das andere herauszureißen, um sie seinen Hunden zu fressen zu geben, wie man es mit der Zunge und dem Herzen eines Mannes tun soll, der sein Wort nicht hält.

Der Kapitän, der das Niederländische so gut sprach wie Wilhelm von Oranien,[74] antwortete, er könne mit dem Herzen und der Zunge Outavaros nichts anfangen, da seine Hunde gesättigt seien, habe er doch den Weg mit Leichnamen von Kaffern übersät gefunden, und daß er ihm ein Geschäft anbieten wolle, das auf andere Weise für den einen und den anderen vorteilhaft sei als das, das ihm sein treuer Freund und Verbündeter Outavaro mit so viel Loyalität und Uneigennützigkeit vorgeschlagen habe: Es bestehe darin, daß er ihm in seinem Krieg gegen die Kaffern beistehen werde, unter der Bedingung, daß ihm alle Gefangenen, die nach der Schlacht gemacht würden, voll und ganz als Eigentum zufielen, mit dem er oder seine Bevollmächtigten nach Gutdünken verfahren könnten. Kapitän Pamphile war, wie man an seinem Stil sieht, Anwaltsgehilfe gewesen, ehe er zum Korsaren wurde.

Der Vorschlag war zu schön, um abgelehnt zu werden; und so wurde er mit Beifall aufgenommen, und das nicht nur von Outavaro, sondern auch von dem gesamten Rat. Der älteste und weiseste der Greise nahm sogar seinen Priem aus dem Mund und seine Trinkschale von den Lippen, um den einen wie die andere dem weißen Häuptling anzubieten; doch der weiße Häuptling sagte hoheitsvoll, es sei an ihm, den Rat zu regalieren, und er befahl Georges, aus seinem Gepäck zwei Ellen von Tabakzöpfen aus Virginia und vier Flaschen Schnaps aus Orléans zu holen, welche mit tiefer Dankbarkeit entgegengenommen und probiert wurden.

Als dieser Imbiß beendet und da es ein Uhr morgens war, schickte Outavaro alle los, sich auf Posten zu legen, und er blieb allein mit

Kapitän Pamphile, um mit ihm den Schlachtplan für den nächsten Tag festzulegen.

Kapitän Pamphile war der Überzeugung, daß es die erste Pflicht eines Generals sei, sich eine vollkommene Kenntnis der Örtlichkeiten anzueignen, an denen er operieren soll, und da er keinerlei Hoffnung hegte, sich eine Landkarte verschaffen zu können, forderte er Outavaro auf, ihn zum höchsten Punkt der Umgebung zu führen, denn der Mond warf ein hinreichend helles Licht, um die Gegenstände mit der gleichen Klarheit unterscheiden zu können wie im Abendland bei Dämmerung. Nun erhob sich gerade über dem Rand des Waldes, an dem der rechte Flügel der Kleinen Namaquois postiert war, ein kleiner Hügel. Outavaro machte Kapitän Pamphile ein Zeichen, er sollte ihm ganz leise folgen, und indem er voranging, führte er ihn Wege entlang, wo sie bald wie Tiger springen mußten und bald gezwungen waren, wie Schlangen zu kriechen. Zum Glück hatte Kapitän Pamphile im Laufe seines Lebens schon ganz andere Schwierigkeiten zu überwinden gehabt, in den Sümpfen ebenso wie in den Urwäldern Amerikas, und er sprang und kroch dermaßen gut, daß er nach einer halben Stunde Marsch mit seinem Führer auf dem Gipfel des Hügels angekommen war.

So sehr Kapitän Pamphile die großen Schauspiele der Natur gewohnt war, dort angelangt, konnte er nicht umhin, eine Weile stehenzubleiben und mit Bewunderung zu betrachten, was sich seinem Blick enthüllte. Der Wald bildete einen ungeheuren Halbkreis, in dem der Rest der beiden Völker eingeschlossen war: Es war eine schwarze Masse, die sich schattenhaft über beiden Lagern erhob und in welche das Auge vergebens einzudringen versucht hätte, während jenseits des Schattens, das eine Ende des Halbkreises mit dem anderen verbindend und die Sehne des Bogens bildend, die dahinfließende Orange glänzte wie ein Bach von flüssigem Silber, und dahinter verlor sich die Landschaft in einem Horizont ohne sichtbare Grenzen, jenseits dessen sich das Land der Großen Namaquois ausdehnt.

Diese ganze ungeheure Weite, die selbst während der Nacht ihre warmen und deutlich hervortretenden Farben bewahrte, war von jenem strahlenden Tropenmond erleuchtet, der allein weiß, was inmitten der großen Einsamkeiten des afrikanischen Kontinents geschieht; von Zeit zu Zeit wurde die Stille durch das Heulen von Hyänen und Schakalen unterbrochen, die den beiden Armeen folgten, und darüber erhob sich wie das Rollen des Donners das ferne Gebrüll eines Löwen. Da nun verstummte alles, als hätte das Universum die Stimme des Herrn erkannt, vom Gesang des Prachtfinken, der, schaukelnd im Kelch einer Blume, seine Liebesgeschichten erzählte, bis hin zum Zischen des Schlangenmännchens, das, aufgerichtet auf seinem Schwanz, nach dem Weibchen rief, indem es seinen bläulichen Kopf aus dem Heidekraut hob; dann verstummte der Löwe seinerseits, und all die verschiedenen Laute, die ihm gewichen waren, bemächtigten sich aufs neue der Einsamkeit und der Nacht.

Kapitän Pamphile verweilte einen Moment, wie wir gesagt haben, unter dem Gewicht des Eindrucks, den ein solches Schauspiel hervorrufen mußte; doch wie man weiß, war der achtbare Kapitän nicht der Mann, sich durch bukolische Einflüsse lange von einer so ernsten Angelegenheit wie der, die ihn hierher gebracht hatte, ablenken zu lassen. Sein zweiter Gedanke führte ihn schlagartig mitten in seine materiellen Interessen; er sah also auf der anderen Seite eines kleinen Baches, der aus dem Wald hervorkam und in die Orange mündete, die ganze Armee der Kaffern hingelagert und eingeschlafen, mit einigen Männern als Wache, die man aufgrund ihrer Reglosigkeit für Statuen hätte halten können: Wie die Kleinen Namaquois schienen sie entschieden zu haben, am nächsten Tag in die Schlacht zu ziehen, und sie erwarteten gelassen ihre Feinde.

Kapitän Pamphile hatte auf einen Blick ihre Position vermessen und die Möglichkeiten eines Überraschungsangriffs kalkuliert; und da sein Plan hinreichend ausgearbeitet war, gab er seinem Gefährten ein Zeichen, daß es Zeit sei, das eigene Lager wiederzugewinnen, was sie denn auch mit denselben Vorkehrungen taten, mit denen sie es verlassen hatten.

Kaum zurückgekehrt, weckte der Kapitän seine Leute, nahm ein Dutzend mit sich, während er acht Mann Outavaro überließ, und begleitet von hundert Kleinen Namaquois, denen ihr Häuptling den Befehl gegeben hatte, dem weißen Kapitän zu folgen, drang er in den Wald ein, machte einen großen bogenförmigen Umweg und legte sich mit seiner Truppe am Rand des Waldes, der an das Lager der Kaffern stieß, in den Hinterhalt.

Dort angekommen postierte er einige seiner Matrosen in bestimmten Abständen, so daß es zwischen zwei Seeleuten jeweils zehn oder zwölf Namaquois gab; dann hieß er alle sich niederlegen und harrte des kommenden Geschehens.

Das Geschehen ließ nicht lange auf sich warten: Bei Tagesanbruch verkündeten laute Schreie dem Kapitän und seiner Truppe, daß die beiden Armeen handgemein geworden waren. Bald schon mischte sich ein heftiger Kugelhagel unter dieses Geschrei; im selben Augenblick machte die gesamte feindliche Armee in größter Auflösung kehrt und versuchte, wieder in den Wald zu gelangen. Darauf hatte Kapitän Pamphile gewartet, der sich jetzt nur noch mit seinen Leuten zu zeigen brauchte, um die Niederlage komplett zu machen.

Von vorn und von hinten umringt, eingekesselt auf der einen Seite vom Fluß und auf der anderen vom Wald, versuchten die unglücklichen Kaffern nicht einmal mehr zu fliehen; sie fielen nieder auf die Knie, glaubten, ihre letzte Stunde habe geschlagen, und nach der Art zu urteilen, in der die Kleinen Namaquois vorgingen, wäre wahrscheinlich tatsächlich kein einziger davongekommen, wenn Kapitän Pamphile nicht Outavaro daran erinnert hätte, daß das nicht ihren Abmachungen entsprach. Der Häuptling machte seine Autorität geltend, und statt mit

Keule und Messer zuzuschlagen, gaben sich die Sieger damit zufrieden, den Besiegten die Hände und die Füße zu fesseln; nachdem diese Operation abgeschlossen war, sammelte man nicht die Toten, sondern die Lebenden ein. Man erlaubte dem Strick, mit dem sie an den Füßen gefesselt waren, ein wenig Spiel, und man ließ sie, freiwillig oder gezwungen, in Richtung der Hauptstadt der Kleinen Namaquois marschieren. Was die betraf, die entkommen waren, so beunruhigte man sich nicht weiter über sie, war doch ihre Anzahl zu gering, um künftig noch zur geringsten Beunruhigung Anlaß zu geben.

Da dieser große und letzte Sieg der Intervention von Kapitän Pamphile zu verdanken war, wurden ihm alle Ehrungen des Triumphs zuteil. Die Frauen kamen ihm mit Girlanden entgegen. Die jungen Mädchen streuten ihm Rosenblätter vor die Füße. Die Greise verliehen ihm den Titel »Weißer Löwe«, und alle zusammen bereiteten ihm ein großes Festmahl; und als diese Freudenfeiern zu Ende waren, erklärte Kapitän Pamphile, nachdem er den Kleinen Namaquois für ihre Gastfreundschaft gedankt hatte, daß die Zeit, die er habe Lustbarkeiten widmen können, verstrichen sei und daß man sich nun wieder den Geschäften zuwenden müsse; folglich ersuchte er Outavaro, ihm seine Gefangenen übergeben zu lassen. Dieser erkannte die Berechtigung des Anspruchs an und führte ihn zu einem großen Schuppen, wo man sie noch am Tag ihrer Ankunft zusammengepfercht und seither vergessen hatte. Drei Tage waren inzwischen vergangen; die einen waren an ihren Verwundungen gestorben, die anderen Hungers, manche an der Hitze, so daß es, wie man sieht, wirklich Zeit war, daß Kapitän Pamphile an seine Handelsware dachte, denn sie verdarb allmählich.

Kapitän Pamphile lief in Begleitung des Doktors die Reihen der Gefangenen ab, wobei er eigenhändig bei den Kranken mit anfaßte, die Verwundungen untersuchte, beim Verbinden half und die Schlechten von den Guten sonderte, wie es der Engel am Tag des Jüngsten Gerichts tun wird; als diese Besichtigung abgeschlossen war, schritt er zur Bestandsaufnahme: Es verblieben zweihundertdreißig Neger in ausgezeichnetem Zustand.

Und diese, so könnte man sagen, waren bewährte Männer: Sie hatten dem Kampf, dem Marsch und dem Hunger standgehalten. Man konnte sie vertrauensvoll verkaufen und kaufen, es war kein Schwund mehr zu befürchten. Und so war der Kapitän derart zufrieden mit seinem Geschäft, daß er Outavaro ein Faß Schnaps und zwölf Ellen Tabakzöpfe zum Geschenk machte. Als Erwiderung dieser Ehrenbezeigung lieh ihm der Häuptling der Kleinen Namaquois acht große Barken, um all seine Gefangenen abzutransportieren; und indem er höchstselbst mit seiner Familie und den Erhabensten seines Reiches in die Schaluppe des Kapitäns stieg, wollte er ihn bis zu seinem Schiff begleiten.

Der Kapitän wurde von den Matrosen, die an Bord geblieben waren, mit einer Freude begrüßt, die dem Häuptling der Kleinen Namaquois einen hohen Begriff von der Liebe gab, die dem werten Seemann von seinen Untergebenen entgegengebracht wurde; und da der Kapitän vor allem anderen ein Mann der Ordnung war, den keine Gefühlsregung von seinen Pflichten abzulenken vermochte, überließ er es dem Doktor und Double-Bouche, seinen Gästen die Honneurs der »Roxelane« zu machen, und stieg mit den Zimmerleuten in den Laderaum hinab.

Dort nun trat eine ernste Schwierigkeit auf, die zu ihrer Lösung nichts Geringeres als die Intelligenz von Kapitän Pamphile verlangte. Bei der Abfahrt aus Le Havre hatte der Kapitän auf einen Warentausch gezählt; nun hätten, was die getauschten Objekte betraf, ganz natürlich die einen jeweils den Platz der anderen eingenommen. Aber durch ein Zusammentreffen unerwarteter Umstände holte Kapitän Pamphile nicht nur Ware, sondern er brachte darüber hinaus zusätzliche wieder mit zurück. Es ging also darum, Mittel zu finden, auf einem bereits nicht schlecht beladenen Schiff außerdem zweihundertdreißig Neger unterzubringen.

Zum Glück waren es Menschen; hätte es sich bei ihnen um normale Ware gehandelt, wäre die Sache physisch unmöglich gewesen; doch ist die menschliche Maschine eine so wunderbare Sache, sie ist mit so flexiblen Gelenken ausgestattet, sie hält sich so leicht auf den Füßen oder auf dem Kopf, auf der rechten Seite oder auf der linken Seite, auf dem Bauch oder auf dem Rücken, daß man schon recht ungeschickt sein muß, um nicht seinen Vorteil daraus zu ziehen; und so hatte Kapitän Pamphile bald schon herausgefunden, wie alles miteinander zu vereinbaren war: Er ließ seine elf Fässer Schnaps in sein Privatkabuff und den Segelbunker bringen; denn er hielt darauf, die Waren nicht miteinander zu vermengen, mit Recht behauptend, daß entweder die Neger dem Schnaps Schaden zufügen würden oder der Schnaps den Negern; und so maß er den Laderaum aus. Es waren achtzig Fuß: Das war mehr als nötig. Jeder Mensch muß zufrieden sein, wenn er einen Quadratfuß auf dem Globus einnimmt, und nach Kapitän Pamphiles Berechnung hätte jeder dann noch eineinhalb Linien[75] Spiel. Es war, wie man sieht, luxuriös, und der Kapitän hätte noch zehn Mann mehr verschiffen können.

Der Zimmermeister ging nun gemäß den Befehlen des Kapitäns folgendermaßen vor: Er befestigte steuerbords und backbords eine Planke von zehn Zoll Höhe, die mit der unter Wasser liegenden Wand des Schiffes einen Winkel bildete und zum Aufsetzen der Füße dienen sollte; auf diese Weise und dank dieser Stütze konnten sich siebenundsiebzig Neger auf jeder Seite des Schiffes angelehnt halten, und das um so besser, als man, um zu verhindern, daß sie bei stürmischem Wetter übereinanderrollten, was unausweichlich eingetreten wäre, zwischen ihnen jeweils einen Eisenring anbrachte, um sie daran zu vertäuen. Zwar nahm der Ring ein wenig von dem Platz weg, mit dem Kapitän Pamphile gerechnet hatte, und statt eineinhalb Linien zuviel zu haben, hatte jeder Mann drei Linien weniger zur Verfügung; doch was sind drei Linien für einen Mann! Drei Linien! Man muß schon einen recht miesen Charakter haben, um über drei Linien zu nörgeln, vor allem, wenn man noch hundertzweiundvierzig davon hat.

Dieselbe Einrichtung wurde in der Bilge installiert: Die Neger, die auf diese Weise in zwei Rängen angeordnet waren, ließen einen Raum von zwölf Fuß frei. Kapitän Pamphile sah in der Mitte dieses Raums eine Art Feldbett von derselben Breite wie die Rückenstützen vor; doch da es nur mit sechsundsiebzig Negern belegt werden durfte, gewann jeder Mann eine halbe und drei zwölftel Linien; deshalb nannte der Zimmermeister die Bank in der Mitte höchst sachverständig »die Bank der Paschas«.

Da diese Bank sechs Fuß lang war, ließ sie an jedem Ende einen Zwischenraum von drei Fuß für Service und Auslauf. Das war, wie man sieht, mehr als es gebraucht hätte; im übrigen machte der Kapitän keinen Hehl daraus, daß sich das Ebenholz, indem man zweimal die Tropen durchquerte, ein wenig *verziehen* würde, wodurch, bedauerlicherweise, für die Anspruchsvolleren mehr Platz geschaffen würde; doch jede Spekulation hat ihre Risiken, und ein Händler, der mit einer gewissen Voraussicht begabt ist, muß immer mit Schwund rechnen.

Nachdem diese Maßnahmen festgelegt waren, oblag ihre Ausführung dem Zimmermeister; deshalb stieg Kapitän Pamphile, nachdem er sein Soll an Philanthropie erfüllt hatte, wieder an Deck hinauf, um zu sehen, wie man seinen Gästen die Honneurs machte.

Er fand Outavaro, seine Familie und die Großen seines Reiches mitten in einem prachtvollen Festmahl, dem der Doktor präsidierte. Der Kapitän nahm seinen Platz am oberen Ende der Tafel ein, war er doch sicher, daß er sich voll und ganz auf die Geschicklichkeit seines Bevollmächtigten verlassen konnte; und man hatte kaum die Mahlzeit beendet und den Häuptling der Kleinen Namaquois, seine erlauchte Familie und die Großen seines Reiches wieder auf ihre Piroge gebracht, als der Zimmermeister in der Tat kam, um Kapitän Pamphile zu melden, daß im Kielraum alles erledigt sei und daß er herunterkommen könne, um die Vertäuung zu inspizieren, was der achtbare Kapitän auch alsbald tat.

Man hatte ihn nicht hintergangen: Alles war wunderbar geordnet, und jeder Neger, der auf eine Weise an den Spanten befestigt war, daß man glauben konnte, er wäre Teil des Schiffes, sah einer Mumie ähnlich, die nur noch auf die Stunde wartete, da man sie in ihren Sarg legte; man hatte sogar bei denen in der Bilge noch einige Zoll gewonnen, so daß man um die Art von riesigem Gitter herumgehen konnte, auf dem sie verteilt waren, was Kapitän Pamphile einen Moment lang auf den

Gedanken brachte, seiner Sammlung noch den Häuptling der Kleinen Namaquois, seine erlauchte Familie und die Erhabenen seines Reiches einzuverleiben. Es war ein Glück für Outavaro, daß, kaum war er in seine königliche Piroge gebracht worden, seine Untergebenen, die nicht das gleiche Vertrauen in den Weißen Löwen hatten wie ihr König, von der Freiheit Gebrauch machten, die ihnen gelassen war, um mit allen Kräften davonzurudern, so daß die Piroge, als Kapitän Pamphile mit dem bösen Gedanken, der ihm im Laderaum gekommen war, an Deck stieg, an einer Biegung des Flusses verschwand.

Bei diesem Anblick stieß Kapitän Pamphile einen Seufzer aus: Es waren fünfzehn- bis zwanzigtausend Franc, die ihm durch eigenes Verschulden verlorengingen.

18. Kapitel

Wie Kapitän Pamphile, nachdem er sich auf Martinique seiner Ladung von Ebenholz und der von Alkohol auf den Großen Antillen mit Gewinn entledigt hatte, seinen alten Freund Schwarze Schlange als Kaziken der Mosquitos wiederfand und ihm für ein halbes Faß Schnaps sein Kazikat abkaufte.

Nach zweieinhalb Monaten glücklicher Fahrt, während deren der Kapitän dank der väterlichen Fürsorge, die er seiner Ladung angedeihen ließ, nur zweiunddreißig Neger verlor, lief die »Roxelane« in den Hafen von Martinique ein.

Es war ein vortrefflicher Moment, um sich seiner Ladung zu entledigen; dank philanthropischer Maßnahmen, die in gegenseitigem Einvernehmen durch die zivilisierten Regierungen getroffen wurden, führt der heutzutage lächerlichen Gefahren ausgesetzte Sklavenhandel in den Kolonien zu einem Engpaß.[76]

Die Handelsware von Kapitän Pamphile erlebte also eine starke Hausse, als er in Saint-Pierre, Martinique, landete; deshalb kam sie nur für die Reichsten in Frage.

Man muß auch zugeben, daß alles, was der Kapitän mit sich führte, von wahrlich musterhafter Auslese war. All die auf dem Schlachtfeld gefangengenommenen Männer waren die tapfersten und robustesten ihres Volkes; zudem hatten sie nicht das dumme Gesicht und die animalische Apathie der Neger vom Kongo; ihre Beziehungen mit dem Kap hatten sie nahezu zivilisiert; es waren nur Halbwilde.

Und so verkaufte der Kapitän sie im Schnitt um tausend Piaster, was ihn auf eine Gesamtsumme von neunhundertneunzigtausend Franc brachte; und da ihm als Kapitän die Hälfte zustand, nahm er für sich allein nach Abzug aller Unkosten vierhundertzweiundzwanzigtausend Franc ein, was, wie man sieht, eine recht hübsche Summe war.

Ein unerwarteter Umstand gab Kapitän Pamphile des weiteren Gelegenheit dazu, auf vorteilhafte Weise von einem anderen Teil seiner Ladung zu profitieren. Da das Haus Jackson und Compagnie, New York, statt der fünfzig Faß Schnaps, die es vom Haus Ignace-Nicholas Pelonge, Orléans, erwartete, nur achtunddreißig erhalten hatte, sah es sich, obwohl es gewöhnlich seine Aufträge zuverlässig erfüllte, gezwungen, bei einigen seiner Verpflichtungen nicht Wort zu halten. Als nun Kapitän Pamphile in Saint-Pierre erfuhr, daß die Großen Antillen völlig des Alkohols ermangelten, und da ihm, wie man sich erinnert, elf dreiviertel Faß von dieser Flüssigkeit blieben, für die er keine Verwendung gefunden hatte, beschloß er, nach Jamaika zu segeln.

Man hatte Kapitän Pamphile nicht getäuscht; die Jamaikaner lechzten fürchterlich nach Schnaps, der ihnen seit drei Monaten abging; deshalb wurde der werte Kapitän wie ein wahrhaft rettender Engel empfangen. Da man aber mit einem Engel nicht feilscht, verkaufte der Kapitän seine Fässer auf der Stelle für zwanzig Franc die Flasche, was zu seiner ersten Dividende von vierhundertzweiundzwanzigtausend Franc eine neue Ausschüttung von fünfzigtausend Pfund hinzubrachte, die mit der ersten zusammengezählt eine Gesamtsumme von vierhundertzweiundsiebzigtausend Franc ergab; deshalb beschloß Kapitän Pamphile, der sich bis dahin niemals etwas über die *aurea mediocritas*[77] hinaus gewünscht hatte, sofort Segel Richtung Marseille zu setzen, wo er, wenn er all die Gelder, die er über die verschiedenen Gegenden des Globus hin verteilt hatte, zusammenführte, ein kleines Vermögen von fünfundsiebzig- bis achtzigtausend Pfund Rente realisieren konnte.

Der Mensch denkt, Gott lenkt. Kaum war Kapitän Pamphile aus der

Bucht von Kingston herausgefahren, als ihn ein Sturm in Richtung der Mosquitoküste trieb, die tief im Golf von Mexiko zwischen der Bucht von Honduras und dem Strom San Juan liegt.

Da nun die »Roxelane« einiges an Havarien erlitten hatte und sie eine Bramstenge und einen Klüverbaum für das kleine Focksegel brauchte, beschloß der Kapitän, an Land zu gehen, obwohl die Eingeborenen des Landes in Scharen ans Ufer gelaufen kamen und einige, die mit Gewehren bewaffnet waren, geneigt schienen, Widerstand zu leisten. Deshalb stieg er, nachdem er die Schaluppe zu Wasser gelassen und befohlen hatte, für alle Fälle eine kleine Zwölferkarronade mitzunehmen, deren Drehgestell auf dem Bug Platz fand, mit zwanzig Mann ins Boot, und ohne sich um die feindlichen Kundgebungen der Eingeborenen zu scheren, ruderte er kräftig in Richtung Küste, entschlossen, sich eine Bramstenge und einen Klüverbaum für das kleine Focksegel zu besorgen, um welchen Preis auch immer.

Der Kapitän hatte richtig kalkuliert, indem er auf diese offene und unmißverständliche Demonstration seines Willens gesetzt hatte; denn im Maße, wie er sich dem Ufer näherte, zogen sich die Eingeborenen, die mit bloßem Auge sehr wohl die kriegerischen Vorkehrungen des Kapitäns erkennen konnten, ins Landesinnere zurück, in dessen Tiefe man einige armselige Hütten gewahrte, an deren höchster eine Flagge wehte, die zu weit entfernt war, als daß man das Wappen hätte erkennen können. Daraus ergab sich, daß die beiden Truppen im Moment, als der Kapitän ans Ufer gelangte, immer noch durch dieselbe Entfernung von etwa tausend Schritten getrennt waren, eine Distanz, bei der es schwierig war, sich auf andere Weise als durch Zeichen zu verständigen; was Kapitän Pamphile im übrigen auch sogleich tat, indem er, kaum an Land gekommen, eine Stange in die Erde steckte, an der ein weißes Handtuch flatterte, was in allen Ländern der Welt bedeutet, daß man sich in freundschaftlicher Absicht nähert.

Dieses Signal wurde zweifellos von den Mosquitos verstanden, denn kaum hatten sie es wahrgenommen, als der, der ihr Häuptling zu sein schien und der in dieser Eigenschaft mit einem alten Soldatenrock bekleidet war, den er wahrscheinlich aufgrund der Hitze ohne Hemd und ohne Hose trug, sein Gewehr, seinen Tomahawk und seinen Dolch zu Boden legte und, die beiden Hände in die Luft erhoben, um zu zeigen, daß sie keine Waffen hielten, auf das Ufer zugeschritten kam. Was er damit bekunden wollte, war dem Kapitän auf Anhieb in aller Deutlichkeit bewußt; und da er nicht zurückstehen wollte, legte er von sich aus sein Gewehr, seinen Säbel und seine Pistolen auf das Ufer, hob seinerseits die Hände in die Luft und ging mit demselben Vertrauen auf den Wilden zu, das dieser ihm bezeigte.

Auf fünfzig Schritt an den Häuptling der Mosquitos herangekommen, blieb Kapitän Pamphile stehen, um ihn mit größerer Aufmerksamkeit zu betrachten; es kam ihm vor, als sei ihm diese Gestalt nicht unbekannt und als sei es nicht das erste Mal, daß er die Ehre hatte, sie in Augenschein zu nehmen. Der Wilde schien seinerseits mehr oder weniger ähnliche Überlegungen anzustellen, und der Kapitän schien auch in seinem Gedächtnis einige wirre und undeutliche Erinnerungen wachzurufen; da sie einander nun ja nicht ewig betrachten konnten, setzten sie sich wieder in Bewegung; dann, auf zehn Schritte einander nahegekommen, blieben sie von neuem stehen, wobei sie jeder einen Ausruf der Überraschung ausstießen.

»Heng!« sagte gravitätisch der Mosquitos.

»Sackerlot!« rief der Kapitän lachend.

»Schwarze Schlange ist ein großer Häuptling!« fuhr der Hurone fort.

»Pamphile ist ein großer Kapitän!« nahm der Seemann die Worte auf.

»Was sucht der Kapitän Pamphile auf dem Gebiet von Schwarzer Schlange?«

»Zwei armselige Weidengerten, die eine, um eine Bramstenge zu machen, und die andere, um einen Klüverbaum für das kleine Focksegel zu machen.«

»Und was gibt der Kapitän Pamphile Schwarzer Schlange zum Tausch?«

»Eine Flasche Feuerwasser.«

»Der Kapitän Pamphile ist willkommen«, sagte der Hurone nach einem Moment des Schweigens und streckte als Zeichen der Zustimmung die Hand aus.

Der Kapitän nahm die Hand des Häuptlings, und als Zeichen, daß der Handel abgeschlossen sei, drückte er sie, als wolle er sie zerquetschen. Schwarze Schlange ertrug die Qual als wahrhafter Indianer, Gelassenheit in den Augen und ein Lächeln auf den Lippen; als das die Seeleute auf der einen und die Mosquitos auf der anderen Seite sahen, stießen sie als Zeichen der Freude einen dreifachen lauten Jubelschrei aus.

»Und wann gibt der Kapitän Pamphile das Feuerwasser?« fragte der Hurone, indem er seine Finger befreite.

»Auf der Stelle«, antwortete der Seemann.

»Pamphile ist ein großer Kapitän«, sagte der Hurone und verneigte sich.

»Schwarze Schlange ist ein großer Häuptling«, antwortete der Kapitän und erwiderte seinen Gruß.

Daraufhin wandten die beiden einander gleichermaßen würdevoll den Rücken zu und kehrten gleichen Schrittes jeder zu seiner Truppe zurück, um zu berichten, was sich zugetragen hatte.

Eine Stunde später hatte Schwarze Schlange die Flasche Feuerwasser.

Am selben Abend fand Kapitän Pamphile zwei Palmen, die genau das waren, was er brauchte.

Da indessen der Zimmermeister acht Tage verlangte, um seine Stenge und seinen Klüverbaum fertig zu haben, ließ der Kapitän, der sich vorstellte, daß das gute Einvernehmen zwischen seiner Besatzung und den Eingeborenen während dieser Zwischenzeit aussetzen könnte, auf dem Ufer eine Linie ziehen, die die Matrosen unter keinem Vorwand überschreiten durften. Schwarze Schlange setzte seinerseits ebenfalls bestimmte Grenzen fest, die nicht zu übertreten seine Leute Befehl erhielten; sodann errichtete man in der Mitte des Streifens, der die beiden Lager trennte, ein Zelt, das als Konferenzraum für die beiden

Häuptlinge dienen sollte, wenn ihre jeweiligen Anliegen eine Kontaktaufnahme erforderlich machten.

Am folgenden Tag begab sich Schwarze Schlange Richtung Zelt, das Kalumet in der Hand.

Als Kapitän Pamphile die friedlichen Absichten des Häuptlings der Mosquitos sah, ging auch er los, die Stummelpfeife im Mund.

Schwarze Schlange hatte seine Flasche Feuerwasser geschluckt und wünschte eine weitere.

Kapitän Pamphile war, ohne ansonsten neugierig zu sein, nicht böse zu erfahren, wie es kam, daß er einen Mann an der Landenge von Panama und als Häuptling der Mosquitos wiederfand, von dem er am Sankt-Lorenz-Strom als einem Häuptling der Huronen Abschied genommen hatte.

Da nun beide darauf eingestellt waren, einige Zugeständnisse zu machen, um zu bekommen, was sie wünschten, begegneten sie sich wie zwei Freunde, die entzückt waren, einander wiederzusehen; und als Beweis umfassender Brüderschaft nahm Schwarze Schlange die Stummelpfeife von Kapitän Pamphile und Kapitän Pamphile das Kalumet von Schwarze Schlange, und sie pusteten einander würdevoll Rauchwolken ins Gesicht; und nach einem Moment des Schweigens sagte Schwarze Schlange: »Der Tabak meines Bruders Bleichgesicht ist recht stark.«

»Was heißen will, daß mein Bruder Rothaut sich den Mund mit Feuerwasser zu erfrischen wünscht«, antwortete Kapitän Pamphile.

»Feuerwasser ist die Milch der Huronen«, nahm der Häuptling mit herablassender Würde wieder das Wort, womit er zeigte, wie lebhaft er auf diesem Gebiet seine Überlegenheit den Europäern gegenüber empfand.

»Möge mein Bruder also trinken«, sagte Kapitän Pamphile, indem er eine Feldflasche aus der Tasche zog, »und wenn die Nuckelflasche leer ist, macht man sie wieder voll.«

Schwarze Schlange nahm die Feldflasche, setzte sie an den Mund und trank auf den ersten Schluck etwa ein Drittel aus.

Sodann nahm sie der Kapitän, schüttelte sie, um in etwa das Defizit zu kalkulieren, brachte sie an seine Lippen und ließ ihr einen Zuspruch zuteil werden, der dem seines Gastes in keiner Weise nachstand. Der wollte sie nun seinerseits wieder nehmen.

»Einen Moment«, sagte der Kapitän, indem er die zu zwei Dritteln leere Feldflasche zwischen die Beine nahm; »reden wir doch ein bißchen davon, was geschehen ist, seit wir uns zuletzt gesehen haben.«

»Was wünscht mein Bruder zu wissen?« fragte der Häuptling.

»Dein Bruder wünscht zu wissen«, nahm Kapitän Pamphile wieder das Wort, »ob du übers Meer oder über Land hierhergekommen bist.«

»Übers Meer«, antwortete lakonisch der Hurone.

»Und wer hat dich geleitet?«

»Der Häuptling der Rotröcke.«

»Möge Schwarze Schlange seine Zunge lösen und seinem Bruder Bleichgesicht seine Geschichte erzählen«, nahm Kapitän Pamphile wieder das Wort und hielt dem Huronen aufs neue die Feldflasche hin, der sie auf einen Zug leerte.

»Hört mein Bruder?« fragte der Häuptling, dessen Blick sich zu beleben anfing.

»Er hört«, antwortete der Kapitän, indem er seiner Antwort dieselbe Lakonik verlieh, die die Frage vorgegeben hatte.

»Als mein Bruder mich mitten im Sturm verlassen hatte«, sagte der Häuptling, »setzte Schwarze Schlange den Weg flußaufwärts zu den großen Wassern fort, nicht mehr in seinem Boot, das zerbrochen war, sondern zu Fuß den Ufern folgend. So marschierte er noch fünf Tage, und er fand sich an der Küste des Ontariosees; dann ging er nach York hinüber und wäre bald am Huronsee angelangt, wo sein Wigwam stand; doch in seiner Abwesenheit waren große Ereignisse geschehen.«

Die Engländer seien, im ständigen Bemühen, die Rothäute vor sich herzutreiben, allmählich bis zur Küste des Oberen Sees gekommen; Schwarze Schlange habe sein Dorf von Bleichgesichtern bewohnt und seinen Platz am Herd seiner Ahnen von Fremden eingenommen gefunden.

Also habe er sich in die Berge zurückgezogen, wo der Outalawa seine Quelle hat, und seine jungen Krieger zu sich gerufen. Sie gruben den Tomahawk aus und eilten zu ihm, so zahlreich, wie es die Elche und die Hirsche waren, ehe die Bleichgesichter an den Quellen des Delaware und des Susquehanna erschienen. Da hatten die Bleichgesichter Angst, und sie schickten im Namen des Gouverneurs eine Gesandtschaft zu Schwarze Schlange. Man bot ihm sechs Gewehre, zwei Faß Pulver und fünfzig Flaschen Feuerwasser, wenn er das Dach seiner Väter und das Feld seiner Ahnen verkaufe; und im Tausch gegen dieses Dach und diese Felder gebe man ihm das Territorium der Mosquitos, das unlängst von der Republik Guatemala den Bleichgesichtern überlassen worden sei. Schwarze Schlange zögerte lange, so verführerisch diese Angebote auch waren; doch er hatte das Unglück, vom Feuerwasser zu probieren, und von da an war alles verloren: Er stimmte dem Vertrag zu, und der

Tausch fand statt. Schwarze Schlange warf einen Stein hinter seinen Rücken und sagte dabei: »Möge Manitu mich so weit von sich werfen, wie ich es mit diesem Stein tue, wenn ich jemals wieder meinen Fuß in die Wälder, die Prärien oder die Berge setze, die sich vom Eriesee bis zum Hudsonmeer und vom Ontariosee bis zum Oberen See erstrekken.«

Alsbald habe man ihn nach Philadelphia geleitet, ein Schiff besteigen lassen und nach Mosquitos gebracht. »Und so errichteten Schwarze Schlange und die jungen Krieger, die ihn begleitet hatten, die Hütten, die mein Bruder hier sieht. Als sie fertig waren, pflanzte der Häuptling der Bleichgesichter auf die größte Hütte die Fahne Englands, und er bestieg sein Schiff, wobei er Schwarze Schlange ein in unbekannter Sprache geschriebenes Papier zurückließ.«

Bei diesen Worten zog Schwarze Schlange ein Pergament von seiner Brust und entrollte es vor den Augen von Kapitän Pamphile. Es war die Abtretungsurkunde, die ihm über all die Territorien ausgefertigt worden war, die zwischen der Bucht von Honduras und dem See von Nicaragua gelegen waren, unter dem Protektorat Englands und mit dem Titel des Kaziken der Mosquitos.

Der britische Gouverneur behielt sich die Befugnis vor, auf dem Territorium des Kazikats ein oder mehrere Forts errichten zu lassen, und zwar an Orten seiner Wahl.

England ist die Nation der Voraussicht par excellence: In der Annahme, daß man eines Tages die Landenge von Panama durchstoßen werde, hatte sie schon im voraus von einem amerikanischen Gibraltar zwischen dem Atlantischen Ozean und dem Nördlichen Ozean geträumt.

Als Kapitän Pamphile diese Urkunde las, kam ihm eine einzigartige Idee. Er hatte schon mit allem spekuliert, mit Tee, Indigo, Kaffee, Kabeljau, Affen, Bären, Schnaps und Kaffern; was noch blieb, war, ein Königreich zu kaufen.

Doch das kostete ihn mehr, als er zunächst erwartet hatte, und zwar nicht aufgrund des fischreichen Meeres, das seine Küsten umspülte, auch nicht aufgrund der hohen Kokospalmen, die seine Gestade beschatteten, und auch nicht aufgrund der riesigen Wälder, die die Bergkette bedeckten, welche die Landenge zweiteilt und die Guatemalteken von den Mosquitos trennt; nein, das alles war Schwarzer Schlange ziemlich gleichgültig. Dagegen hing er außerordentlich an dem roten Siegel, das das untere Ende seines Pergaments zierte. Leider war die Urkunde ohne das Siegel nichts wert, denn das Siegel war das der Kanzlei von London.

Das Siegel kostete den Kapitän hundertfünfzig Flaschen Feuerwasser; doch das Pergament erhielt er als Dreingabe.

19. Kapitel

Wie der Kazike der Mosquitos seinem Volk eine Verfassung gibt, um einen Kredit von zwölf Millionen anzubahnen.

Etwa sieben Jahre nach den Ereignissen, von denen wir hier erzählt haben, entrichtete eine ansehnliche Brigg, die eine dreifach unterteilte Wappenfahne in Grün, Silber und Azur aufwies, und zwar unterhalb der königlichen Flagge von England, die sich stolz über ihr als Zeichen der Lehnsherrschaft entfaltete, der Festung von Portsmouth einen Salut von einundzwanzig Kanonenschüssen; diese erwiderte ihr die Höflichkeit mit einer gleichen Anzahl von Schüssen!

Es war »Soliman«, ein hervorragender Segler, abkommandiert von der an Schiffen reichen Militärmarine des Kaziken der Mosquitos, der die Konsuln Seiner Hoheit nach London und nach Edinburgh brachte, die mit der von der englischen Regierung ihrem Herrn ausgestellten Abtretungsurkunde kamen, um sich von Seiner Majestät Wilhelm IV. anerkennen zu lassen.

Die Neugier war groß gewesen, als man in der Reede von Portsmouth eine unbekannte Flagge signalisiert hatte; doch diese Neugier wurde noch größer, als man wußte, welch wichtige Persönlichkeiten sie ankündigte. Ein jeder eilte alsbald zum Hafen, um die beiden illustren Gesandten des neuen Souveräns an Land kommen zu sehen, den Großbritannien in die Zahl seiner Vasallen einreihte. Den Engländern, die so begierig auf Neues sind, schien es, als müßten die beiden Konsuln etwas Fremdes an sich haben, das nach dem Zustand der Wildheit roch, aus dem die wohltätige Schirmherrschaft Englands sie herauszuziehen im Begriff stand. Doch in dieser Hinsicht wurden die Erwartungen der Neugierigen ganz und gar enttäuscht: Die Schaluppe brachte zwei Männer an Land, von denen der eine, schon fünfundfünfzig Jahre alt, gedrungen, füllig und mit hochrotem Gesicht, der englische Konsul war; der andere, zweiundzwanzig bis dreiundzwanzig Jahre alt, groß und hager, war der Konsul von Edinburgh; beide waren mit einer Phantasieuniform bekleidet, die die Mitte zwischen Militäruniform und Zivilkleidung hielt. Im übrigen verkündeten ihre von der Sonne gebräunten Gesichter und ihre stark ausgeprägte meridionale Aussprache dem Auge und dem Ohr auf Anhieb, daß sie Kinder des Äquators waren.

Die soeben Ausgeschifften erkundigten sich nach dem Wohnsitz des Ortskommandanten, dem sie ihren Besuch abstatteten, der etwa eine Stunde lang dauerte; dann kehrten sie an Bord der »Soliman« zurück, nach wie vor von einer großen Zuschauermenge begleitet. Am selben Abend setzte das Schiff Segel, und acht Tage später erfuhr man durch die »Times«, den »Standard« und den »Sund« von ihrer glücklichen Ankunft in London, wo sie, wie diese Zeitungen sagten, großes Aufsehen erregt hatten. Das überraschte den Gouverneur von Portsmouth wenig, der, wie er allen, die es hören wollten, sagte, erstaunt gewesen sei über die vielfältigen Kenntnisse der beiden Gesandten des Kaziken der Mosquitos, die beide ein höchst passables Französisch sprächen und von denen der eine, der Konsul von England, ausgezeichnete kaufmännische Ideen und sogar einen Hauch von Medizinkenntnissen habe, während der andere, der Konsul von Edinburgh, vor allem durch einen sehr lebhaften Geist und eine gründliche Kenntnis der kulinarischen Wissenschaften der verschiedenen Völker der Welt glänzte, die, so jung er auch war, seine Eltern ihn hatten bereisen lassen, zweifellos in Voraussicht der hohen Missionen, zu denen die Vorsehung ihn berufen hatte.

Die beiden Konsuln der Mosquitos hatten bei den Behörden von London den gleichen Erfolg gehabt wie beim Gouverneur von Portsmouth. Die Minister, denen sie vorgestellt wurden, hatten bei ihnen zwar eine völlige Unkenntnis der Gepflogenheiten der Welt festgestellt; doch dieser Mangel an Lebensart, die man bei unter dem 10. Breitengrad geborenen Männern guten Gewissens nicht verlangen konnte, wurde durchaus aufgewogen durch die verschiedenen Kenntnisse, die sie besaßen und die den Vertretern der zivilisiertesten Nationen zuweilen vollkommen fremd sind.

So war beispielsweise der Justizminister eines Abends sehr heiser von einer Sitzung des Unterhauses zurückgekehrt, wo er verpflichtet gewesen war, mit O'Connell[78] als Gegner ein neues Projekt der Besteuerung Irlands zu diskutieren; da bat der Konsul von London, der bei seiner Rückkehr zufällig im Hause zugegen war, Milady um ein Eigelb, eine Zitrone, ein kleines Glas Rum und einige Gewürznelken und bereitete eigenhändig ein angenehmes Getränk von starkem Geschmack zu, das, wie er sagte, in Comayagua bei dieser Art von Indispositionen gerne genommen werde, und als der Justizminister vertrauensvoll dieses Getränk geschluckt hatte, fand er sich am nächsten Tag vollkommen kuriert. Im übrigen erregte dieses Abenteuer in der diplomatischen Welt ein so großes Aufsehen, daß man von jener Zeit an den Konsul von London nur noch »den Doktor« nannte.

Etwas anderes, nicht minder Außerordentliches trug sich mit Monsieur le Consul von Edinburgh, Sir Édouard Twomouth* zu. Eines Tages, als man beim Kultusminister von den verschiedenen Speisen der verschiedenen Nationen sprach, legte Sir Édouard Twomouth eine derart ungeheure Kenntnis der Materie an den Tag, vom indischen Carrick, der in Kalkutta viel gegessen werde, bis hin zur Bisonhöckerpastete, die sich in Philadelphia allgemeinen Zuspruchs erfreue, daß er der gesamten ehrenhaften Versammlung das Wasser im Munde zusammenlaufen ließ; als der Konsul das sah, bot er mit einer Zuvorkommenheit ohnegleichen dem Monsieur Kultusminister an, eines seiner nächsten

* Auf mosquitos: Duas-Boccas; auf französisch: Double-Bouche.

Diners zu gestalten, bei welchem man den Gästen nur Gerichte servieren würde, die in Europa völlig unbekannt seien. Der Kultusminister, den so viel Menschenfreundlichkeit verwirrte, weigerte sich lange Zeit, ein derartiges Angebot anzunehmen; doch Sir Édouard Twomouth insistierte auf eine solche Weise und mit solchem Freimut, daß Seine Exzellenz am Ende nachgab und all seine Kollegen zu dieser kulinarischen Feierlichkeit einlud. Und tatsächlich traf am vereinbarten Tag der Konsul von Edinburgh, der am Vorabend seine Anweisungen für den Einkauf gegeben hatte, des Morgens ein und ging ohne Dünkel und ohne Stolz in die Küche hinunter, zog sein Jackett aus und begab sich unter die Köche und Küchenjungen, die er anleitete, als hätte er zeitlebens nichts anderes getan. Eine halbe Stunde vor Beginn des Diners nahm er dann das Küchentuch ab, das er sich um die Hüfte gebunden hatte, und trat, wiederum als Konsul gekleidet, doch von der Schlichtheit echten Verdienstes geprägt, mit einer Gelassenheit in den Salon, als stiege er aus seiner Kutsche.

Dieses Diner verursachte eine Revolution im englischen Kabinett und wurde vom »Constitutionnel« in einem vernichtenden Artikel unter dem Titel »Perfides Albion« mit dem Festmahl des Belsazar[79] verglichen.

Zugleich erregte Sir Édouard Twomouth im gastronomischen Club von Piccadilly lebhaftestes Bedauern, als er, zwingend von seiner Pflicht gerufen, London verlassen und sich nach Edinburgh begeben mußte.

So blieb der Doktor allein in London.

Nach einer gewissen Zeit kündigte er dem diplomatischen Korps die bevorstehende Ankunft seines erlauchten Herrn an, Seiner Hoheit Don Gusman y Pamphilos, was in der Welt der Aristokratie großes Aufsehen erregte.

Tatsächlich meldete man eines Morgens ein fremdes Schiff, das die Themse heraufgefahren kam und das an seiner Rahe die Mosquitosflagge trug und am Besanmast die Standarte Großbritanniens; es war die Brigg »Mosquitos«, von derselben Größe und Segelstärke wie die »Soliman«, doch über und über von Vergoldungen blitzend, und noch

MOSQUITOS

am selben Tag legte sie an den Docks an. Sie brachte Seine Hoheit den Kaziken in eigener Person nach London.

Hatte es bereits einen beträchtlichen Menschenauflauf gegeben, als die Konsuln an Land gingen, so versteht man, wie es erst sein mußte, als der Herr selbst an Land kam. Ganz London war auf den Straßen, und das diplomatische Korps konnte sich nur mit großen Schwierigkeiten Platz verschaffen, so sehr lag dem Pöbel daran, dem neuen Souverän einen Empfang zu bereiten.

Es war ein Mann von fünfundvierzig bis achtundvierzig Jahren, bei dem man schon auf den ersten Blick den wahrhaft mexikanischen Typus erkannte, mit den lebhaften Augen, dem gebräunten Gesicht, dem schwarzen Backenbart, der Adlernase und den Schakalzähnen. Er war mit der Uniform eines Mosquitosgenerals bekleidet und trug als Schmuck nur sein Rangabzeichen; er sprach passabel Englisch, jedoch mit einem sehr ausgeprägten provenzalischen Akzent. Das lag daran, daß das Französische die erste Sprache war, die er gelernt hatte, und zwar bei einem Lehrmeister aus Marseille; im übrigen ging er mit Gewandtheit auf die Artigkeiten ein, er sprach mit jedem Minister und jedem Geschäftsträger in seiner Sprache: Seine Hoheit der Kazike war in höchstem Maße polyglott.

Am folgenden Tag wurde Seine Hoheit von Seiner Majestät Wilhelm IV. empfangen.

Acht Tage später waren die Mauern Londons mit Lithographien geschmückt, die die verschiedenen Uniformen der Land- und Meeresstreitkräfte des Kaziken der Mosquitos darstellten, sodann Landschaftsansichten, die die Bucht von Cartago und das Kap Gracias a Dios darstellten, in der Nähe der Gegend, wo der Gold-Fluß ins Meer mündet.

Schließlich erschien eine genaue Ansicht des öffentlichen Platzes der Hauptstadt mit dem Palast des Kaziken im Hintergrund, dem Theater an einer Seite und der Börse an der anderen.

Die Soldaten waren alle fett und wohlauf, und man erklärte dieses Phänomen mit einer am unteren Rand der Darstellung plazierten

Notiz, die den Sold bezifferte, den jede Militärsperson erhielt; es waren drei Franc pro Tag für die einfachen Soldaten, fünf Franc für die Gefreiten, acht Franc für die Unteroffiziere, fünfzehn Franc für die Feldwebel, fünfundzwanzig für die Leutnants und fünfzig Franc für die Hauptleute. Was die Kavallerie betraf, so erhielt sie den doppelten Sold, denn sie mußte ja die Pferde ernähren; diese Großzügigkeit, die man in London und Paris als Verschwendung bezeichnet hätte, war in Mosquitos etwas ganz Normales, da das Gold in den Flüssen rollte und buchstäblich unter der Erde keimte, so daß man sich nur zu bücken und es aufzuheben brauchte.

Was die Landschaften anging, so waren es wohl die reichsten Panoramen, die es zu sehen gab: Das antike Sizilien, das von dem, was seine zwölf Millionen Einwohner übrigließen, Rom und Italien ernährte, war nur eine Wüste gemessen an den Ebenen von Panamakas, von Caribania und von Tinto; es waren Felder mit Mais, Reis, Zuckerrohr und Kaffee, durch die kaum Wege für den landwirtschaftlichen Transport trassiert waren; all diese Ländereien erbrachten auf natürliche Weise Erträge und ohne daß sich der Mensch im allergeringsten darum kümmerte. Dennoch pflügten die Eingeborenen sie, denn es geschah häufig, daß sie mit ihrer Pflugschar auf Goldbarren von zwei oder drei Pfund Gewicht und auf Diamanten von dreißig bis fünfunddreißig Karat stießen.

Soweit schließlich nach den drei prachtvollen Palästen zu urteilen war, die sich am Hauptplatz von Mosquitos erhoben, war die Stadt in einem Mischstil errichtet worden, der zugleich an der griechischen Schlichtheit der Antike, an der launenhaften Ornamentik des Mittelalters und an dem edlen Unvermögen der Moderne teilhatte; so war der Palast des Kaziken dem Parthenon nachgebildet, das Theater hatte eine Fassade im Stil derjenigen des Doms von Mailand, und die Börse ähnelte der Kirche Notre-Dame de Lorette. Was die Bevölkerung betraf, so war sie in prächtige Gewänder gekleidet, über und über schimmernd von Gold und Edelsteinen. Negerinnen folgten den Frauen mit Sonnenschirmen aus Tukan- und Kolibrifedern; die Lakaien gaben

Goldstücke als Almosen, und in der Ecke eines Bildes gab es einen Armen, der seinen Hund mit Würsten fütterte.

Fünfzehn Tage nach Ankunft des Kaziken in London war von Dublin bis Edinburgh von nichts als dem Eldorado Mosquitos lautstark die Rede; das Volk blieb in solchen Massen vor den großartigen Prospekten stehen, daß der Stab des Constablers nicht mehr ausreichte, um die Menschenansammlungen auseinanderzutreiben; als der Kazike das sah, begab er sich zum Lord Mayor und ersuchte ihn, die Ausstellung jedweden Stiches oder jedweder Gouache, die ein wie auch immer geartetes Motiv seines Königreichs darstellte, zu verbieten. Der Lord Mayor, der bis dato nicht eingeschritten war, und zwar einzig in der Furcht, Seine Hoheit Don Gusman y Pamphilos vor den Kopf zu stoßen, ordnete noch am selben Tag die Beschlagnahme der bezeichneten Objekte in allen Geschäften an, die mit Stichen handelten; doch wenn sie auch aus den Augen waren, so waren sie doch nicht aus dem Sinn, und am Tag, der auf diese in einem so freien Lande wie Großbritannien einzigartige Vollstreckung folgte, wurden mehr als fünfzig Personen beim Konsul vorstellig und erklärten, sie seien zur Auswanderung bereit, wenn die Auskünfte, die sie eingeholt hätten, in Übereinstimmung mit dem stünden, was sie sich erwarteten.

Der Konsul antwortete, daß die Vorstellung, die sie sich von diesem seligen Lande hätten machen können, von der Wirklichkeit so weit entfernt sei wie die Nacht vom Tag und der Sturm vom schönen Wetter, daß die Lithographie, wie jeder wisse, ein sehr unzulängliches Mittel sei, die Natur abzubilden, denn sie habe ja nur einen grauen und matten Ton, um nicht nur all die Farben wiederzugeben, sondern auch die Tausenden von Nuancen, die den Zauber und die Harmonie der Natur ausmachten; daß die Vögel beispielsweise, die in der Landschaft einherflögen und die gegenüber denen von Europa den unschätzbaren Vorzug hätten, daß sie sich von schädlichen Insekten ernährten und das Korn nicht röchen, unter dem Stift des Lithographen allesamt wie schlichte Spatzen oder Lerchen aussähen, während sie doch in Wirklichkeit von so frischen und lebhaften Farben strahlten, daß sie beseelten Rubinen und lebendigen Topazen glichen; daß er ihnen, wenn sie sich die Mühe machen wollten, in sein Kabinett zu kommen, ebendiese Vögel zeigen würde, die sie zwar nicht an ihrem Gefieder, aber an der Form ihres Schnabels und an der Länge ihres Schwanzes wiedererkennen würden, und indem sie sie mit der schändlichen Ähnlichkeit verglichen, die der Maler zu erzielen geglaubt hätte, könnten sie von einem einzigen Muster auf den gesamten Rest schließen.

Die braven Leute betraten das Kabinett, und da der Doktor als großer Liebhaber der Naturkunde bei seinen verschiedenen Fahrten eine kostbare Sammlung all der fliegenden Blumen zusammengetragen hatte, die man Kolibris, Bienenelfen und Prachtfinken nennt, kamen sie vollkommen überzeugt wieder heraus.

Am folgenden Tage stellte sich ein Schuhmacher beim Konsul vor und fragte, ob es in Mosquitos freies Gewerbe gebe. Der Konsul antwortete, daß die Regierung dort so väterlich sei, daß man nicht einmal Gewerbesteuer zahle; das schaffe eine Konkurrenz, die sich zum Vorteil der Gewerbetreibenden und der Kunden gleichermaßen wende, in Anbetracht dessen, daß alle Leute der Umgebung in die Hauptstadt des Kazikats kämen, um ihren Bedarf zu decken, wo sie alles um soviel unter den in ihrem eigenen Land verlangten Preisen fänden, daß sie allein durch diese Differenz bereits ihre Unkosten deckten und darüber hinaus die Ausgaben für die Reise hereinbekämen; Privilegien existierten keine, doch es sollte welche geben, wie er sie ähnlich in England gesehen habe, die den Kaziken erst auf die Idee gebracht hätten – es handele sich um die besondere Belieferung seiner Durchlaucht und seines Hauses. Der Schuhmacher fragte alsbald, ob es in Mosquitos einen Schuhmacher der Krone gebe. Der Konsul antwortete, daß viele Ersuchen ergangen seien, doch bislang keinem stattgegeben wurde; im übrigen habe der Kazike vor, Ämter auszuschreiben, was immer große Ungelegenheiten erspare, wenn man bedenke, daß diese Maßnahme alle Machenschaften vereitele und der Käuflichkeit den Garaus mache, jener grundlegenden Untugend europäischer Regierungen. Der Schuhmacher fragte, zu welchem Satz das Amt des Schuhmachers der

Krone notiert sei. Der Doktor konsultierte seine Register und antwortete, das Amt des Schuhmachers der Krone sei bei zweihundertfünfzig Pfund Sterling notiert. Der Schuhmacher hüpfte vor Freude: Das war ja gar nichts! Und indem er fünf Banknoten aus der Tasche zog, die er dem Konsul hinhielt, bat er, ihn von diesem Moment an als den alleinigen und einzigen Bewerber zu betrachten, was um so gerechter sei, als er die gestellte Bedingung erfüllt habe, das heißt, die bare und vollständige Bezahlung der Bewerbungsgebühren. Der Konsul fand das Ersuchen derart ausnehmend vernünftig, daß er als Antwort lediglich ein Patent ausstellte, welches er auf der Stelle dem Antragsteller aushändigte, von seiner Hand signiert und versehen mit dem Siegel Seiner Hoheit. Der Schuhmacher verließ das Konsulat in der Gewißheit, sein Glück gemacht zu haben, und entzückt, daß er, um es sich zu sichern, nur ein so geringes Opfer hatte bringen müssen.

Von da an gab es bei der Dienststelle des Konsulats eine Schlange; dem Schuhmacher folgte ein Schneider, dem Schneider ein Apotheker; nach acht Tagen hatte jeder Gewerbezweig, sei es Handel oder Handwerk, seinen patentierten Vertreter. Dann schloß sich der Erwerb von Dienstgraden und Titeln an; der Kazike ernannte Obristen und schuf Barone, verkaufte persönliche Adelstitel und solche des Erbadels. Ein Herr, der bereits den Goldsporn und den Orden von Hohenlohe hatte, machte ihm gar Angebote zum Erwerb des Sterns des Äquators, den er ins Leben gerufen hatte, um zivile Verdienste und militärischen Mut zu belohnen; doch da antwortete der Kazike, daß er in diesem Punkte allein sich vom Beispiel distanziere, das die europäischen Regierungen gäben, und daß man sein Kreuz verdienen müsse, um es zu erhalten. Trotz dieser Ablehnung, die ihm im übrigen vom Geist der radikalen Engländer als große Ehre zugute gehalten wurde, erzielte der Kazike innerhalb eines Monats einen Erlös von sechzigtausend Pfund Sterling.

Um diese Zeit und nach einem Diner bei Hof wagte es der Kazike, von einem Kredit über vier Millionen zu sprechen. Der Bankier der Krone, der ein Jude war, welcher allen Souveränen Geld lieh, lächelte mitleidig bei diesem Ersuchen und antwortete dem Kaziken, unter zwölf Millionen werde er keine Anleihe finden, da alle kommerziellen Geschäfte unter diesem Betrag Schwindlern und windigen Maklern überlassen blieben. Der Kazike antwortete, daran solle die Sache nicht scheitern, und was ihn betreffe, nehme er ebensogut zwölf Millionen wie vier. Daraufhin sagte der Bankier, er solle sich in seine Geschäftsräume begeben, dort finde er seinen Angestellten, der mit Anleihen von unter fünfzig Millionen befaßt sei; der werde seine Anweisungen erhalten haben, und er könne mit dem jungen Mann verhandeln; was ihn selbst betreffe, so befasse er sich nur mit Spekulationen, bei denen es um über eine Milliarde gehe.

Am folgenden Tag begab sich der Kazike in die Geschäftsräume des Bankiers; alles war vorbereitet, wie man es abgesprochen hatte. Der Zinssatz für die Anleihe betrage sechs Prozent; Monsieur Samuel emittiere zunächst alle Fonds; dann kümmere er sich darum, Submittenten zu finden. Indessen gebe es dabei eine Conditio sine qua non. Der Kazike erzitterte und fragte, worin diese Bedingung bestehe. Der Angestellte antwortete, die Bedingung sei, daß er seinem Volk eine Verfassung gebe.

Der Kazike war wie betäubt von der Forderung, nicht etwa, weil er auch nur das Geringste gegen die Verfassung einzuwenden hatte; er wußte um den Wert solcher Art Schriftstücke, und er hätte deren zwölf für tausend Écu gegeben, also um so viel eher eines für zwölf Millionen; doch er wußte nicht, daß Monsieur Samuel in doppelter Buchführung auch die Freiheit der Völker betrieb: Er hatte ihn in seiner halb deutschen, halb französischen Mundart sogar ein politisches Glaubensbekenntnis machen hören, das so wenig im Einklang stand mit der Forderung, die er an ihn zu dieser Stunde stellen ließ, daß er nicht umhin konnte, dem nachgeordneten Angestellten gegenüber sein Erstaunen zu bezeigen.

Dieser antwortete dem Kaziken, daß Seine Hoheit sich hinsichtlich der Ausrichtung der Meinungen seines Chefs nicht getäuscht habe; doch bei absoluten Regierungen sei es der Fürst, der für die Staatsschulden aufkomme, während es bei konstitutionellen Regierungen der Staat sei, der für die Schulden des Fürsten aufkomme, und daß Monsieur Samuel, welchen Kredit auch immer er den Worten der Könige einräume, ein noch größeres Vertrauen in die Verpflichtungen habe, die von Völkern eingegangen würden.

Der Kazike, der ein Mann von gutem Urteilsvermögen war, mußte zugeben, daß das, was ihm der nachgeordnete Angestellte gesagt hatte, nicht der Vernunft ermangelte und daß Monsieur Samuel, den er für einen Turcaret[80] gehalten hatte, im Gegenteil ein höchst vernünftiger Mann war. Er versprach folglich, am nächsten Tag eine Verfassung vorzulegen, die ebenso liberal sei wie die, die in Europa gölten, und deren Hauptartikel in folgende Worte gefaßt war:

Von der kleinen Republik

»Die Schulden, die bis zum Tag der nächsten Einberufung des Parlaments von Seiner Hoheit dem Kaziken gemacht worden sind, werden zu Staatsschulden deklariert, und der Staat tritt mit all seinen Einkünften und Liegenschaften für sie ein.

Bei der nächsten Parlamentssitzung wird ein Gesetzentwurf eingebracht werden, um den Anteil der öffentlichen Einnahmen festzulegen, von dem die Begleichung der Zinsen und die sukzessive Tilgung der gegenwärtigen Schuld bestritten wird.«

Dieser Text war von Monsieur Samuel selbst aufgesetzt worden.

Der Kazike änderte daran auch nicht ein Komma, und am nächsten Tag brachte er die gesamte Verfassung mit, wie man sie aus den Belegtexten ersehen kann. Sie war von seiner Hand unterzeichnet und mit seinem Siegel versehen. Der nachgeordnete Angestellte befand sie für ordentlich und brachte sie zu Monsieur Samuel. Monsieur Samuel setzte *»imprimatur«*[81] darunter, riß ein Blatt aus seinem Merkbuch und schrieb an den unteren Rand: »Gut für zwölf Millionen, zahlbar Ende des laufenden«, und signierte mit »Samuel«.

Acht Tage später war die Verfassung der Nation Mosquitos in allen englischen Zeitungen erschienen und von allen europäischen Zeitungen nachgedruckt worden; bei dieser Gelegenheit brachte der »Constitutionnel« jenen bemerkenswerten Artikel, der noch in aller Erinnerung ist, mit dem Titel: »Nobles England«.

Man versteht, daß eine solche Großzügigkeit von seiten eines Fürsten, von dem man sie nicht erwartet hätte, das Vertrauen verdoppelte, das man in ihn setzte, und die Anzahl der Emigranten verdreifachte. Die Zahl stieg auf sechzehntausendsechshundertneununddreißig an, und der Konsul signierte den sechzehntausendsechshundertneununddreißigsten Paß, als der Konsul, indem er dem sechzehntausendsechshundertneununddreißigsten Emigranten das oben erwähnte Papier aushändigte, ihn fragte, welches Geld er und seine Reisegefährten mitnähmen. Der Emigrant antwortete, sie nähmen Banknoten und Guineen mit. Darauf antwortete der Konsul, er glaube, den Emigranten darauf hinweisen zu sollen, daß die Banknoten bei der Mosquitos-Bank sechs Prozent und das Gold zwei Schilling pro Guinee verlören, und für diesen Verlust müsse man Verständnis haben angesichts der Entfernung der beiden Länder und der Seltenheit der Beziehungen, wickele sich der gesamte Handel doch in der Regel über Kuba, Haïti, Jamaika, Nordamerika und Südamerika ab.

Der Emigrant, der ein vernünftiger Mann war, verstand diesen Grund vollkommen; doch da ihn der verlorene Betrag reute, um den der Umtausch, welchen er, am Bestimmungsort angekommen, durchzuführen gezwungen war, sein kleines Vermögen verringern würde, fragte er Seine Exzellenz den Konsul, ob er ihm als besondere Gunst nicht im Tausch gegen seine Guineen und seine Banknoten Mosquitos-Silber oder -Gold geben könne. Der Konsul antwortete, er behalte sein Gold und sein Silber lieber, denn da sie frei von jedweder Legierung seien, würden sie gegenüber dem englischen Silber und dem englischen Gold im Wert steigen, doch er könne ihm gegen eine einfache Kommission von einem halben Prozent Noten der Bank des Kaziken geben, die bei der Ankunft in Mosquitos ohne Abzüge gegen Gold und

Silber des Landes eingetauscht würden. Der Emigrant wünschte, die Füße des Konsuls zu küssen; doch dieser entgegnete ihm mit wahrhaft republikanischer Würde, alle Menschen seien gleich, und reichte ihm die Hand zum Kuß.

Von diesem Tage an begann der Geldwechsel.

Er dauerte eine Woche.

Am Ende einer Woche hatte der Geldwechsel achtzigtausend Pfund Sterling erbracht, ohne Berücksichtigung des Diskonts.

Etwa zur selben Zeit informierte Sir Édouard Twomouth, Konsul zu Edinburgh, seinen Kollegen in London, daß er durch Mittel, die in etwa denen analog waren, welche in der Hauptstadt der drei Königreiche zur Anwendung gekommen seien, eine Summe von fünfzigtausend Pfund Sterling eingenommen habe. Der Doktor fand anfangs, das sei etwas wenig; doch er überlegte sich, daß Schottland ein armes Land war, das nicht die Erträge Englands erbringen könne.

Seine Hoheit der Kazike Don Gusman y Pamphilos für seinen Teil erhielt am Ende des laufenden die zwölf Millionen vom Bankier Samuel.

Schluß

Die Emigranten stachen mit acht Schiffen, die sie auf gemeinsame Kosten gechartert hatten, in See, und nach drei Monaten Fahrt gelangten sie in Sichtweite der Küste, die Sie schon kennen, und warfen in der Bucht von Cartago Anker.

Dort fanden sie als Stadt lediglich die Hütten vor, die wir beschrieben haben, und als Bevölkerung lediglich die Leute von Schwarze Schlange, die sie zu ihrem Häuptling führten, der sie fragte, ob sie Feuerwasser mitgebracht hätten.

Eine Gruppe dieser Unglücklichen, die in England keine Lebensgrundlagen mehr hatten, beschloß, in Mosquitos zu bleiben; die anderen entschieden sich, nach England zurückzukehren. Auf der Fahrt ging die Hälfte dieser Hälfte an Hunger und Elend zugrunde.

Das Viertel, das nach London zurückkam, hatte kaum den Fuß an Land gesetzt, als es zum Palast des Kaziken und zum Stadthaus des Konsuls lief. Der Kazike und der Konsul waren seit acht Tagen verschwunden, und man war in völliger Unkenntnis dessen, was aus ihnen geworden war.

Was uns angeht, so glauben wir, daß der Kazike sich inkognito in Paris aufhält, und wir haben Gründe zu denken, daß er an einem großen Teil von industriellen Unternehmen nicht unbeteiligt ist, die sich dort seit einiger Zeit entwickeln.

Wenn wir irgendwelche konkreteren Nachrichten erfahren, so werden wir uns beeilen, sie unseren Lesern mitzuteilen.

Im Moment, da dies in den Druck geht, lesen wir in der »Gazette médicale«:

»Bisher hat man das Phänomen der spontanen Selbstentzündung nur beim Menschen konstatiert; ein vergleichbarer Fall wird uns nun zum ersten Mal von Doktor Thierry angezeigt, und zwar bei einem Tier, das der Gattung der Affen angehört. Seit fünf oder sechs Jahren hatte dieses Individuum infolge des schmerzlichen Verlusts eines seiner Freunde die Gewohnheit angenommen, sich einer alltäglichen Unmäßigkeit im Hinblick auf Wein und starke Getränke hinzugeben; am Tag des Unglücks selbst hatte es drei kleine Glas Rum getrunken und sich seiner Gewohnheit gemäß in einen Winkel der Wohnung zurückgezogen, als man auf einmal aus seiner Richtung ein Knistern hörte, ähnlich dem, das Funken hervorrufen, die aus einer Feuerstelle springen. Die Dienstmagd, die sein Zimmer machte, drehte sich rasch um und blickte in die Richtung, aus der das Geräusch kam, und sie sah das Tier umhüllt von einer bläulichen Flamme ähnlich der von Weingeist, ohne daß es indessen die geringsten Anstalten gemacht hätte, dem Brand zu entkommen. Die Bestürzung, in die sie dieses Schauspiel versetzte, benahm ihr die Kraft, ihm zu Hilfe zu eilen, und erst als das Feuer erloschen war, wagte sie, sich dem Ort zu nähern, wo es erschienen war; doch da war es zu spät, das Tier war bereits völlig tot.

Der Affe, an dem sich dieses befremdliche Phänomen vollzog, befand sich im Besitz unseres gefeierten Malers Monsieur Tony Johannot.

Der Herausgeber«

Belegdokumente

Verfassung der Nation der Mosquitos in Mittelamerika*

Don Gusman y Pamphilos, Kazike der Mosquitos von Gottes Gnaden etc.

Das heldenhafte Volk dieses Landstrichs, das aufgrund seines Mutes und seiner Opfer fortwährend seine Unabhängigkeit behalten hat, erfreute sich dieser friedlich zu einer Zeit, da alle anderen Teile Amerikas unter dem Joch der spanischen Regierung ächzten. Während der denkwürdigen Epoche der Emanzipation der neuen Hemisphäre waren die Bewohner dieser weitausgedehnten Region nach wie vor durch kein europäisches Volk unterworfen worden; Spanien hatte keinerlei wirkliche Autorität über sie ausgeübt und mußte es sich mit der illusionären Herrschaftsanmaßung genug sein lassen, gegen die zu protestieren die Eingeborenen niemals aufgehört hatten. Die Nation der Mosquitos hatte diese Urfreiheit behalten, die der Schöpfer ihr gegeben hat.

Zur Sicherung seiner Existenz, um seine Freiheit, das höchste aller Güter eines Volkes, zu verteidigen und um das Glück des Gemeinwesens durch Fortschritt zu mehren, hat dieser Landstrich den Willen

* Siehe den »Atlas géographique, historique et chronologique des deux Amériques et des iles adjacentes« (»Geographischer, geschichtlicher und chronologischer Atlas der beiden Amerikas und der benachbarten Inseln«), der von unserem gelehrten Chronisten Buchon herausgegeben wird, welcher uns dieses kuriose Dokument in vollem Umfang erhalten hat.

bezeigt, uns zu seiner Regierung zu bestimmen; in diesem unsterblichen Kampf um die amerikanische Freiheit haben wir den Völkern dieses Kontinents bereits gezeigt, daß wir nicht unwürdig waren, zur Befreiung dieser edlen Hälfte des Menschengeschlechts beizutragen.

Von den Pflichten durchdrungen, die die Vorsehung uns auferlegt hat, indem sie uns durch die Wahlen eines freien Volkes zur Regierung dieses schönen Landstrichs berufen hat, haben wir die Schaffung der Institutionen zur Beförderung seines Glücks hinausschieben zu sollen gemeint; wir haben es für unabdingbar befunden, uns zuvörderst eine gute Kenntnis dessen anzueignen, was der Nation not tut, für die diese Institutionen sich einsetzen sollen.

Nun ist die Zeit endlich gekommen. Wir sind glücklich, uns dieser Pflicht entledigen zu können, und das zu einer Zeit, da der Sieg auf immer die Geschicke dieses Kontinents konsolidiert und nach fünfzehn Jahren einen Kampf beendet hat, bei dem wir unter den ersten waren, die die Standarte der Unabhängigkeit gehißt und mit unserem Blut die unveräußerlichen Rechte der amerikanischen Völker besiegelt haben. Um dieser Anliegen willen haben wir das Folgende verfügt und angeordnet, verfügen wir und ordnen an:

Im Namen des allmächtigen und barmherzigen Gottes:

Erster Artikel

Alle Teile dieses Landes, welches auch immer zur Stunde ihre Bezeichnungen sein mögen, bilden in der Zukunft einen einzigen Staat, der auf immer unteilbar bleibt unter der Bezeichnung des Staats von Poyaïs.

Die verschiedenen Titel, unter denen wir bis zum heutigen Tag unsere Autorität ausgeübt haben, werden in Zukunft verschmolzen und vereinigt zu dem des Kaziken von Poyaïs.

Zweiter Artikel

Alle gegenwärtigen Bewohner dieses Landes und alle, die in der Zukunft eine Einbürgerungsurkunde erhalten, bilden eine einzige Nation unter dem Namen der Poyaïsianer, ohne Unterschied von Herkunft, Geburtsstand und Hautfarbe.

Dritter Artikel

Alle Poyaïsianer sind nach Pflichten und Rechten gleich.

Vierter Artikel

Der Staat von Poyaïs ist in die zwölf folgenden Provinzen unterteilt:

Die Insel Boatan
Die Insel Guanaja
Die Provinz Caribania
Die Provinz Romanie
Die Provinz Tinto
Die Provinz Cartago
Die Provinz Neustrie
Die Provinz Panamakas
Die Provinz Towkas
Die Provinz Cackeras
Die Provinz Wolwas
Die Provinz Ramas.

Aufgliederung

Jede Provinz ist in Bezirke aufgegliedert, jeder Bezirk in Gemeinden; die Grenzen jeder Provinz werden vom Gesetz festgelegt.

In jeder Provinz gibt es einen Verwalter, der vom Kaziken eingesetzt wird.

Der Verwalter ist mit der speziellen Administration der Provinz beauftragt; er wird von einem Rat aus Notabeln unterstützt, dessen Wahl und Statut durch ein Gesetz organisiert wird.

In jedem Bezirk gibt es einen nachgeordneten Verwalter und in jeder Gemeinde einen Bürgermeister.

Die Ernennung der nachgeordneten Verwalter und der Bürgermeister und ihre Amtsbefugnisse werden durch ein Gesetz geregelt.

Der Kazike

Der Kazike ist Oberbefehlshaber aller Landes- und Seestreitkräfte.

Er ist damit beauftragt, diese gemäß dem, was vom Gesetz verfügt wird, auszuheben, zu bewaffnen und zu organisieren.

Er ernennt alle zivilen und militärischen Beauftragten, soweit die Verfassung sie nicht der Ernennung durch das Volk vorbehalten hat.

Er ist der Generalverwalter aller Staatseinkünfte, wobei er sich nach den Gesetzen über die Art, die Bemessungsgrundlage, die Beitreibung und die Rechnungsführung richtet.

Er ist insbesondere mit der Erhaltung der inneren Ordnung beauftragt, schließt Friedensabkommen, erklärt Kriege. In jedem Fall werden die Abkommen dem Senat zur Billigung vorgelegt.

Er entsendet und empfängt die Botschafter und alle Arten diplomatischer Vertreter.

Er hat als einziger das Recht, im Parlament Gesetze einzubringen und sie zu billigen oder abzulehnen, nachdem das Parlament sie in Kraft gesetzt hat.

Die Gesetze sind erst rechtskräftig, wenn sie durch ihn in Kraft gesetzt und verkündet wurden.

Er kann für die Gesetze Ausführungsbestimmungen erlassen.

Alle Ländereien, die nicht im Privatbesitz sind, werden zu Domänen des Kaziken erklärt.

Ihre Erträge und der Erlös ihres Verkaufs sind für den Unterhalt

Seiner Hoheit des Kaziken, seiner Familie und seines zivilen und militärischen Apparats bestimmt.

Der Kazike kann folglich nach eigenem Gutdünken über die genannten Domänen verfügen.

Bei seiner Ernennung leistet der Kazike vor dem Parlament seinen Amtseid auf die Verfassung.

Der Kazike erteilt Fremden die Staatsbürgerschaft.

Der Kazike hat das Gnadenrecht.

Die Person des Kaziken ist immun, nur die Minister können zur Verantwortung gezogen werden.

Im Falle schlechter Gesundheit oder im Falle von Abwesenheit aus schwerwiegenden Gründen kann der Kazike eine oder mehrere Personen ernennen, die in seinem Namen kommissarisch die Regierungsgeschäfte führen.

Unser ältester Sohn, Frucht unserer Verbindung mit Doña Josepha-Antonia-Andrea de Xerès de Aristequicta y Lobera, geboren in Caracas in der Republik Kolumbien, wird zum präsumtiven Erben der Würde des Kaziken der Mosquitos erklärt.

Bei einer der nächsten Sitzungen des Parlaments wird für den Fall der Minderjährigkeit des Kaziken durch ein Gesetz Rechnung getragen.

Das Parlament

Das Parlament übt gemeinsam mit dem Kaziken die gesetzgeberische Macht aus.

In Zukunft darf keine Anleihe gemacht, keine Steuer, sei sie direkt oder indirekt, erhoben werden, ohne daß sie vom Parlament beschlossen worden wären.

Bei der Eröffnung jeder Sitzung legen die Mitglieder der beiden Kammern des Parlaments einen Treueid gegenüber dem Kaziken und der Verfassung ab.

Das Parlament legt den Wert, das Gewicht, die Art und den Namen des Geldes fest; es bestimmt Gewichte und Maße.

Jede Kammer des Parlaments trifft eine Regelung für den geordneten Ablauf ihrer Arbeit und gibt sich eine Geschäftsordnung.

Jede der beiden Kammern des Parlaments kann den Kaziken ersuchen, ein Gesetzesvorhaben über einen jeweils beschlossenen Gegenstand vorzulegen.

Das Parlament setzt sich aus zwei Kammern zusammen: dem Senat und der Repräsentantenkammer.

Der Senat

Der Senat setzt sich aus fünfzig Senatoren zusammen.

Vier Jahre nach Ausrufung der vorliegenden Verfassung kann diese Anzahl durch ein Gesetz erhöht werden.

Die fünfzig Senatoren, die den Senat bilden, werden vom Kaziken ernannt, jedoch nur beim ersten Mal.

Die Senatoren werden auf Lebenszeit ernannt.

Wenn in der Zukunft Sitze im Senat frei werden, so trifft der Senat für den freigewordenen Sitz eine Wahl unter den drei Kandidaten, die ihm vom Kaziken vorgeschlagen werden.

Um Senator zu werden, muß man zum mindesten einunddreißig Jahre alt sein, zum mindesten drei Jahre im Land gelebt haben und einen Grundbesitz in der Größe von dreitausend Morgen Land haben.

Den Vorsitz des Senats hat der Kanzler inne.

Der Bischof oder die Bischöfe von Poyaïs sind qua Amt Mitglieder des Senats.

Die Sitzungen des Senats sind öffentlich.

Die Repräsentantenkammer

Die Repräsentantenkammer setzt sich aus sechzig Abgeordneten zusammen (fünf pro Provinz), bis ein späteres Gesetz die Anzahl erhöht.

Um Repräsentant des Volkes von Poyaïs zu sein, muß man fünfundzwanzig Jahre alt sein und einen Grundbesitz in der Größe von tausend Morgen haben.

Die Repräsentantenkammer überprüft die Legitimation ihrer Mitglieder.

Jede Provinz ernennt fünf Abgeordnete, die zur ersten Sitzung der Kammer zusammentreten.

In der darauffolgenden Sitzung des Parlaments wird durch ein Gesetz die Aufteilung der genannten Anzahl von sechzig Abgeordneten unter die verschiedenen Provinzen je nach Bevölkerungsstärke bestimmt.

Des weiteren kann das Parlament in derselben Sitzung denjenigen unter den Städten unseres Staates, die es aufgrund ihrer Bedeutung zur Würde einer Cité erheben zu müssen glaubt, das Recht auf eine besondere Vertretung einräumen.

Zur Wahl der Bezirksabgeordneten versammeln sich alle Einwohner, seien sie geborene oder naturalisierte Bürger dieses Staates, die eine wie auch immer geartete direkte Steuer zahlen und im Alter von einundzwanzig Jahren weder Domestiken noch Sklaven noch entmündigt noch bankrott noch vorbestraft sind, an dem in unseren amtlichen Bekanntmachungen veröffentlichten Tag in der Bezirkshauptstadt und ernennen unter den Personen, die die zu dieser Aufgabe nötige Befähigung haben, ihre Abgeordneten.

Die Abgeordneten werden auf vier Jahre ernannt, und die Kammer löst sich als ganze zur Neuwahl auf.

Der Kazike ernennt den Präsidenten der Abgeordnetenkammer aus einer Liste von drei Kandidaten, die ihm von dieser Kammer vorgelegt wird. Die Wahlversammlungen werden von einem ihrer Mitglieder geleitet, das vom Kaziken aus ihrer Mitte bestimmt wird.

Die Gesetze über Zölle und andere direkte oder indirekte Steuern können nur in der Repräsentantenkammer eingebracht, und dem Senat dürfen sie einzig um der Zustimmung willen vorgelegt werden.

Der Kazike legt durch Verordnung die Eröffnung und den Schluß der Sitzung des Parlaments fest, das wenigstens einmal im Jahr einberufen werden muß.

Der Kazike kann die Repräsentantenkammer auflösen, mit der Auflage, daß er innerhalb der nächsten drei Monate eine neue einberuft.

Die Repräsentantenkammer hat das Recht, die Minister vor den Senat zu zitieren, um Anklage wegen Gebührenmißbrauchs oder Verrat, Untreue, schlechter Amtsführung oder Amtsanmaßung zu erheben.

Die Sitzungen der Repräsentantenkammer sind öffentlich.

Religion

Die apostolische römisch-katholische Religion ist die Staatsreligion.

Die Geistlichen werden besoldet, und das Territorium, auf dem sie ihr Priesteramt ausüben sollen, wird vom Gesetz bestimmt.

Alle Religionen stehen unter dem Schutz des Staates.

Unterschiede im Glauben dürfen weder als Grund noch als Vorwand für die Zulassung oder Ablehnung einer Kandidatur für ein Amt oder für den öffentlichen Dienst dienen.

Personen, die sich zu einer anderen als der katholischen Religion bekennen und die ein Gotteshaus zur Ausübung ihres Kultes errichten wollen, sind gehalten, dieses gegenüber der zivilen Obrigkeit zu deklarieren, indem sie zugleich einen Fonds zum Unterhalt des Geistlichen anweisen, der mit dem Dienst in diesem Gotteshaus betraut werden soll.

Öffentliche Verschuldung

Die Schulden, die bis zum Tag der nächsten Einberufung des Parlaments von Seiner Hoheit dem Kaziken gemacht worden sind, werden zu Staatsschulden deklariert, und der Staat tritt mit all seinen Einkünften und Liegenschaften für sie ein.

Bei der nächsten Parlamentssitzung wird ein Gesetzentwurf eingebracht werden, um den Anteil der öffentlichen Einnahmen festzulegen, von dem die Begleichung der Zinsen und die sukzessive Tilgung der gegenwärtigen Schuld bestritten wird.

Die richterliche Gewalt

Die Richter werden vom Kaziken aus einer durch den Senat erstellten Vorschlagsliste von drei Kandidaten ernannt.

Es wird sechs Staatsrichter geben, die nacheinander die Provinzen bereisen, um dort, wo Zivil- und Strafrecht anzuwenden ist, Schwurgerichtsprozesse abzuhalten.

Ein späteres Gesetz wird den Einsatz der Geschworenen im Strafrecht regeln.

In jedem Bezirk wird ein Friedensrichter eingesetzt, der beauftragt ist, Prozesse gütlich beizulegen und im Falle, da gütliche Einigung nicht zu erzielen ist, die Vorgänge für ein Urteil durch den Staatsrichter im Rahmen eines Schwurgerichtsprozesses vorzubereiten.

Berufungen gegen Urteile, die von den Geschworenen jeder Provinz gefällt wurden, werden vom Senat entschieden.

Revisionsanträge gegen die Urteile des obersten Gerichts müssen dem Parlament vorgelegt werden.

Kein Einwohner darf ohne richterlichen Haftbefehl festgenommen werden, der implizit die Erwähnung des Haftgrundes enthalten muß, welcher nur die Beschuldigung eines Verbrechens oder eines vom Gesetz als solches definierten Vergehens sein kann.

Kein Kerkermeister darf ohne einen Haftbefehl in der oben erwähnten Form einen Gefangenen festsetzen oder festhalten, da er sich sonst wegen willkürlichen Freiheitsentzugs zu verantworten hat.

So bald als möglich wird die Abfassung eines für das ganze Land einheitlichen Zivilrechts und Strafrechts durchgeführt.

Die vorliegende Verfassung wird dem Parlament zur Verabschiedung vorgelegt, das zu diesem Zweck am 1. September dieses Jahres zusammentritt.

Ausgefertigt zu London am 20. März des Jahres der Gnade 1837 und im ersten Jahr unserer Regentschaft.

Gezeichnet:
Don Gusman y Pamphilos

Brief von Monsieur Alphonse Karr [82]

Mein lieber Alexandre,
erlauben Sie mir bitte, eine Reklamation vorzubringen.

Es gibt in Frankreich zweiunddreißig Millionen Einwohner; wenn jeder die öffentliche Aufmerksamkeit den gleichen Zeitraum lang beansprucht, also wenn *La Gloire* gleichmäßig unter ihnen verteilt wird, dann hat jeder in seinem ganzen Leben, das ich mit achtzig Jahren veranschlage, eineindrittel Minuten, um Gegenstand dieser kostbaren Aufmerksamkeit zu sein.

Daher kommt es, daß man sich nach besten Kräften an alles klammert, was Lärm verursacht, und daß man eine Rolle spielen will in dem, was Aufsehen macht, so daß die Leute gar ein wenig neidisch auf den Kriminellen sind, den man guillotiniert, und sich nur damit trösten können, daß sie sagen: »Ich habe ihn gut gekannt«, oder: »Ich bin am nächsten Tag durch die Straße gekommen, wo der Mord geschah«.

Ich kenne nichts Amüsanteres als diese von Humor und maliziöser Naivität getränkten Bücher, die Sie manchmal herausbringen, wenn Sie keine schönen Dramen oder geistvollen Komödien machen.

Und hier ist nun eins, das die universelle Aufmerksamkeit fünfzehn Tage lang beanspruchen wird, hier, wo man eine Revolution in drei Tagen macht; es sind also der Rechnung zufolge, die ich vorhin angestellt habe, etwa dreizehntausend Personen, deren Anteil am Ruhm Sie mit

Beschlag belegen, dreizehntausend Personen, von denen man niemals sprechen wird.

Ich habe das Recht, in Ihrem Buch vorzukommen, und ich mache davon Gebrauch: Jacques II. war in meinem Besitz, ehe er Tony Johannot gehörte. Unser guter und geistvoller Tony könnte Ihnen sagen, wie er mir eines Tages einen Affen gezeigt hat und wie dieser Affe mir um den Hals gefallen ist, mich am Kopf gepackt hat und mich in rührendster Weise auf die beiden Wangen geküßt hat.

Jacques II. hatte ein Jahr bei mir gelebt, als er verschwand; ich fürchtete jeden Moment, ihm auf den Boulevards zu begegnen, und zwar als Troubadour der Opéra-comique verkleidet, dressiert und sich dem schändlichen Metier des Gauklers hingebend. Ich war sehr froh, ihn bei Tony wiederzufinden, und ich bitte Sie oder appelliere nötigenfalls, wie die Zeitungen sagen, diese vorliegende Reklamation in Ihre Belegdokumente mit aufzunehmen.

Ganz der Ihre,

Alphonse Karr

Anmerkungen

[1] Carl Nilsson Linnaeus (1707–1778), nach seiner Erhebung in den Adelsstand 1762 Carl von Linné, schwed. Naturwissenschaftler, der die Grundlagen der modernen Taxonomie entwickelte, das Linnésche System.

[2] Abbé Playcard Augustin Fidèle Ray (1628–1704), Verfasser des naturkundlichen Werkes *Zoologie universelle et portative* (1788).

[3] Georges Louis Leclerc de Buffon (1707–1788), frz. Naturforscher und Begründer der *Histoire naturelle, générale et particulière*, 44 Bände (1749–1801).

[4] Alexandre-Gabriel Decamps (1803–1860); mit seinen orientalisierenden Gemälden gehört er zu den Romantikern, doch sein Werk umfaßt auch humoristische und satirische Arbeiten mit Tiermotiven. *Les Chiens savants (Die gelehrten Hunde)* gehörte zu den Bildern, die er für den Salon 1831 (Jahresausstellung zeitgenössischer Maler) einreichte.

[5] Jean de La Fontaine (1621–1695), frz. Dichter, bekannt vor allem für seine in Versen abgefaßten Fabeln; hier wird angespielt auf eine der berühmtesten, *Le Lièvre et la Tortue (Der Hase und die Schildkröte), Fables*, Buch VI, 10.

[6] S. Anm. 20.

[7] Lat. »schreckliches Ungeheuer«. In Vergils *Äneis* wird der von Odysseus geblendete einäugige Riese Polyphem als solches bezeichnet.

[8] Louis Godefroy Jadin (1805–1882), frz. Landschafts- und Tiermaler.

[9] Lat. »Mutter Gottes, bitte für uns«.

[10] Benvenuto Cellini (1500–1571), florentin. Bildhauer, Goldschmied und Medailleur, der eine Zeitlang in Paris arbeitete.

[11] Alcyon, sagenhafter Seevogel, dessen Ursprung nach Ovid (*Metamorphosen*, Buch XI) die Verwandlung der Alcyone in einen Vogel ist.

[12] Staatliche Behörde des Tabakmonopols, die bis zum heutigen Tag Lizenzen an die Tabakhändler vergibt.

[13] James Fenimore Cooper (1789–1851), einer der bekanntesten Autoren der amerik. Literatur seiner Zeit und ein herausragender Vertreter der amerik. Romantik. Seine Abenteuerromane handeln von Indianern, Pionieren und Seefahrern.

[14] Alphonse de Lamartine (1790–1869), Dichter, Gelehrter und Staatsmann, gilt als der erste große Lyriker der frz. Romantik.

[15] Pierre Joseph Fau (1808–1883), frz. Maler, Schüler von Decamps.

[16] Ovid, *Metamorphosen*, Buch VII.

[17] Alexandre Thierry (1803–1858), Arzt, Mitarbeiter der medizinischen Fachzeitschrift *L'Experience* und als Stadtrat zuständig für die Krankenhäuser von Paris.

[18] Johann Gottlob Schneider (1750–1822) und August Johann Rösel von Rosendorf (1705–1759), dt. Naturkundler.

[19] Camille Flers (1802–1868), frz. Landschaftsmaler.

[20] Malaguti (eigentl. Malagutti) wurde zusammen mit Ratta wegen Mordes an dem Geldwechsler Joseph guillotiniert. Beide werden auch bei Victor Hugo (1802–1885) erwähnt, und zwar in einer Textpassage von *Les Misérables*, die nicht in die Endfassung aufgenommen wurde. Verbrechergesichter waren für die Physiognomik (damalige Lehre, derzufolge zwischen Gesichtszügen und Charakter ein belegbarer Zusammenhang besteht) von besonderem Interesse und wurden des öfteren Gegenstand der bildenden Kunst.

[21] Lat. »Ich habe gesprochen«.

[22] François Fénelon (1651–1715), Erzieher des Grand Dauphin (also des Sohnes von Ludwig XIV. und Maria Theresia von Spanien), für den er mehrere unterhaltsame und lehrreiche Werke verfaßte, darunter *Les Aventures de Télémaque* (1699). – Katharina von Medici (1519–1589), Königin von Frankreich (1547–1559), Mutter Heinrichs III., des späteren Königs von Frankreich.

[23] Sybarit, Schlemmer, Genußmensch. – Alkibiades (450–404 v. Chr.), Athener Staatsmann und Feldherr, war bekannt für seine ausschweifende und extravagante Lebensführung. – Diogenes von Sinope (ca. 400–325 v. Chr.), griech. Philosoph und bekanntester Vertreter des Kynismus, pflegte einen äußerst bedürfnisarmen Lebensstil.

[24] Grimod de La Reynière (1758–1837), Verfasser eines *Almanach des gourmands*, der seinen Ruf als Feinschmecker begründete.

[25] Antoinette Lalanne, Madame Saqui (1786–1866), in ganz Europa berühmte Seiltänzerin, die noch in hohem Alter auf dem Seil stand.

[26] Lustspiel (1798) von August von Kotzebue (1761–1819), das in Frankreich unter dem Titel *Les Deux Frères* aufgeführt wurde.

[27] S. Tobias 6, 6: »Da sprach der Engel: Haue den Fisch von einander; das Herz, die Galle und die Leber behalte dir, denn sie sind sehr gut zur Arzenei.«

[28] Bezoar, steinartiges Konkrement (ähnlich einem Nieren- oder Gallenstein), das sich im Magen bestimmter Tiere bildet und dem Heilkräfte zugeschrieben werden. In *Tausendundeine Nacht* findet Prinz Camaralzaman im Magen eines Vogels einen Karneol, der als Talisman Geschenk der Königin von China war.

[29] Die erste der zwölf Arbeiten, die Herkules vollbringen muß, besteht darin, den Nemeischen Löwen zu erlegen, mit dessen Fell bekleidet Herkules üblicherweise dargestellt wird.

[30] Jean-Baptiste Gaspard Deburau (1796–1846), Schauspieler, der in seinem Theater Les Funambules die Figur des Pierrot entwickelte, die sich in häufig burlesken Szenen außerordentlicher Beliebtheit erfreute.

[31] Aufgrund eines kaiserlichen Erlasses wies der Innenminister jedem Theater ein einziges Schauspielgenre zu, an das es sich zu halten hatte. Les Funambules

war auf Pantomimen beschränkt, so daß dort nicht geflucht wurde, wie Kapitän Pamphile es hier tut.

[32] Diogenes Laertios (wahrscheinlich 2. bis 3. Jh.), griech. Schriftsteller, Verfasser des zehnbändigen Werkes *Leben und Meinungen berühmter Philosophen.*

[33] Villenave, Messergeschäft und -herstellung, Rue Marivaux, Ecke Boulevard des Italiens. – Antoine Malagon Désirabode (1781–1850), königlicher Zahnarzt und Verfasser eines Werkes für Dentisten.

[34] Beliebte Figur des listigen Dieners im neapolitan. Volks- und Marionettentheater, die traditionsgemäß mit schriller Falsettstimme spricht.

[35] Lat. »Für die Wahrheit sein Leben hingeben«; urspr. von Juvenal (*Satiren* IV, 91) stammendes Motto des Schriftstellers und Philosophen Jean-Jacques Rousseau (1712–1778).

[36] In der griech. Mythologie ein Riese mit hundert Armen, Sohn des Uranos (oder Tartaros) und der Gaia, der von Athena (oder Zeus) gefangengesetzt wird, in dem der Ätna über ihm aufgetürmt wird.

[37] André-Joseph Exaudet (1710–1762), frz. Violinist. Von ihm stammen sechs Sonaten für Violine und Kontrabaß, berühmt geblieben ist er als Komponist des Menuetts, das seinen Namen trägt.

[38] Théâtre de l'Odéon, traditionsreiches Pariser Theater im Faubourg St. Germain, gegründet 1797

[39] Harlekin gilt als eine Personifikation der Bewohner Bergamos, wie die Figuren Pantalone mit Venezianern und Scarpi mit Neapolitanern identifiziert werden.

[40] *L'Ours et le Pacha*, Komödie in einem Akt von Augustin Eugène Scribe (1791–1861), uraufgeführt 1820 im Théâtre des Variétés. Sowohl Jacques Charles Odry (1781–1853) als auch der im folgenden erwähnte Charles Edme Vernet (1789–1848), gefeierte Schauspieler ihrer Zeit, waren in dem Stück zu sehen. Odry spielte die Rolle des Marécot, Minister des Paschas Schahabaham, Vernet die des Tristapatte, Direktor einer Menagerie. Beide Figuren treten im Stück bei einem Fest des Paschas als Bären verkleidet auf.

[41] S. Anm. 40

[42] S. Anm. 40. Auch ein Starschauspieler wie Odry mußte offenbar wie alle Bürger als Milizionär Wachdienst leisten.

[43] Vermutlich Georges Frédéric Cuvier (1773–1838), Bruder des berühmten Anatomen, Paläontologen und Bildungspolitikers Baron Georges Dagobert Cuvier. Er war für die Menagerie im Jardin des Plantes zuständig. Der Bär Martin, lebendiges Wahrzeichen der Stadt Bern, war während der Revolution nach Paris verschleppt worden.

[44] Sir John Ross (1777–1856) und Sir William Edward Parry (1790–1855), engl. Forschungsreisende.

[45] Wechselgesänge von Hirten in der dritten, fünften, siebten und achten Ekloge von Vergils *Bucolica*.

[46] Die Spitze der Halbinsel Avalon mit der Hauptstadt der kanad. Provinz Newfoundland and Labrador, St. John's.

[47] Insel am Eingang des Sankt-Lorenz-Golfs.

[48] In der griech. Mythologie ist Leto, Geliebte des Zeus und von ihm schwanger, auf der Suche nach einem Ort, wo sie niederkommen kann. Zeus' Frau Hera hat allem Land verboten, ihr Zuflucht zu gewähren. Auf einer schwimmenden Insel bringt Leto die Zwillinge Apollo und Artemis zur Welt. Die Insel wird später im Meer verankert und bekommt den Namen Delos.

[49] Maskenumzug durch den Pariser Stadtteil Faubourg du Temple.

[50] Lat. »Feldherrenbeute«; Beutestücke, die ein röm. General einem getöteten feindlichen General abnahm und im Triumphzug heimbrachte.

[51] Berühmte Straße in Marseille.

[52] Auf engem Pfad begegnet Ödipus seinem ihm unbekannten Vater Laios. Es kommt zum Streit um den Vortritt, und Ödipus erschlägt seinen Vater, so das Orakel erfüllend, vor dem er flieht.

[53] Auch die frz. Märchensammlung von Charles Perrault (1628–1703), *Histoires ou contes du temps passé (Geschichten oder Märchen aus vergangener Zeit)*, die als *Contes de ma mère l'oye (Gänsemütterchens Märchen)*, erschienen 1697, berühmt wurden, enthält die Geschichte eines Däumlings, in der ein Menschenfresser mit Siebenmeilenstiefel vorkommt.

[54] Marie Jean Augustin (1760–1842), unter dem Namen August Vestris gefeierter Tänzer an der Pariser Oper.

[55] Gesellschaftsspiel, das auf eine Jahrmarktsattraktion zurückgeht: Auf ein für das Publikum nicht sichtbares Zeichen bleibt der Esel vor dem Zuschauer stehen, der der Beschreibung entspricht, die auf die zu erratende Person zutrifft.

[56] Gyges, König von Lydien (7. Jh. v. Chr.), fand der Sage nach einen Ring, der seinen Träger unsichtbar machte, wenn er ihn drehte.

[57] Die einzige sterbliche der drei Gorgonen (schlangenhaarige weibliche Fabelwesen der griech. Mythologie). Wer Medusa ansieht, wird zu Stein. Perseus tötet sie mit Hilfe von Hermes und Athene, indem er ihr den Kopf abschlägt.

[58] Erneute Anspielung auf das Stück *Der Bär und der Pascha*, s. Anm. 40

[59] Nicolas Toussaint Charlet (1792–1845), frz. Zeichner, dessen langer Backenbart den Bildhauer Jean-Pierre Dantan (1800–1869), genannt Dantan jeune, zu einer Büste inspirierte, die ihn auf der einen Seite mit, auf der anderen Seite ohne Backenbart zeigt. Die Büste wird im Pariser Musée Carnevalet aufbewahrt.

[60] Tony Johannot (1803–1852), Zeichner und Maler, war einer der bedeutendsten Buchillustratoren der frz. Romantik.

[61] Der erste *Almanach de Liège* (1636) weist einen Verfasser namens Lansberg aus. Daraus wird später Matthieu Laensberg, vorgeblich Domherr von Saint-Barthélemy. Der bis ins 19. Jh. erscheinende Almanach gab Vorhersagen für das Wetter sowie medizinische Tips und Hinweise auf günstige Tage etwa für das Aderlassen oder das Haarschneiden.

[62] *Histoire du roi de Bohême et de ses sept châteaux* von Charles Nodier (1780–1844) erschien 1830 illustriert mit fünfzig Holzschnitten von Johannot.

[63] Laut Dumas' historischem Essay *Gaule et France (Gallien und Frankreich)* erhielt Julian Apostata im Jahr 354 das Oberkommando über Gallien. Er verbrachte einen strengen Winter in dem kleinen Flecken Paris, dem er den Namen Lu-

tetia gab. Die »Thermen« am Boulevard Saint Michel tragen bis heute seinen Namen.

[64] François Arago (1786–1853) wurde 1834 zum Leiter des Observatoriums von Paris ernannt. Seit 1813 hatte er die Aufgabe, dem breiteren Publikum die Astronomie zu erklären.

[65] Ann Radcliffe, geb. Ward (1764–1823), bedeutendste Vertreterin des engl. Schauerromans.

[66] Kurz für Institut de France, das sich aus der Académie française, der Académie des Inscriptions et Belles-Lettres, der Académie des Sciences, der Académie des Beaux-Arts und der Académie des Sciences morales et politiques zusammensetzt.

[67] Quimper-Corentin war Inbegriff eines kulturell völlig rückständigen Ortes.

[68] Zitat aus der Tragödie *Tibère* (I, 1) von Marie-Joseph Chénier (1764–1811), die 1794 uraufgeführt wurde.

[69] In der Nachtsitzung der Nationalversammlung vom 4. August 1789 wurde von einigen Adeligen, darunter Matthieu Jean Félicité, Herzog von Montmorency-Laval (1766–1826), die Abschaffung verschiedener Adelsprivilegien vorgeschlagen.

[70] Guillaume Gruel (ca. 1390 – ca. 1480), unter Artus de Bretagne (Oberfeldherr des frz. Königs) Verfasser einer Chronik: *Histoire d'Artus III, duc de Bretagne, comte de Richemont.* – Pierre de Fenin (gest. 1506), ebenfalls Verfasser einer Chronik; beide handeln von der Lebenszeit der Jeanne d'Arc.

[71] Jean Baptiste Auget, Baron von Monthyon oder Montyon (1733–1820) vermachte dem Institut de France die Erträge eines beträchtlichen Kapitals, mit denen drei Auszeichnungen finanziert werden sollten, darunter ein Preis für Rechtschaffenheit, der für einen armen Franzosen bestimmt war, welcher eine ausnehmend gute Tat vollbracht hatte.

[72] Die Julimonarchie feierte jedes Jahr das Andenken an die tapferen Bürger, die während der Tage des Juli 1830 in Verteidigung der Charta (einer vom König erlassenen Verfassung) und der Freiheit ums Leben gekommen waren, mit Gedenkmessen und Paraden und der Verleihung von Ehrenkreuzen.

[73] Gemeint ist vermutlich Notre-Dame-la-Blanche, der in Guérande eine Kapelle geweiht ist.

[74] Wilhelm I. (1772–1843) wurde am 16. März 1815 als Folge des Wiener Kongresses zum König der Niederlande und Großherzog von Luxemburg ausgerufen. Seine konservative und starre Politik führte 1830 zur Abspaltung Belgiens von den Niederlanden. 1840 dankte Wilhelm zugunsten seines Sohnes Wilhelm II. ab. – Vielleicht erlaubt sich Dumas aber auch einen Witz: Pamphile spricht Niederländisch wie Wilhelm I. (von Oranien, 1533–1584), genannt der Schweigsame.

[75] Längenmaßeinheit, der zehnte oder zwölfte Teil eines Zolls.

[76] Nachdem die Französische Revolution die Sklaverei abgeschafft und wieder eingeführt hatte, gab es Anfang des 19. Jh. Bemühungen Napoleons zur Abschaffung, um den Engländern entgegenzukommen. Letztere ließen 1833 ihre Sklaven

frei, und Abkommen zwischen Frankreich und England sahen die gegenseitige Kontrolle von Schiffen in den von Sklavenhändlern frequentierten Gegenden vor. In Frankreich wurde die Sklaverei erst 1848 nach einem Textentwurf von Victor Schoelcher, dem Abgeordneten von Guadeloupe und Martinique, endgültig abgeschafft.

[77] Lat. »Die goldene Mitte« (nach Horaz, *Oden*, II, 10, 5); Ideal des Maßhaltens zwischen den Extremen, ein Zentralbegriff der Horazschen Lebensanschauung.

[78] Daniel O'Connell (1775–1847), ir. Anwalt, Gründer der Catholic Association, die für die Gleichstellung der Katholiken kämpfte.

[79] Belsazar (550–539 v. Chr.), babylon. Prinz des Alten Testaments, der in Daniel 5 als Sohn Nebukadnezars II. und als der letzte König von Babylon erwähnt wird. Der griech. Geschichtsschreiber Xenophon bestätigt in seiner *Kyropädie* die biblische Geschichte vom Fest Belsazars, in der vor dem König und seinem feiernden Hofstaat eine Hand auftaucht und in aramäisch die Worte »Mene mene tekel, ufarsin« an die Wand schreibt. Daniel sieht darin die Prophezeiung vom Fall Babylons. – Perfides Albion: Arglistiges England.

[80] Titelfigur einer Sittenkomödie (1709) von Alain René Lesage (1668–1747), die in scharfer Weise das damalige frz. Steuersystem attackiert. Turcaret bereichert sich durch Raub und Wucherei.

[81] Lat. »es möge gedruckt werden«; übliche Formel, mit der ein Schriftstück für druckreif erklärt wird.

[82] Jean Baptiste Alphonse Karr (1808–1890), Romancier, Journalist und Herausgeber der satirischen Wochenzeitschrift *Les Guêpes (Die Wespen)*. Es existiert tatsächlich eine Notiz von Alexandre Dumas, in der er Karr dazu auffordert, seine Reklamation vorzubringen, er werde sie in den Belegdokumenten mit aufführen – ein weiteres, ein weiterreichendes Beispiel für Dumas' Spiel mit Fiktion und Wirklichkeit?

Nachwort

Außerhalb Frankreichs kann sich wohl kaum jemand vorstellen, mit welch selbstverständlicher Inbrunst die Franzosen ihren Alexandre Dumas lieben.

Dumas muß sich diese Liebe nicht verdienen, denn er gehört zur Familie wie ein Onkel oder ein Bruder; man nimmt ihn mit der Muttermilch auf und trägt ihn lebenslang im Herzen, und wenn man stirbt, nimmt man ihn mit in die andere Welt. Auf jedem französischen Kinderspielplatz preschen täglich die drei Musketiere vorbei; La Reine Margot wird seit hundertsechzig Jahren unter zahllosen Bettdecken gelesen; im Fernsehen tritt alle paar Tage der Graf von Monte Christo auf, gespielt mal von Jean Marais, mal von Richard Chamberlain, Gérard Depardieu oder Louis Jourdan. Und falls der Graf und die Musketiere gerade mal Pause haben, wimmelt es trotzdem auf den Bildschirmen und in den Kinosälen von jungen Helden mit fliegenden Capes und klirrenden Degen sowie von liebreizenden Prinzessinnen, die aus dieser oder jener Not errettet werden müssen.

Kein anderes europäisches Land ist so sehr von der eigenen Historie besessen wie Frankreich. Jeder Fünfjährige prägt sich im Kindergarten die Umrisse des französischen Kolonialreichs ein und bastelt in aller Unschuld kleine Negerhütten aus Stroh; jeder Neunjährige weiß im Detail Bescheid über Napoleons Rußlandfeldzug; jeder Vierzehnjährige ist auf dem laufenden über die Résistance und die Kommune und den Sturm auf die Bastille. Und wenn die jungen Leute flügge werden und einen eigenen Hausstand gründen, gehen sie nicht zu Ikea, sondern legen Geld auf die hohe Kante, bis sie sich Empire-Möbel leisten können. Die sind zwar unpraktisch und unbequem, aber authentisch und *»d'époque«*.

Es entbehrt nicht einer gewissen Ironie, daß ausgerechnet das Mutterland der bürgerlichen Revolution eine derart ausgeprägte kollektive Sehnsucht nach der guten, alten Feudalzeit hat und daß sich in der »République« höfische Umgangsformen erhalten haben wie nirgends sonst. Man betitelt einander mit »Monsieur« und »Madame« von früh bis spät, jeden Brotkauf beim Bäcker kleidet man in gedrechselte Phrasen, und mit den Schwiegereltern bleibt man lebenslang per Sie. Und mit nichts kann man einen Franzosen derart erschrecken wie mit der unwiderlegbaren Feststellung, daß seine Sprache ziemlich viel barocken Firlefanz enthält und daß Französisch auch dann noch eine sehr schöne Sprache wäre, wenn man auf verschwurbelte Floskeln und unnötige Akzente und klinisch tote Vergangenheitsformen verzichten würde.

Zwar hat die Globalisierung um die Jahrtausendwende auch in Frankreich ihr Werk getan und alle sozialen Schichten zu einer einzigen Klasse von Konsumenten vereinigt; aber wenn der französische Groß- oder Kleinbürger ganz still für sich alleine ist, sieht er sich immer noch gern als Landadliger, der sonntags seine Felder abschreitet und in seinen Wäldern zur Jagd geht. Natürlich gibt es diese Felder und Wälder längst nicht mehr, weil Autobahnen, Fabriken und Lagerhallen drauf stehen, und selbstverständlich lebt der Citoyen seit hundert Jahren in der Stadt und geht dort irgendeinem besser oder schlechter entlohnten Bürodienst nach. Aber einen Jagdhund hat er immerhin noch, als ob er wie einst ein Schlößchen an der Loire oder in Aquitanien bewohnte. Der Hund ist zwar übergewichtig und kurzatmig, bekommt zeitlebens keinen Waldboden unter die Pfoten und verrichtet zweimal täglich seine Notdurft auf dem Gehsteig irgendeiner Seitenstraße hinter den großen Boulevards – aber immerhin ist er ein Cockerspaniel, mit dem man im Bedarfsfall zur Jagd gehen könnte.

In Deutschland ist das alles undenkbar. Gerade dem deutschen Beobachter mag die französische Begeisterung für die eigene Grandeur zuweilen befremdlich erscheinen, und wenn sich die Verklärung der Vergangenheit in nationales Pathos versteigt, ist sie oft nur in ironischer Überhöhung zu ertragen. Zu dem Zweck aber, französisches Pathos mit deutscher Nüchternheit zu versöhnen, ist Alexandre Dumas bestens geeignet – der Mann genauso wie der Dichter. Dumas versöhnt alles mit allem. Er war fasziniert von der Aristokratie, geißelte aber unermüdlich jede Art von Ungerechtigkeit. Seine Großmutter war eine schwarze Arbeitssklavin auf Santo Domingo, er selbst ein plebejischer Freigeist, der sämtliche bürgerlichen Tabus brach. Er zeugte mehrere uneheliche Kinder und ließ deren Mütter im Stich, bezeichnete aber seinen Erstgeborenen als »das Schönste von all seinen Werken«. Er half Dichtern in Not, verfaßte aber auch Plagiate und duellierte sich mit den Betrogenen. Er war ein leidenschaftlicher Liebhaber und treuloser Lebensgefährte, ein warmherziger, grobschlächtiger Prahler, der seine Märchenvilla in Saint-Germain-en-Laye auf den Namen Monte Christo taufte und mit Papageien, einem Affenweibchen und einem Aasgeier bevölkerte.

Er unternahm Reisen in den Kaukasus, nach Nordafrika und Sizilien, er schmuggelte Waffen für Garibaldi und war umgeben von einer Clique von Parasiten. Er organisierte Kostümbälle und überlebte die Cholera, stritt sich mit Victor Hugo und baute ein eigenes Theater und verlor viel Geld in spekulativen Finanzgeschäften; und weil das alles finanziert werden mußte, fand er nebenher auch noch Zeit, in industriellem Rhythmus und mit eiserner Disziplin ein ungeheuer reichhaltiges literarisches Werk zu schaffen.

Typisch deutsche Leiden wie Erschöpfung, Schreibstau, künstlerische Not und existentielle Qual kannte er nicht – »im Gegenteil«, schrieb er in seinen Memoiren, »die Arbeit erregt mich; sobald ich die Feder in der Hand halte, geschieht etwas in mir; meine verrücktesten Phantasien sind in meinen trübsten Zeiten entstanden. Stellen Sie sich das vor wie ein Gewitter mit rosaroten Blitzen.«

Rosarote Blitze aus schwarzen Gewitterwolken – besser kann man Dumas' erzählerisches Werk nicht umschreiben. Der früheste dieser rosa Blitze ist zweifellos *Kapitän Pamphile*, begonnen 1834 und vollendet 1839.

Ursprünglich als Sammlung von Kurzgeschichten begonnen, wuchs sich das Werk nach und nach zu einem lose komponierten Roman aus. Zuvor hatte Dumas einige erfolgreiche, aber äußerst düstere Theaterstücke verfaßt, die er selbst wohl eher als schwarze Blitze aus schwarzen Wolken bezeichnet hätte. Mit dem *Pamphile* aber, so scheint es, entdeckte er seine belletristische und humoristische Begabung. Dumas' Biograph Claude Schopp nennt den Roman eine *»machine à rire«*, eine Lachmaschine. Das Gelächter beginnt schon auf der ersten Zeile, als der Erzähler in den Straßen von Paris eine armselige Schildkröte vor dem »grausam gastronomischen Blick« eines Engländers und einem frühzeitigen Ende als *»turtle soup«* rettet. Es geht weiter, als das Kriechtier ausgerechnet auf den Namen »Gazelle« getauft wird, und nimmt seinen Fortgang von einem mutwilligen Kapitel zum nächsten, während Dumas als literarischer Neuling seine Fingerfertigkeit erprobt, indem er sämtliche gängigen Prosagattungen karikiert. Er veräppelt La Fontaines Tierfabeln genauso wie den populären Seefahrer- und Piratenroman und den Western à la Fenimore Cooper, aber auch Balzacs Pariser Sittenromane und die schwärmerische Romantik Chateaubriands. Skrupellos bedient er sich bei allem, was die Druckereien seiner Zeit hergeben, fleddert Enzyklopädien der Tierwelt genauso wie Voltaires Tragödien oder jene Jagdbeschreibungen und Reiseberichte in unerforschte Weltgegenden, die im zivilisationsmüden Europa des 19. Jahrhunderts so sehr in Mode sind. Dieses kunterbunte Sammelsurium könnte leicht beliebig und aufgesetzt wirken, wenn es nicht zusammengehalten würde vom durchgehend distanziert-ironischen Duktus des Erzählers, und wenn nicht im fünften Kapitel eher überraschend Kapitän Pamphile die Erzählung kidnappen würde. Dumas fand gleich bei dessen erstem Auftritt ganz offensichtlich Gefallen am moralisch nicht ganz einwandfreien Kapitän, der bedenkenlos chinesische Dschunken und amerikanische Fischerboote überfällt, seinen Maat den Haien zum Fraß vorwirft, in Afrika Menschen jagt und auf Martinique als Sklaven verkauft, um schließlich zahlende britische Fahrgäste an der mit tödlichen Krankheiten verseuchten Mosquitoküste auszusetzen.

Die Erzählung verdankt ihre humoristische Wirkung dem trockenen Ton, mit dem Pamphiles Untaten berichtet werden, und die Lachmaschine funktioniert bestens bis zur letzten Seite. Damit hat Dumas sein Ziel, die Leser einfach nur zum Lachen zu bringen, zweifellos erreicht. Falls er aber, wie ihm im nachhinein unterschoben wurde, ein Kinderbuch schreiben wollte, so hat er dafür erstaunlich düstere Töne angeschlagen. Denn tatsächlich ist *Pamphile*, wie Claude Schopp schreibt, das düsterste, verzweifeltste von Dumas' Werken. Wohl spielen Tiere und Reisen in ferne Weltengegenden eine wichtige Rolle, aber das macht den Roman noch lange nicht zum Kinderbuch – und daß der Verfasser seit hundert Jahren nur noch als reiner Jugendbuchautor wahrgenommen wird, ist äußerst ungerecht. Dieses Schicksal teilt er übrigens mit Swift und Melville und Cervantes, deren Werk die meisten Leser in Form gekürzter Jugendausgaben kennenlernen und hernach lebenslang für erledigt halten.

Pamphile ist alles andere als ein erbauliches Buch, im Gegenteil: Es herrscht ein einziges großes Sterben von der ersten bis zur letzten Seite.

Da sind zuerst die Tode der Tiere – Schildkröte »Gazelle« wird grilliert, Bär »Tom« standrechtlich erschossen, der Affe »Jaques I.« stirbt an einer Nadel, die er samt aufgespießtem Schmetterling verschluckt hat – und auch die Menschen sterben massenweise an Grausamkeit, Gleichgültigkeit und schierer Profitgier. Die ganze Welt, so Schopp weiter, ist in dem Roman eine einzige, gigantische Nahrungskette, an dessen Ende der unersättliche, alles verzehrende und jede Moral verneinende Schlund des Kapitän Pamphile steht.

Da wundert es niemanden mehr, daß der Skrupellose sich zu guter Letzt inkognito in Paris niederläßt, um seine kannibalische Gier im beginnenden Industriezeitalter auszuleben.

Kapitän Pamphile ist ein würdiger Vertreter des ungezügelten Kapitalismus, der während Dumas' Lebenszeit erstmals in seiner ganzen

Barbarei zur Entfaltung kam. Die Amoralität und Gesetzlosigkeit der Epoche hat Dumas geprägt, oder sie kam ihm gelegen; jedenfalls ist es gewiß kein Zufall, daß der Lieblingsdichter der Franzosen eine Vorliebe hatte für Helden, die in Abwesenheit von Regeln und Gesetzen die volle Kraft ihrer Charaktere bis ins Verbrechen und bis in den Wahnsinn ungezügelt entfalten.

So gesehen ist Dumas ein typisch französischer Autor, vielleicht sogar der typischste von allen. Es entspricht dem französischen Hang zum Individualismus sehr, daß die Musketiere zwar einen Eid auf den König schwören, ihren Kampf dann aber nicht in Reih und Glied, sondern mit wehenden Capes und anarchischer Fröhlichkeit führen. Die Deutschen mögen ihren Hauptmann von Köpenick haben, die Tschechen den braven Soldaten Schwejk, die Schweizer ihren HD Soldat Läppli – die Franzosen haben D'Artagnan, Athos, Porthos und Aramis, die frei wie der Wind über die endlosen Weiten Frankreichs reiten. Und einig ist sich Dumas mit seinen Landsleuten, daß die Epoche ihrer Sehnsucht weder in der Zukunft noch in der Gegenwart, sondern tief in der Vergangenheit liegt. »Früher, als es noch große Herren gab, lebte man noch als großer Herr«, läßt Dumas 1860 seinen Jacquot sans Oreilles klagen. »Heute aber (…), Gott steh' uns bei, ist alles klein und schäbig geworden, und der Glanz früherer Tage ist verblaßt und verkümmert immer mehr; es scheint mir sehr wahrscheinlich, daß die Welt in ihren letzten Zügen liegt und sich mit Riesenschritten ihrem Ende nähert. (…) Alles ist derart klein und mickrig geworden, daß jeder, der die gute alte Zeit noch miterlebt hat, sich einfach nur noch schämen muß.«

Bei allem Pessimismus und aller Gesetzlosigkeit aber stellt sich Dumas letztlich immer in den Dienst des Guten. Und wenn sein Kapitän Pamphile ein großer Schuft ist, so hält der Autor es nicht für nötig, das dem Leser auf jeder Seite zu erklären. »Da die jeweilige Moral unserer Geschichte«, schreibt er in Kapitel 15, »sich von selbst ergibt, halten wir es nicht für nötig, sie unseren Lesern auf andere Weise denn in der Form reiner und schlichter Darstellung der Ereignisse als solche zu präsentieren, denn sonst würden wir sie der Möglichkeit der Meditation über die Züchtigungen berauben, die Egoismus und Völlerei stets nach sich ziehen.«

Schließlich findet Pamphile 1844 seinen würdigen Nachfolger im Grafen von Monte Christo. Seit dessen erste Kapitel als Fortsetzungen erschienen, fiebert ganz Frankreich mit dem jungen Marineoffizier Edmond Dantès, der wegen der Machenschaften dunkler Mächte und einer als feindlich empfundenen Staatsmacht viele Jahre unschuldig im Gefängnis schmachtete. Im etatistischen Frankreich hat auch heute noch jeder Bürger vollstes Verständnis dafür, daß Dantès seinen gnadenlosen Rachefeldzug ganz allein und ohne jede staatliche Hilfe führt, und daß er sich dabei über sämtliche Bestimmungen des Strafgesetzbuches hinwegsetzt. Denn je stärker der Staat ist, desto stärker ist auch der Anarchismus seiner Bewohner, das zeigt sich in Frankreich, dessen Staat traditionell besonders stark ist, immer und immer wieder. Droht den Studenten ein neues Studienreglement, fliegen gleich die Pflastersteine. Sind die Bauern unzufrieden, blockieren sie mit ihren Traktoren die Autobahn. Und fühlt sich der Fünfjährige von der Kindergärtnerin ungerecht behandelt, steckt er das Negerdorf in Brand, das er mit so viel Liebe gebastelt hat.

Dumas hätte seine helle Freude daran.

Alex Capus

Inhalt

Titel der französischen Ausgabe:
»Le Capitaine Pamphile« (1839)

Zu diesem Titel erscheint eine limitierte Vorzugsausgabe
in einer Auflage von 100 Exemplaren
mit einer Originalgrafik von Dorothea Huber
Die Vorzugsausgabe trägt die ISBN 978-3-7632-5941-0

1. Auflage 2008

Mit 28 farbigen Illustrationen von Dorothea Huber, Berlin
Mit freundlicher Genehmigung des Manesse Verlags, Zürich

Gestaltung und Herstellung: Katrin Jacobsen, Frankfurt am Main
Satz: Pinkuin Satz und Datentechnik, Berlin
Gesetzt aus der Janson Text 10 auf 13,5 Punkt
Gedruckt auf 115 g/qm Fly 05 spezial-weiß
Lithoarbeiten: RGD, Langen
Druck und Bindung: Ebner & Spiegel, Ulm
Printed in Germany 2008
ISBN 978-3-7632-5940-3

www.buechergilde.de